POTÊNCIA EXTREMA

QUARTO LIVRO DA **SÉRIE HACKER**

POTÊNCIA EXTREMA

MEREDITH WILD

TRADUÇÃO
Thalita Sdroiewski Uba

AGIR

Título original: *Hard Limit*

Contato:
Rua Nova Jerusalém, 345 - Bonsucesso - 21042-235
Rio de Janeiro - RJ - Brasil
Tel.: (21) 3882-8200 - Fax: (21) 3882-8212/8313

CIP-Brasil. Catalogação na fonte
Sindicato Nacional dos Editores de Livros, RJ

W661p

Wild, Meredith,
Potência extrema / Meredith Wild ; tradução Thalita Sdroiewski Uba. - 1. ed. - Rio de Janeiro : Agir, 2016.
320 p. ; 23 cm. (Hacker ; 4)

Tradução de: Hard Limit
ISBN 978.85.220.3204-4

1. Ficção americana. I. Uba, Thalita Sdroiewski. II. Título. III. Série.

CDD: 813
CDU: 821.111(73)-3

À equipe P.S.

Pelos últimos dez anos...

Na alegria e na tristeza.

PRÓLOGO

E: Me encontre no clube em dez minutos. Por favor, não fique bravo.

Reli a mensagem de Erica até meu cérebro compreender o que ela estava querendo dizer.

Puta que pariu.

O clube ao qual ela estava se referindo só podia ser um. Cerrei os punhos com força, como se apertar o telefone quase a ponto de esmagá-lo fosse impedi-la. Respirei fundo, o que não ajudou a me acalmar, encontrei o número dela e coloquei o celular na orelha. Ouvi chamar infinitas vezes, engolindo os palavrões que eu soltaria caso ela atendesse. Eu sabia que ela não atenderia.

O timbre caloroso da caixa postal dela me cumprimentou. Fui cutucado pela saudade da mulher por trás daquela voz, mas eu não podia ignorar o fato exasperante de que ela não estava atendendo o telefone. Desliguei e peguei minhas chaves. Desci as escadas voando até o Tesla e, sem perder tempo, me enfiei em meio ao tráfego do horário de pico.

Dando uma checada no horário, calculei meu trajeto e quanto tempo ela ficaria lá sem mim. Dez ou 15 minutos, se eu tivesse sorte. Minha mente rodopiou com o que poderia estar acontecendo no estabelecimento subterrâneo exclusivo que eu conhecia há anos como *La Perle*.

Ela seria uma presa.

Se espreitasse nas sombras, como fizera mais vezes do que gostava de admitir, a veria desse jeito: uma loirinha maravilhosa com fogo suficiente para fazer um dominador querê-la para si. Qualquer homem teria que ser totalmente cego para não querer fazê-la se ajoelhar.

Pisei no acelerador e costurei pelo tráfego, deixando para trás o aglomerado de carros lentos que aumentavam o intervalo de tempo precioso entre nós. À medida que a preocupação atormentava meus pensamentos, as lembranças indesejadas do clube também me assombravam. Eu não punha o pé lá desde que tinha conhecido Erica, meses atrás. Eu não tinha motivo algum para retomar aquela vida. Meu maxilar se contraiu quando pensei em tudo que rolava lá, incontáveis momentos sem significado algum para os quais eu continuava voltando, anos depois de ter deixado Sophia. Tudo naquele lugar era carregado com a promessa de sexo, as possibilidades mais obscuras pairavam no ar em meio a cada expiração e trocas não muito inocentes.

Havia um aperto doloroso no meu peito. A frustração que só Erica conseguia provocar, aquela que faz meus dentes rangerem. Mas debaixo de tudo aquilo havia amor. Amor por Erica, que deixava meu desejo em chamas. Apesar de eu a querer longe daquilo, meus desejos mais básicos pintavam uma fantasia de encontrá-la no clube e ser o homem que a domava — mesmo que soubesse como essa porra dessa tarefa era impossível. Na luz do dia, ela nunca tornava as coisas fáceis, mas, ah, ela se submetia como ninguém à noite.

Pisei no freio em um sinal vermelho. Fechei os olhos e lá estava ela, me espiando com seus olhos azuis semiabertos, oceanos infinitos. Todo aquele comportamento rebelde ficava manso pelo prazer que eu daria a ela. E eu sempre dava mais do que ela podia aguentar. Eu nunca a deixava descansar até que ela estivesse saciada. Até que eu visse a fascinação que só eu podia provocar naqueles olhos, tendo a conduzido a um lugar onde ninguém mais nunca a tinha levado. Até que a única palavra que ela conseguia formular fosse o meu nome.

Nunca nos faltava paixão. Não conseguíamos tirar as mãos um do outro. A adrenalina se sobressaía à fadiga que tinha se instalado nos meus ossos depois de mais uma noite sem dormir. Eu poderia foder aquela mulher até ficar cego e não seria o suficiente. Ela tinha me prometido uma vida inteira, e eu tinha total intenção de amá-la por todos esses dias.

O amor era uma palavra pequena para o que eu sentia por Erica. Talvez fosse uma obsessão, uma determinação incansável em torná-la minha de todas as maneiras que ela permitisse. Heath tinha notado, até mesmo me alertado, ao ver como ela estava me mudando. Ele sabia bem o que era ser viciado, e ninguém podia negar que ela era o meu vício. A droga sem a qual eu me recusava a viver, não importava quantas vezes ela me empurrasse para longe. Eu lutaria com todas as forças para me manter por cima a fim de protegê-la, de mantê-la longe do caminho daqueles que machucariam um para destruir o outro. Eu não podia perder o controle e arriscar perder algo mais importante — a única pessoa que tinha entrado em minha vida e feito com que ela valesse a pena.

Sim, ela tinha me mudado, tanto quanto um homem com as minhas afinidades peculiares poderia mudar. Ela tinha me impulsionado. Tinha entrado na minha vida, um metro e sessenta de independência feroz. A mera presença dela me desafiava, me deixando habitualmente duro até que eu conseguisse encontrar a paz inexplicável que era estar dentro daquele corpinho maleável dela. Mesmo agora, eu mal consigo respirar direito, sabendo que ela está longe do meu alcance. Apertei o volante com mais força. Meus dedos já sem sangue formigaram com o desejo de sentir o corpo dela sob eles, amando-a, reivindicando-a, prendendo-a.

Puta merda.

Ajeitei minha ereção inconveniente. O que era inútil, posto que visões da noite anterior agora me inundavam. Os lábios cheios e inchados dela se abrindo para mim e só para mim. Suas unhas se enterrando nas minhas coxas enquanto ela me recebia por inteiro no êxtase quente de sua boca.

Parei de apertar tanto o volante, soltando um respiro instável. Meu polegar escorregou pelo couro gasto do cinto. Os batimentos do meu coração aceleraram. O sinal ficou verde e eu acelerei rumo ao nosso destino. Um lampejo de expectativa tomou conta de mim com uma rajada de sangue para meu pau, agora duro como pedra.

No mínimo, eu iria gostar de castigá-la depois que tudo fosse resolvido.

CAPÍTULO 1

DUAS SEMANAS ANTES

Deslizei minhas mãos frias pelas laterais do vestido. Eu tinha me arrumado para causar uma boa impressão. Eu sabia que aquilo era bobo. Especialmente porque aquela não seria exatamente a primeira impressão.

— Café?

Blake caminhou até onde eu estava e me entregou uma caneca fumegante. Ele estava usando jeans escuros e uma camisa branca que fazia sua pele brilhar. Ele estava bronzeado por conta do tempo que passamos na casa de praia, o lugar para onde íamos para escapar da vida na cidade e recarregar as energias. Hoje, como em todos os outros dias, Blake estava me deixando sem fôlego. Ele podia muito bem ter saído direto das páginas de um catálogo de moda, mas havia muito mais naquele homem do que sua aparência estonteante. Toda a presença dele tinha um jeito de me fazer perder o equilíbrio. Às vezes, quando eu não estava quase desmaiando por causa da perfeição dele, eu ficava me perguntando se causava o mesmo efeito nele também.

— Obrigada — murmurei.

Nossas mãos se tocaram quando peguei a caneca, e eu deixei que o calor se espalhasse pelos meus dedos.

— Posso estar viajando, mas você parece nervosa.

Ele bebericou o café e inclinou a cabeça.

Fiquei olhando para o líquido cremoso, deixando que o aroma rico preenchesse meu nariz e tentando imaginar o que a próxima meia hora traria. Ter Blake ao meu lado deveria ser um pequeno — um grande — conforto, mas não era.

— Não consigo evitar.

Ele deu uma leve risada.

— Você não tem motivo nenhum para ficar nervosa. Você sabe disso, não sabe?

Era fácil, para ele, dizer isso. Do outro lado da sala, um homem alto estava conversando com alguns dos outros investidores. Eu, agora, tinha chegado ao estágio de chamar muitos deles pelo primeiro nome, mas não conseguia superar o fato de que eles eram criadores e também destruidores de sonhos. Eram homens mais ou menos parecidos com Blake. Alguns eram empreendedores e outros tinham sido bem-sucedidos em suas carreiras profissionais e passaram a investir em outros negócios por hobby, explorando ideias novas.

O maxilar do jovem rapaz estava contraído, seus movimentos eram desajeitados por trás de um sorriso tenso e olhos arregalados, como se ele tivesse consumido todo café de Boston esta manhã.

— Aquele sou eu alguns meses atrás — falei. — É assustador e você nunca vai saber como é. Além disso, eu provavelmente sofro de estresse pós-traumático por causa de toda merda que você me fez passar aqui nesta sala. *Duas vezes.*

— Fui um babaca. Admito.

— Um completo cuzão — corrigi.

Um sorriso presunçoso curvou os lábios dele.

— Está certo, mas você jamais conseguiria me convencer a mudar sequer um instante do modo como as coisas aconteceram, porque agora eu tenho você.

O olhar esverdeado dele se fixou no meu enquanto estava parado à minha frente, com uma postura aberta e casual. Ele me tinha, é verdade. À medida que minha ansiedade derretia lentamente, lutei contra o impulso de dar um beijo naquele sorriso malicioso até fazê-lo sumir do rosto dele na frente de todos aqueles homens de terno. Aquele homem me deixava louca, em mais de um sentido.

— E você? Algum arrependimento?

Os olhos dele escureceram, como se ele pudesse ler meus pensamentos, o homem arrogante e divertido sendo substituído pelo amante que detinha meu coração em suas mãos. Inspirei pelo nariz, esperando pelo toque que frequentemente se seguia àquele olhar. Um simples toque de reconforto que continha todo amor que sentíamos um pelo outro.

Ele deslizou os dedos delicadamente pelo meu maxilar, abaixando o rosto até chegar perto do meu. O beijo suave dado no meu rosto podia ter sido confundido como uma interação entre colegas e preencheu o ar entre nós com o cheiro dele. Prendi a respiração, aprisionando a essência dele em meus pulmões. Eu queria estar imersa nela, me banhar naquele aroma unicamente masculino.

Ele se afastou, retomando a postura casual à minha frente. A caneca de café ocupou seus lindos lábios mais uma vez, apesar de eu os querer em mim de novo. Céus, que tortura sensual eu suporto à mercê desses lábios.

Fechando os olhos, sacudi a cabeça. Não havia palavras. Não havia arrependimentos. Ele tinha razão. Todos os altos e baixos, por mais dolorosos que tenham sido, tinham valido a pena. Tínhamos cometido erros. Tínhamos machucado um ao outro. Mas, de alguma forma, tínhamos saído mais fortes. Ele conhecia meu coração e eu conhecia o dele. Eu não podia falar com relação ao futuro, mas não conseguia imaginar-me ao lado de outra pessoa que não fosse Blake.

— Ainda nervosa? — murmurou ele.

Abri os olhos e vi que o sorriso animado dele tinha voltado, com um calor novo em seus olhos.

— Não — admiti, ciente demais de nossa falta de privacidade e confusa pela mudança repentina no clima entre nós.

Tentei ignorar a maneira como meu coração se expandia em meio às paredes do meu peito, aquele lembrete sem nome de como eu o amava desesperadamente. Eu era uma escrava daquele homem e do corpo que continuava a destruir minha habilidade de compreender a vida além do nosso quarto. Eu queria, agora, que estivéssemos sozinhos, que eu pudesse estar livre para tocá-lo. Eu ansiava por tocá-lo.

— Ótimo. Vai ser divertido, prometo.

Ele veio até o meu lado e deslizou o braço em torno de mim, desenhando círculos suaves na minha lombar.

Talvez isso não fosse mais casual. Blake tinha um jeito de mostrar ao mundo que eu era dele, não importava onde estivéssemos. Sala de reuniões ou quarto, ele não dava espaço para dúvidas. Não posso dizer que eu me importava. Eu queria me aconchegar nele agora, inspirá-lo e deixar que o mundo derretesse em seus braços.

— Vamos começar em alguns minutos. Quer comer alguma coisa? Você não tomou café da manhã — murmurou ele, sua respiração quente no meu pescoço.

Meneei a cabeça.

— Não, obrigada. — Fiz uma pausa, incapaz de ignorar a pequena semente de dúvida que crescia dentro de mim. — Blake...

— O que foi, gata?

A voz dele era suave quando aquela maneira carinhosa como ele costumava me chamar saía de seus lindos lábios. E a maneira como ele me olhava... Eu podia ter pedido um diamante Hope em uma travessa de prata e ter bastante certeza de que ele daria um jeito de trazê-lo até mim.

— Você tem certeza de que me quer aqui?

Ele se encolheu, marcando seus lindos traços ao franzir a testa de leve.

— Como assim? É claro que quero. Coloquei você nessa diretoria por várias razões, e nem todas são egoístas. Você merece estar aqui tanto quanto qualquer um desses caras.

Revirei os olhos.

— Duvido muito.

— Você tem suas próprias experiências — fracassos e sucessos — e as está trazendo para a roda hoje. Você sabe disso.

O toque reconfortante da mão dele nas minhas costas desapareceu, dando lugar a um carinho suave que subiu do braço até minha bochecha. Ele ergueu meu queixo até que ele fosse tudo que eu conseguia ver, tudo em que eu conseguia pensar.

— Não duvide, Erica. Nunca duvide do seu valor.

Meneei a cabeça de leve.

— Acho que me preocupo que essas razões tenham mais a ver com... *a gente* do que com eu merecer estar aqui. E se eu não tiver nada para contribuir? Não quero envergonhar você na frente de todas essas pessoas.

Ele virou seu corpo impressionante, equiparando-se a mim.

— Ouça o que eu digo. Este é seu primeiro *pitch* como potencial investidora, é normal ficar um pouco nervosa. Simplesmente faça as perguntas que vierem à sua cabeça. Se nada surgir, provavelmente tem mais a ver com aquele coitado que está prestes a vomitar todo o café da manhã do que com você. É o dele que está na reta, então faça o seguinte: tome seu café, desfile até lá como se você fosse a dona dessa porra de lugar — porque, em algumas semanas, quando você se tornar minha esposa, você vai ser mesmo — e faça o que você faz de melhor. Seja chefe. Procure por talentos e decida se o empreendimento desse cara vale uma segunda olhada.

Engoli a emoção que queimava em minha garganta. A intensidade de sua fé em mim me deixava desnorteada. Pudera, quase tudo relativo a Blake era completamente avassalador e arrebatador.

— Você é incrível, sabia?

A expressão séria dele suavizou-se em um sorriso que se refletia em seus olhos. A felicidade de Blake significava tudo para mim. Eu queria me agarrar a ela, atrelá-la à minha própria felicidade e ficar assim pelo máximo de tempo possível. Para sempre, espero.

Fechei os olhos, curtindo aquele breve momento entre nós. Os lábios dele foram de encontro à minha testa, em um beijo delicado.

— Agora, vamos encontrar nossos lugares antes que eu mande todo mundo para casa e faça amor loucamente com você naquela mesa. Já estou com bastante dificuldade em manter as mãos longe de você agora.

Olhei para ele, tentando não deixar meus pensamentos divagarem com a fantasia.

— É um pouco cedo para ameaças vazias — provoquei, com um meio-sorriso.

A língua dele saiu da boca, traçando um caminho sensual pela parte de baixo de seus dentes.

— Não é uma ameaça vazia, e eu acho que você sabe disso. Agora mova essa bundinha linda até lá e me impressione.

Esperei por um segundo para que o calor se esvaísse do meu rosto antes de guiar o caminho até a longa mesa de reuniões onde os outros agora estavam se acomodando em seus lugares. Nós nos sentamos, e Blake limpou a garganta, dando uma olhada para o papel à sua frente.

— Pessoal, este é Geoff Wells. Ele está aqui para apresentar seu empreendimento: aplicativos de tecnologia usável.

Geoff era jovem, vinte e poucos anos. Ele era magro, de pele pálida, e seu cabelo loiro escuro era longo e bagunçado, na altura dos ombros. Ele tinha todas as características de um programador. Seus olhos azuis estavam arregalados, migrando de um rosto para outro, e o pomo de Adão dele se mexia toda vez que ele engolia em seco, enquanto esperava que todas as pessoas sentadas à sua frente se acomodassem. Céus, eu sentia pena dele. Quando nossos olhos se encontraram, eu sorri. Talvez eu pudesse ser um rosto amigável na multidão. Ele sorriu de volta, aparentemente relaxando sua postura.

— Obrigada por vir, Geoff — falei. Por mais nervosa que eu estivesse por ele, saí da minha bolha no intuito de deixá-lo mais confortável. Apontei com a cabeça para a pilha de papéis na frente dele. — Conte-nos sua ideia.

Ele se endireitou e respirou fundo.

— Obrigado por me receberem. Eu programo há muito tempo, mas, nos últimos anos, tenho focado especificamente em desenvolvimento de aplicativos. Como muitos de vocês provavelmente já sabem, vamos observar um novo mercado emergindo no campo de tecnologia no próximo ano. Softwares — especificamente aplicativos — para tecnologia usável.

Geoff entrou nos detalhes de seu projeto. Ele falava com animação, do jeito que eu e Sid às vezes conversávamos sobre nosso negócio um com o outro e com outras pessoas. Todos nós — Sid, Blake, James e eu — vivíamos em outro mundo, nossa própria bolha de alta tecnologia. Falávamos outra língua. Eu não era uma geradora ambulante de códigos, mas adorava o lado tecnológico do negócio e me deliciava em nosso pequeno e esquisito microcosmo. Claramente, Geoff também vivia nesse universo e, provavelmente, não tinha muita vida fora dele, dado seu aspecto e o cabelo bagunçado.

Os quinze minutos seguintes foram preenchidos pelos pormenores do plano de Geoff para expandir os aplicativos que ele já havia criado. Ele cobriu todos os pontos que eu tinha decorado quando me preparava para meu *pitch* na Angelcom, meses atrás. Enquanto Geoff falava, eu reconheci a paixão e o talento dele. Além disso, achei a ideia muito legal. Fiz algumas anotações no bloco de notas à minha frente, ansiosa para fazer perguntas e secretamente torcendo para que Blake estivesse tão animado com relação àquilo quanto eu.

O celular de Blake acendeu silenciosamente, distraindo-o da apresentação. Dei uma olhada para ele; como ele não reparou, eu o cutuquei com o bico do sapato. Ele franziu a testa para mim, que já estava franzindo a minha para ele, e um sorriso perspicaz substituiu a carranca. Ele voltou a olhar para frente, com foco na única pessoa que deveria ter a atenção dele naquele momento.

— Que aplicativos você desenvolveu até agora? — perguntou Blake quando Geoff fez uma pausa em sua apresentação.

— Tenho um bocado de apps desenvolvidos para plataformas maiores, que serão lançadas em alguns meses.

— Em quanto tempo você acha que consegue desenvolver mais apps para o mercado?

— Depende do investimento. Preciso de muitos outros desenvolvedores especialistas em diferentes plataformas para trabalhar em múltiplos projetos. Neste momento, tenho basicamente só a mim.

— Você já tem outras ideias traçadas? — perguntei.

— Tenho algumas. As especificações técnicas estão prontas para serem implementadas. Eu só preciso de mais mão de obra para desenvolvê-las para que possamos lançá-las antes que outra pessoa o faça.

Acenei positivamente com a cabeça, fazendo uns cálculos rápidos, comparando o pedido de investimento dele com o calendário à nossa frente. Olhei para o lado, torcendo para que o que eu via nos olhos de Blake fosse interesse. Ele voltou a olhar para Geoff antes que eu pudesse decifrá-lo.

— Muito bem, Geoff. Acho que cobrimos todos os pontos importantes. Você tem algo a acrescentar? — Geoff meneou a cabeça. — Acho que essa é a essência de tudo, a não ser que vocês tenham mais perguntas. — Blake deu uma olhada em volta, uma última checagem tácita para saber se havia mais alguma pergunta. — O que vocês acham, senhores? Prontos para tomar uma decisão?

O primeiro homem, que também estava presente no meu *pitch*, logo recusou. Ele tinha recusado o meu pedido também. Geoff mordeu a parte interna da bochecha.

Os dois investidores seguintes também recusaram, e eu fiquei completamente apreensiva pelo jovem. O olhar dele pousou em Blake, com um pavor familiar e evidente de ser rejeitado por unanimidade em seu rosto.

Blake apertou o botão da caneta algumas vezes.

— Eu vou... — Ele fez uma pausa, demorando-se mais um instante e colocando a caneta nos lábios. — Acho que vou deixar essa para a srta. Hathaway.

Ele apontou para mim, ao seu lado. Meu queixo deu uma leve queda. Eu tinha adorado o conceito de Geoff, mas à medida que os segundos se passavam, eu torcia para que Blake desse aquele passo. Com o braço apoiado no encosto da cadeira, Blake me deu um sorriso torto. Filho da mãe.

Geoff agora parecia tão confuso quanto apavorado, seu rosto estava ainda mais pálido do que já era.

— Eu gostei — falei rapidamente.

O rosto de Geoff se iluminou.

— Gostou?

— Sim. Gostei de tudo que você apresentou até agora. Acho que é incrivelmente promissor. Eu adoraria ouvir mais sobre suas ideias específicas para apps.

Um sorriso largo se abriu no rosto dele.

— Muito obrigado. Qualquer coisa que você precise saber...

— Que tal semana que vem, Geoff? — interferiu Blake, desviando a atenção de Geoff de mim.

— Semana que vem é perfeito. Hum, no horário que for melhor para vocês, é claro.

— Ótimo. Vamos pedir para a Greta agendar algo na recepção. — Blake deu uma olhada para os outros homens. — Senhores, obrigado por terem vindo. Acho que podemos encerrar.

Gradualmente, os outros investidores se levantaram também.

Geoff juntou suas anotações e deu a volta na longa mesa até chegar a mim.

— Muitíssimo obrigado por essa oportunidade.

— Sem problemas. Estou animada para dar uma olhada em algumas coisas que você desenvolveu. — Dei a ele um sorriso caloroso e apertei a mão dele. — Ah, a propósito, sou Erica Hathaway.

Blake se levantou ao meu lado e esticou a mão, apertando a de Geoff com firmeza.

— Ela será Erica Landon em algumas semanas. Sou Blake, noivo dela.

O sorriso de Geoff ficou ainda mais largo.

— É um prazer conhecê-lo, sr. Landon. Ouvi falar muito do senhor.

— Ah, é? Bom, é tudo verdade. — Blake riu silenciosamente antes que sua atenção se voltasse para o outro lado da sala. — Com licença. Preciso dar uma palavrinha rápida com uma pessoa. Mas parabéns, Geoff. Erica tem gostos bastante exigentes, então você tem sorte de tê-la ao seu lado.

Revirei os olhos e cutuquei o braço de Blake, empurrando-o para longe dali.

— Vá embora e nos deixe conversar.

Blake sorriu e nos deixou.

— Desculpe. Ele é... Bom, não se sinta mal. Ele me apavorou no meu primeiro *pitch*.

— Você passou por um *pitch* aqui?

Dei de ombros, sem acreditar que eu estava sentada do outro lado da mesa em uma questão de meses.

— Sim. Foi mais ou menos assim que nos conhecemos.

— Uau. Ele deve ter gostado muito da sua ideia.

Eu ri e lutei contra o rubor que eu tinha certeza de que estampava meu rosto. *Ele gostou de outra coisa*.

— Blake é uma ótima pessoa para se ter na equipe. Ele me ensinou muita coisa. — Remexi minha bolsa e entreguei meu cartão a ele. — Aqui estão meus dados, caso você precise entrar em contato comigo para qualquer coisa. Talvez eu lhe procure para fazer mais algumas perguntas antes da nossa reunião. Mas preciso que todas essas informações fiquem marinando por um tempo.

— É claro. — Ele deu uma olhada no cartão mais de perto. — Clozpin?

— É minha startup.

Decidi não mencionar que Blake tinha se recusado a imprimir meus cartões da Angelcom até que eu mudasse de nome. Que homem possessivo.

Geoff ergueu os olhos, o sorriso extasiado agora parecia uma característica permanente em seu rosto.

— Excelente. Mal posso esperar para dar uma olhada.

— Entrarei em contato, OK?

— Excelente, obrigado mais uma vez.

CAPÍTULO 2

Enquanto Geoff ia embora com os outros, Blake conversava baixinho com alguém pela porta aberta. Me apoiei na mesa, esperando que ele voltasse. Ele fechou a porta e veio até mim.

— Enfim, sós.

Mordi o lábio.

— Como me saí?

Ele reduziu a velocidade na minha frente e enrolou um braço na minha cintura, me puxando para perto.

— Você me deixou orgulhoso. Como sempre.

— Você me pôs em uma sinuca de bico. Está tentando bater algum tipo de recorde do número de vezes que você consegue me deixar louca nesta sala?

Blake deu um sorriso malicioso.

— Você esperava menos de mim?

— Não, claro que não. Mas me diga o que você realmente achou da ideia dele. Estou completamente equivocada?

— É promissora. Eu imaginei que você morderia a isca.

Escorreguei as mãos pelo pescoço dele, deslizando-as pelos cabelos que se estendiam até pouco abaixo do colarinho da camisa.

— E se você odiar algo que eu amar? É nosso investimento. Não devíamos concordar um com o outro?

— Suponho que sim, na teoria. Mas se você gostar de alguma coisa, agarre-a e vá com tudo. Assim como fez hoje.

Ele deslizou um dedo pela parte da frente do meu vestido, subindo e descendo, segurando meu seio por cima do tecido. Me inclinei na direção do toque. A prova incontestável de seu desejo era dura e fazia pressão no meu quadril.

— Pelo visto você gosta quando sou decidida.

Ele jogou os quadris para frente, me prendendo entre a mesa e seu corpo rijo.

— Não sou como a maioria dos homens, que ficam de pau mole diante de uma mulher que tem opinião própria.

Ele levou os lábios até meu pescoço, traçando um caminho até minha clavícula. Minha pele se arrepiou toda e meus mamilos enrijeceram, pressionados contra o vestido. Me curvei na direção de Blake, desesperada por dar algum alívio a eles, mas quanto mais nossos corpos se tocavam, mais fora de controle eu me sentia.

— Você percebe que isso vai totalmente na contramão da sua necessidade compulsiva de tomar conta de mim, certo?

Segurando minha nuca com a mão, ele me fitou. Seu olhar, agora sério, me deixou sem ar.

— Não quero controlar a sua vida, Erica. Quero fazer parte dela e quero que você faça parte da minha. Mas não vou deixar que só você tome as decisões por nós dois, especialmente quando se trata de vida e morte.

Fiquei olhando fixamente para ele, sem fala e sem ar — por causa da proximidade intoxicante dele, da maneira possessiva como ele me segurava e do conhecimento dolorido de que nosso relacionamento não era a única coisa que estivera em perigo nos últimos meses. Por vezes, nossas vidas também. Quanto a isso, eu tinha certa culpa no cartório.

— Isso não é maluquice, é?

A tensão em torno da boca dele suavizou.

— Não — sussurrei.

Tínhamos ido ao inferno e voltado durante a negociação dos termos de quem detinha o poder no nosso relacionamento. Ele fez concessões e, no fim das contas, por mais torturante que tenha sido, eu também. Eu dei a ele mais controle do que dera a qualquer outra pessoa.

Ele relaxou o braço que estava me apertando, descendo pelo tecido do meu vestido até onde a barra parava nas minhas coxas.

— Ótimo. Estou feliz que tenhamos esclarecido isso. Agora que essa tarefa do dia foi cumprida, eu gostaria de foder você nesta mesa, se você não se importar.

Pausei, analisando a seriedade daquela frase.

— Eu não me importaria, mas tenho certeza de que ninguém da empresa gostaria de nos pegar no flagra. Aquela porta não tranca.

— Não importa. Eu dei a Greta instruções explícitas para não me perturbar aqui — sob quaisquer circunstâncias.

— Instruções explícitas? — provoquei.

Um sorrisinho dissipou a seriedade anterior.

— Sim, foram sórdidas. Ela ficou chocada quando eu detalhei as coisas que pretendo fazer com você.

Ele ergueu meu vestido pelos quadris e me colocou sem esforço algum em cima da mesa.

— Talvez ela esteja ocupada demais desejando estar no meu lugar para impedir pessoas de entrarem.

Cobri as mãos dele com as minhas, tentando, em vão, empurrar meu vestido de volta à sua posição decente, cobrindo minhas coxas. Ele forçou minhas pernas a se abrirem ainda mais, de modo que eu estivesse quase totalmente exposta.

A realidade do que ele estava propondo se espalhou por mim, aquecendo minhas bochechas e enviando uma queimação lenta pela minha pele. Eu não via nenhuma sombra de dúvida nos olhos dele. Um segundo depois, ele cobriu minha boca com a sua, me devassando com um beijo faminto. Esfomeada por ele também, deixei que sua língua transpassasse meus lábios entreabertos. Busquei a doçura quente dela e me entreguei, mas aonde isso iria nos levar?

Arfei quando ele se afastou, levando a boca mais para baixo, beijando-me atrás da orelha e descendo pelo pescoço, traçando um caminho delicioso de desejo sobre minha pele exposta.

— Blake... Nós não vamos fazer isso, vamos?

Passando os dedos pelos meus cabelos, ele desarrumou o coque feito cuidadosamente por mim.

— Vou estar enterrado até as bolas em você daqui a mais ou menos trinta segundos. Então, sim.

Tive dificuldades em respirar, com a expectativa e o medo me deixando sem ar.

— Você está molhada para mim, Erica? Por que vou entrar com tudo. — Ele pressionou as pontas dos dedos na carne da minha bunda, nos aproximando ainda mais, de modo que nossos corpos se conectaram mesmo com as roupas. — Forte e rápido. É assim que você quer?

Caralho, sim. Em concordância com minha resposta silenciosa, agarrei a camisa dele na altura dos ombros, puxando-o para ainda mais perto.

Ele me beijou bruscamente, abaixou a manga do meu vestido e espalhou uma enxurrada de beijos quentes e molhados pela minha clavícula e pelos meus ombros. Deixei a cabeça cair para trás, com a mente zunindo de desejo. Minha respiração ficou ofegante. Escancarei as pernas ainda mais para acomodá-lo, abraçando seus quadris e acolhendo o avanço dele. Erguendo o joelho, eu engatei um tornozelo na coxa dele para puxá-lo na minha direção.

Ele expirou bruscamente, esfregando sua ereção férrea na minha calcinha molhada.

— Eu quero você. Agora.

Ele enrolou os dedos nas tiras da minha calcinha e a puxou para baixo.

— Ó Deus — grunhi, me contorcendo com o contato delicioso e dolorosamente ciente da ânsia entre minhas pernas, onde meu corpo estava mais que pronto para tudo que ele quisesse me dar.

— Eu queria comer você nesta mesa desde aquele primeiro dia. Na verdade, não faço ideia de por que levou tanto tempo para isso acontecer.

— Então faça acontecer rápido, antes que alguém nos encontre.

Eu não fazia ideia de como ou se iríamos conseguir nos safar dessa, mas sabia que Blake não pararia, e eu não estava muito perto de dizer "não". Abri os botões da camisa dele rapidamente, ávida por sentir mais de seu corpo na minha pele.

Ele umedeceu o lábio inferior com a língua, me observando atentamente, enquanto eu tocava no músculos rijos de seu peito.

— Você está preocupada?

Engoli em seco, com a preocupação emergindo novamente à superfície.

— Sim, obviamente. Não quero ser pega no flagra.

— Eu acho que quer.

A safadeza brilhou por trás dos olhos dele. Ele desceu minha calcinha até os tornozelos, dando um tapa rápido na minha coxa em seu caminho de volta até meus quadris.

— Por que eu iria querer isso?

Minha voz era fraca e ofegante, deixando à mostra o efeito físico que aquela visão causava em mim.

Blake abriu o zíper. Abaixando a cueca boxer, ele libertou sua ereção grossa, envolvendo-a por inteiro em movimentos lentos deliciosos. Mordi o lábio com força demais, suprimindo um gemido que talvez ultrapassasse as paredes de nossa localização precária. Eu o queria desesperadamente dentro de mim.

— Acho que você gosta dessa ideia — da chance de que alguém me pegue fodendo você. Em público, onde não devíamos estar.

Fiquei olhando para ele. Minha mente era uma névoa de desejo e excitação enquanto eu imaginava as possibilidades. Todas eram humilhantes, mas estranhamente eróticas quando eu vislumbrava um estranho aparecendo por acaso e vendo Blake reivindicar ferozmente meu corpo do jeito que eu sabia que ele iria fazer... logo. Meu cerne pulsou, vazio e ávido para ser preenchido.

— Não — menti.

Ele deslizou os dedos pelos meus cabelos de novo, puxando-os com força suficiente para me fazer tremer. Aquele limite, aquela promessa de controle, enviou um raio de sensações pelo meu corpo. Se eu já estava molhada antes, agora estava encharcada.

— Quer, sim. — Aquelas palavras roucas não ajudaram nem um pouco o meu autocontrole já precário. — Imagine... você prestes a gozar... tão perto do limite que não conseguiríamos parar nem se quiséssemos.

Meu coração palpitou quando imaginei a cena que ele pintou.

— Só faça isso logo, Blake, antes que alguém apareça.

Ele posicionou o pau na minha entrada.

— Não me irrite, Erica. Vou fazer você gritar. Aí todo mundo vai saber que eu fodi você nesta mesa.

Fechei os olhos e joguei a cabeça para trás.

— Blake, por favor... Estou implorando. Me foda agora ou...

Ou o quê? Ou... pare? Não, eu precisava muito dele e precisava agora.

Ele penetrou em mim mais um pouquinho. Tremi, querendo poder, de alguma forma, empurrá-lo para dentro de mim, mas ele me segurava imobilizada com firmeza.

— Blake — supliquei, agarrando os quadris dele.

Os músculos tensos dele se contraíram debaixo dos meus dedos.

Então, ele se inclinou sobre mim, me empurrando para trás de modo que minhas costas encostaram na mesa. Ele deslizou os dedos pela minha bochecha, pelo meus lábios e finalmente parou na minha garganta. Ele segurou meu quadril com a outra mão e, sem mais delongas, investiu para dentro de mim. Nossos corpos se conectaram com um estalo. Quando um grito incontrolável escapou dos meus lábios, ele cobriu minha boca, abafando o som.

Tudo dentro de mim se fixou nele. Minhas coxas se agarraram ao corpo imóvel dele, esperando por mais. Com mãos trêmulas, agarrei a beirada da mesa para ter um ponto de apoio. Em algum lugar em meio àquela onda louca de possessão de Blake, eu queria que ele atingisse o ponto mais profundo dentro de mim. Em sua estocada seguinte, ele atingiu. Ele alimentou o calor ardente do meu corpo carente, por vezes seguidas.

Tentei permanecer quieta, mas pequenos ofegos e gemidos escapavam dos meus lábios no escudo quente que a mão dele formava.

O lembrete de que podíamos ser descobertos inflamou todas as minhas sensações com um medo espinhoso. Minha pele ficou insuportavelmente quente. Arqueei o corpo em cima da mesa, com o nome dele em meus lábios. Eu não queria ser pega, mas não conseguia me manter quieta para salvar minha própria vida.

Blake fazia isso comigo. Colocava meu corpo e minha mente contra toda racionalidade. A respiração dele era ofegante, enquanto ele me fodia ritmadamente, seu silêncio aparentemente enclausurado no músculo protuberante de seu maxilar. Ele tirou a mão da minha boca e agarrou meu seio por cima do vestido. Com um apertão firme, atiçou meu mamilo. Mordi o lábio com um grunhido.

Algo correto e cármico pairava no ar, enquanto ele nos levava cada vez mais fundo em direção ao nosso prazer. Era ali que tínhamos começado. Fechei os olhos, me lembrando do quanto eu o tinha desejado, contra toda racionalidade. Agora, ele era meu. Totalmente meu.

Eu fantasiei diversas vezes sobre as diferentes maneiras como aquele primeiro dia nesta sala de reuniões podia ter terminado. Esta era uma delas. Por mais que eu o odiasse na época, meu corpo o queria mesmo assim. Tremi com o início do clímax tomando conta de mim. A fantasia se tornando realidade estava me levando ao limite.

— Eu imaginei isto... Blake, eu queria isto.

A confissão saiu de mim juntamente com todos os outros sons proibidos que escapavam de meus lábios.

Sem aviso prévio, ele saiu de dentro de mim, provocando uma pausa inesperada em minha lenta escalada. Meus olhos se abriram. Antes que eu pudesse falar, ele me ergueu da mesa e me virou de barriga para baixo. Meus quadris ficaram pressionados contra a mesa dura. Blake se debruçou em cima de mim, sua ereção, escorregadia por causa da minha excitação, estava pressionada contra minha bunda despida. Energia radiava entre nós — tensa e tênue. Meu coração batia enlouquecidamente contra a mesa. Minhas mãos, dos dois lados do meu corpo, me preparavam para o que quer que Blake tinha planejado. O fôlego dele beijou meu pescoço. Meu sexo se contraiu, desesperadamente vazio sem ele.

— Blake — gemi, jogando o corpo para trás para ficar mais perto dele.

— Era assim que eu queria você, Erica. Eu queria você debruçada nesta mesa, gritando meu nome. Eu não conseguia ouvir absolutamente nenhuma palavra do que você estava dizendo.

Ele afastou minhas pernas com o joelho. Fechei as mãos em punhos apertados, meus quadris se projetando para trás. Então, ele estava dentro de mim de novo, me preenchendo completamente com um empurrão forte.

Soltei um gritinho, sem conseguir evitar.

— Blake!

Com meu corpo à mercê dele, minha bochecha contra a superfície fria e escorregadia da mesa, eu não conseguia imaginar nada mais intenso do que isso que eu estava vivenciando no momento. Meu corpo zunia com sensações cada vez mais intensas que me deixavam mais perto do paraíso.

— Você está tão fundo.

Choques de prazer disparavam pelo meu corpo toda vez que ele me preenchia.

— Ainda não mostrei a você o que é fundo.

Antes que eu pudesse recuperar o fôlego e me preparar, ele agarrou meus quadris. Me puxando de volta para si, Blake penetrou mais fundo em meus tecidos sensíveis. Algo entre um grito e um grunhido ribombou no meu peito, mas antes que pudesse escapar dos meus lábios, a mão de Blake estava lá, silenciando a série seguinte de gritos enquanto ele metia em mim.

Com as mãos em punhos e os dedos dos pés se contorcendo, eu gozei com força e enfraqueci sobre a mesa, exausta, mas Blake ainda estava duro como nunca.

— Goze, Blake. Rápido.

Pensar em Greta nos pegando no flagra me deixou sóbria na hora, e outra onda de medo correu pelas minhas veias.

Ele soltou meus quadris e ficou imóvel dentro de mim.

— Isso foi rápido demais. Acho que temos tempo para mais uma, você não acha?

Blake saiu um pouco de dentro de mim. Contornando até a parte da frente, ele encontrou meu clitóris e o pressionou com firmeza. Dei um pulo, sensível por ter gozado há tão pouco tempo. Agora, ele estava ameaçando mais. Com cada movimento cuidadoso, ele me deixava mais perto, mais excitada.

Aquilo não era uma rapidinha. Ele estava me destruindo, e eu estava desabando.

Soltei diversos palavrões, sem ligar para onde estávamos. Fora de mim e impotente, perdi todo senso de adequação e decência, enquanto Blake continuava me fodendo, girando os quadris com cada investida, massageando as paredes apertadas do meu sexo por dentro.

Meu orgasmo cresceu como uma tempestade vindo de longe, até que, segundos depois, estava trovejando pelo meu corpo. Eu podia vê-lo, pulsações cintilantes ofuscantes de luz por trás dos meus olhos. E, céus, como eu podia senti-lo, um tornado sendo disparado no meu cerne e se espalhando por todos os membros.

Devastada com a sensação, bati a mão na mesa, traçando um caminho úmido até a lateral do meu corpo. Abafei os gritos na mesa, agora que os esforços de Blake em me manter calada tinham aparentemente sido substituídos pela única tarefa de me foder com o máximo de força que ele conseguia.

— Erica!

O grunhido torturado de Blake saiu rasgado de seus pulmões. O único som que talvez tivesse sido ouvido além das paredes da sala de reuniões ecoou nas paredes quando nós dois paramos, molengas. O corpo de Blake cobria o meu enquanto lutávamos para recuperar o fôlego. Os dedos dele deixaram meu corpo, e meu sexo se contraiu em torno do pau duro que ainda pulsava dentro de mim.

Zunindo e deliciosamente exausta, registrei fracamente o fato de não termos sido pegos. O pensamento se afastou quando Blake saiu de dentro de mim. Um arrepio correu pela minha pele exposta.

— Vire-se. Me deixe limpar você.

Empurrei a mesa, me erguendo, e me virei, com as pernas trêmulas. Eu mal conseguia me apoiar na mesa. Blake pegou minha calcinha do chão. Ele abaixou o olhar, focado na tarefa de limpar minha pele ultrassensível com a peça. Fiquei olhando para ele, querendo ver seus olhos, mas estava hesitante em encará-los depois do que tínhamos feito ali. Ah, se Greta soubesse...

Uma batida na porta fez eu me endireitar e puxar o vestido para baixo para cobrir minha nudez.

— Merda. Blake!

Minha voz era um sussurro desesperado.

— Relaxe. Vou cuidar disso.

Blake enfiou minha calcinha no bolso. Ele se recompôs e abotoou a camisa. Enquanto ele se dirigia para a porta, eu me afastei da mesa, tentando desesperadamente arrumar o cabelo completamente desgrenhado. Franzindo a testa, ele abriu a porta apenas o suficiente para cumprimentar quem quer que fosse que estava batendo, cuidadosamente me escondendo dos olhos especuladores da pessoa que estava ali.

— Greta, eu disse a você...

Ela interrompeu o tom repreensor dele com um pedido rápido de desculpas, mas a voz dela era tão baixa que eu mal conseguia ouvi-la. Blake olhou para mim, seu rosto revelando sua agitação. Ele saiu da sala sem dizer nenhuma palavra, me deixando ali para me recompor.

***

Me larguei em uma das cadeiras. Com dificuldades para controlar o tremor das minhas mãos, tentei pensar na sensação de perigo que estava fazendo meu coração acelerar e palpitar. *Puta merda*. Alguma coisa com relação a esta vez, diferentemente das outras, tinha me dilacerado de um jeito completamente novo.

Meu corpo ainda zunia e doía onde ele estivera. Blake tinha razão. Alguém podia ter entrado a qualquer momento e eu não teria ligado. Às vezes, eu não reconhecia a pessoa que tinha me tornado, essa amante tão extasiada pelo toque de Blake, pela maneira como ele me desafiava em todos os sentidos. Ele me levava ao limite, mas eu não queria que fosse nada diferente disso.

Inspirei fundo pelo nariz, determinada a me recompor. Eu tinha checado minha aparência três vezes em um dos espelhos decorativos da sala. O tempo passou, e como Blake não voltou, arrisquei sair dali. Greta estava sentada com uma postura rígida à sua mesa, digitando alguma coisa. Eu queria perguntar aonde Blake tinha ido, mas não queria chamar a atenção para o que ela talvez tivesse ouvido. Minhas bochechas ficaram quentes. Desci o corredor até o escritório particular dele dentro do prédio da Angelcom. Me aproximei da porta, aberta só uma fresta. Quando fui abri-la, parei de súbito ao ouvir a voz de uma mulher.

— Quando é que você ia me contar, Blake?

Meu estomago revirou, meu maxilar se contraiu e meus nervos, já à flor da pele, ficaram ainda mais atiçados. Eu conhecia aquela voz. Conhecia e odiava.

Sophia.

— Eu disse a você que esse dia iria chegar. Não achei que fosse ser um choque para você — disse Blake.

— Então por que tive que ouvir da boca de Heath? Você não podia ter me contado você mesmo? Depois de tudo que passamos juntos?

Blake suspirou pesadamente.

— Você é mais próxima dele. Achei que iria querer ouvir da boca dele.

— Eu era mais próxima de você antes de ser dispensada. Ter Heath na minha vida não significa nada se você não fizer parte dela.

O tom mais grave de Blake preencheu o silêncio momentâneo.

— Não diga isso, Soph. Sua amizade significa muito para ele.

— É por causa daquela putinha, Erica, não é?

— Olhe como você fala — ralhou ele.

— Ela está obrigando você a fazer isso, não está?

— Acho que nós dois sabemos que não recebo ordens de ninguém, inclusive de você. Você tem todos os contatos de que precisa. Seu negócio tem gerado um bom lucro há dois anos. Tínhamos um acordo, e agora é hora de cairmos fora.

— E quanto a nós?

O tom áspero na pergunta de Sophia foi amenizado naquelas últimas palavras, pinceladas por uma emoção suplicante que fez com que minhas mãos se fechassem em punhos apertados. Fiz uma breve prece para que Blake não caísse na dela.

— O que tem?

Ela hesitou por um momento.

— Ela está tentando nos afastar. Você não percebe?

O silêncio se estendeu por alguns segundos, a verdade da acusação dela pairava naquele momento com certeza absoluta. Eu queria as garras de Sophia finalmente longe de Blake, e a conexão dele com o negócio dela era a última coisa que o prendia a ela e ao romance dos dois.

— É o melhor para todo mundo.

A voz dele tinha silenciado.

— Não faça isso — implorou ela. — Não deixe que ela faça isso com você. Com nós dois.

— Não existe *nós*, Sophia. O que nós tivemos acabou. Acabou há muito tempo e você sabe disso.

— Não precisa ser assim. Estou melhor. Me deixe apenas mostrar a você. Eu sei do que você precisa. Isso... o que você está fazendo por ela... este não é *você*. Você precisa de uma submissa, alguém que consiga apreciar tudo que você pode dar. Ela precisa de um mentor, não de um mestre. Eu *preciso* de você, Blake. Precisamos um do outro. Por que você não consegue enxergar?

Ouvi uma movimentação e me afastei um passo da porta. Minha imaginação estava rodopiando, fora de controle, repleta de cenários de selvageria que estavam acontecendo além da minha visão. Todas as visões envolviam Sophia, as mãos dela em Blake, seduzindo-o para que ele sucumbisse às suas súplicas desesperadas. E se ele enfraquecesse? Ela tinha o hábito de ficar tocando nele como se tivesse todo direito. Mas não tinha. Ela nunca mais teria o direito de colocar as mãos no homem que logo seria meu marido. Angariei toda força de vontade que eu tinha para não entrar ali e dizer isso a ela.

— Você precisa ir. Já está feito.

— O que ela pode fazer por você que eu não posso?

Blake hesitou por um momento antes de dizer as palavras seguintes.

— Sophia... Vamos nos casar.

Um silêncio pesado desandou. Fechei os olhos.

Ela não sabia.

— Quando é que você ia me contar?

A voz dela vacilou.

Ele suspirou pesadamente.

— Não sei. Importa?

Uma risada curta escapou dela, um som delirante que me deixou preocupada quanto ao que ela podia fazer em seguida.

— Acho que não. Então é isso? Ela é tudo que você sempre quis.

Entendi o silêncio dele como uma confirmação. Torci para que fosse isso.

— Imagino que ela tenha percorrido um longo caminho desde que você bateu nela com o cinto. Ela sabe sobre o clube?

— Não, e nunca vai saber — retrucou ele.

Aquela risada suave e ingênua de novo.

— Você só pode estar brincando. Você já passou todo tempo do mundo com ela e ela sequer sabe quem você é.

— Confie em mim, ela sabe.

— Você não acha que ela deveria saber?

— Chega.

Aquela palavra saiu como uma ameaça.

— Blake...

Ela estava implorando de novo.

Eu a imaginei de joelhos, implorando para ele, como a submissa natural que ela tinha sido para ele. Pronta para ceder tudo se ele simplesmente se rendesse a ela.

— Você nunca nos deu uma chance — sussurrou ela.

— Nunca tivemos uma chance.

O tom grave da voz dele era quase inaudível.

— Não faça isso com a gente — soluçou ela.

— Vá embora, Sophia. Não torne isso mais difícil do que precisa ser.

A movimentação se aproximou da porta e eu dei um passo para trás, meu coração acelerando com a expectativa de ver Sophia em carne e osso.

— Como você quiser, Blake, mas não acho que é isso que você quer — ralhou ela. — Você vai se arrepender. Nós dois sabemos disso.

A porta se abriu e ela levou um susto. Seus olhos chocados se estreitaram rapidamente, o rímel escorrido, a única imperfeição em seu rosto perfeito. Seus cabelos castanhos lisíssimos escorriam pelos ombros e pela jaqueta de couro de grife.

— Você. — Aquela única palavra parecia conter todo o desprezo dela. Lágrimas brilharam em seus olhos. Lágrimas de frustração, talvez, mas o que quer que fosse aquilo que eu estava vendo ali, eu reconhecia. Um amor selvagem e indomado. Um amor que ultrapassava a barreira da razão. — Você é quem ele quer.

— Vá embora, Sophia. Agora.

Blake segurou a porta com força atrás dela. A expressão de puro desdém no semblante dele tanto me satisfazia quanto me enojava. Eu queria que ele a rejeitasse. Queria que ele pisasse nela. Mas não podia negar que vê-lo olhar para mim do jeito que ele estava olhando para ela agora me destruiria.

Ela deu um passo rápido na minha direção, mas me mantive firme. Por mais que as palavras dela me atingissem, ameaçando expor cada insegurança que eu sentia quanto ao meu relacionamento com Blake, eu não podia deixar que ela visse. O homem que podia ter qualquer mulher queria a mim, somente a mim.

— É isso mesmo. Sou eu quem ele quer. Agora que tal ser uma boa menina e ir embora?

— Vá se foder — ralhou ela.

— Ele acabou de fazer isso por mim. Agora nos deixe em paz. Ele não quer você aqui.

Uma expressão de escárnio marcou os traços perfeitos do rosto dela.

— Eu o fiz ser quem é hoje, Erica. Os anos que ele esteve dentro de mim são os anos que ele nunca vai conseguir esquecer, não importa o que você faça. Pense nisso quando disser os seus votos.

— Sophia!

O rosto de Blake se contorceu em uma expressão de raiva, e ele deu um passo intimidador na direção dela.

Sem olhar para trás, Sophia desapareceu pelo corredor, nos deixando ali sozinhos. Eu queria sentir alívio, mas a raiva e a incerteza chacoalhavam dentro de mim, fazendo minhas mãos tremerem ao lado do meu corpo.

Quando Blake voltou para o escritório, eu o segui. Fechei a porta e me apoiei nela, precisando daquele suporte. Fiquei olhando para sua silhueta enquanto ele olhava pela janela, para a ampla cidade à sua frente.

Eu queria conversar com ele, mas fiquei me perguntando como eu conseguiria impedir que minhas emoções borbulhassem até a superfície depois. Eu queria que ele consertasse as coisas, que apagasse as coisas horríveis que ela tinha dito. As palavras dela ainda doíam, como se ela tivesse me batido fisicamente com elas. A parte mais superficial de mim queria acreditar que as minhas palavras tinham feito o mesmo com ela.

— Sinto muito — disse ele, finalmente.

— Por quê?

Ele se virou, me fitando com aqueles mesmos olhos verdes que tinham me prendido à sua mercê poucos minutos atrás.

— Por ela ter vindo aqui. Por ter chateado você.

— Por que ela veio aqui?

Eu tinha minhas suspeitas, mas queria que ele as confirmasse. Eu precisava saber que eles não tinham mais nada um com o outro, completa e irrevogavelmente.

— Estou retirando meu investimento da agência dela, fazendo-a comprar a minha parte. — Ele passou a mão pelos cabelos. — Era isso que você queria, certo?

— Sim.

— Bom, aí está.

— Você gostaria de não ter feito isso?

Não consegui esconder o desafio na minha voz. Eu não queria ouvir arrependimento.

Ele beliscou o dorso do nariz.

— Tinha que ser feito, cedo ou tarde. Às vezes, é simplesmente mais fácil satisfazer a vontade de algumas pessoas do que bater de frente com elas. Ela é uma dessas pessoas.

— É melhor do que ficar preso a ela para sempre, não é?

— Vamos ver. Ela está acostumada a ter o que quer.

— O que ela quis dizer com... — Suspirei, ponderando a pressão que deveria fazer depois da manhã que já tínhamos tido. — O clube? — perguntei baixinho.

Os olhos dele não desgrudaram de mim.

— O que tem?

Eu o estudei. A tensão no maxilar traía tudo que eu tinha ouvido, mas ele certamente não iria querer me contar.

— Me fale sobre isso.

Ele se aproximou, passos cuidadosos que nos deixaram cara a cara. Minhas costas ficaram contra a parede, onde ele colocou uma mão ao lado da minha cabeça. Ela ficou pairando em cima de mim, segundos vazios e sem palavras se passaram entre nós.

— Aquele lugar está no passado e é lá que vai ficar. Você me entendeu?

Respirei instavelmente algumas vezes. Por mais que eu quisesse saber, me perguntei se deveria.

— Você pode conversar comigo, Blake.

Os lábios dele se abriram um pouquinho. Repleto de uma emoção não identificada, o olhar dele viajou por mim. Antes que qualquer um de nós pudesse falar, ele segurou meu rosto com as mãos e uniu nossas bocas. Os movimentos dele eram bruscos; seus lábios, uma força de causar dor contra o meus, como se ele estivesse tentando apagar os últimos vinte minutos. Talvez ele estivesse simplesmente tentando apagar o passado. Podíamos nos perder desse jeito algumas vezes, esquecendo de tudo. Mas mesmo a paixão feroz dele agora não conseguia abafar o que tinha sido dito e tudo que eu tinha ouvido.

Empurrei-o para trás, nos afastando um do outro. Expirações irregulares queimavam em meus pulmões e lágrimas ameaçavam cair, um poço de emoção que a manhã tinha trazido à tona.

— Me conte, droga!

Adrenalina e amor e a pontada de medo que surgia com a ação de encarar o lado inflexível de Blake pulsavam pelas minhas veias. Ele envolveu meu corpo em seus braços, me puxando em um abraço firme contra o qual eu não tinha forças para lutar. A respiração dele dançava no meu pescoço; seus lábios, mais suaves agora, estavam quase resignados enquanto deslizavam pela minha pulsação. O jeito carinhoso com que ele se movia sobre mim quase exigia que eu relaxasse e parasse de lutar contra ele. Enfraqueci, querendo que ele desse um jeito em tudo isso.

— Deixe para lá. Por favor. — O rosto dele tocou no meu. — Só deixe para lá.

Fechei os olhos com força e o abracei de volta, desejando com afinco conseguir fazer isso.

CAPÍTULO 3

FIQUEI OLHANDO PELA JANELA DO nosso quarto para a escuridão iluminada pela lua. Reprisei a conversa de Blake com Sophia na minha cabeça, incessantemente, como uma música sendo tocada várias vezes e que não pararia, por mais que eu quisesse. Me debati a noite toda, tentando ficar confortável, mas eu não conseguia esquecer a raiva na voz dela. Pior ainda: a dor — um lembrete perturbador de que eles, um dia, se amaram. De que ela ainda o amava.

E o que diabos era "o clube"? Eu não tinha pensado em praticamente mais nada o dia todo, mas resisti à vontade de pedir que ele me contasse mais sobre isso. Quando se tratava do passado de Blake, eu tinha que arrancar cada detalhe sórdido. Eu planejava fazer isso, mas, esta noite, me contive. Parte de mim não queria chateá-lo ainda mais do que a visita de Sophia já o fizera; no entanto, uma parte mais profunda de mim se preocupava com o que os fatos revelariam. Será que eu realmente queria saber sobre esse pedacinho de história que ele compartilhava com Sophia?

De qualquer forma, eu estava prestes a me tornar esposa dele e vivia assombrada pelo provável fato de que ela sempre conheceu um lado dele que eu não conhecia. Esse vasto desconhecido era o que tirava meu sono à medida que os minutos e as horas se passavam. Blake dormia pacificamente ao meu lado. A luz do luar lançava sombras em seu rosto. Se eu não tivesse memorizado cada lindo traço dele, talvez ele parecesse um estranho para mim agora, dessa perspectiva, no preto e branco contrastante da noite.

Quem era Blake de verdade? O que compunha um homem? O que fazia com que qualquer pessoa fosse ela mesma em qualquer momento?

Blake era muitas coisas para mim agora. Um amante, um amigo, um curandeiro. Um mentor, também. Me encolhi, odiando a maneira pejorativa como Sophia tinha usado aquela palavra. Quem ele foi para ela? Será que ele mudou tanto assim por mim? Será que ele se ressentiria à medida que nossos anos juntos fossem passando? "Para sempre" é um tempão.

Pela primeira vez em muito tempo, minhas visões de "felizes para sempre" estavam maculadas por possibilidades nada bem-vindas. E se eu me casasse com o homem que achava que ele era e depois descobrisse que ele era uma pessoa totalmente diferente? O que eu iria fazer, então? Como é que eu poderia sobreviver sem ele, ou com ele, sabendo que eu não o estava fazendo feliz do jeito que outras mulheres fizeram?

Blake se mexeu, pausando momentaneamente o carrossel incessante de pensamentos e a barragem torturante de perguntas repletas de dúvidas que atacavam meu cérebro. Ele se virou de lado, encostando o corpo no meu. Fiquei imóvel, torcendo para não tê-lo acordado com minha inquietação. O braço despido dele me envolveu, me puxando mais para perto até que eu conseguisse sentir o coração dele batendo contra meu corpo, um ritmo lento e estável.

— Eu te amo — murmurou ele contra meu pescoço.

Segundos depois, a respiração dele retomou seu ritmo regular do sono.

Me derreti no calor bem-vindo do peito dele e soltei um suspiro pesado. Eu queria chorar. Queria libertar todas as emoções terríveis que Sophia tinha conjurado. Quando foi que eu dei a ela tanto poder sobre mim? Eu tinha o amor de Blake. Ele *me* amava. Mas... talvez ela estivesse certa. A dúvida ressurgiu, fazendo com que minhas afirmações cheias de segurança parecessem infantis e inferiores.

Talvez eu nunca fosse conhecer o homem que ele foi antes ou os sentimentos que ele carregava quando eles estavam juntos. Torturei a mim mesma com aquele pensamento até que meu corpo simplesmente se rendeu nas primeiras horas da manhã, me deixando dormir o mínimo de tempo para que eu funcionasse no dia seguinte.

Pela manhã, me sentei à minha mesa, esfregando os olhos cansados. Pensei que um novo dia talvez pudesse ajudar. Um novo começo e uma cabeça limpa. Só que minha cabeça estava nebulosa pela falta de sono. Blake e eu tínhamos tomado café juntos de manhã, mas poucas palavras foram trocadas entre nós depois que eu disse que não tinha dormido bem. Ele não perguntou por quê. Talvez soubesse.

Tentei concentrar com força meus pensamentos no trabalho, cumprindo sistematicamente as tarefas do dia. E-mails, reuniões, fazer todo mundo manter as coisas em dia. Por sorte, a empresa estava caminhando bem e prosperando desde nossa última parceria. Alex Hutchinson, um CEO high-tech bem-sucedido, cujo site de *e-commerce* se encaixava perfeitamente com nosso foco em moda, tinha apostado em mim, e os resultados estavam gerando frutos tanto para o negócio dele quanto para o meu. Graça à advertência de Sid de que deveríamos expandir nosso alcance e o fato de Blake ter me apresentado a Alex, tínhamos conseguido fechar um acordo no qual o Clozpin redirecionava mais vendas para o site de Alex e as promoções dele ajudavam a aumentar o número de membros e o tráfego do nosso. O resultado: minha empresa agora era mais que autossustentável. Eu estava no caminho certo para poder devolver o investimento inicial de Blake antes do que eu imaginara e ainda assim ficar bem das pernas.

Ergui os olhos da pilha de papéis com a análise financeira do mês de agosto na qual eu estava trabalhando. O relógio na parede ficou embaçado antes de entrar em foco. O meio-dia estava chegando, bem como meu compromisso mais que urgente de almoçar com Marie. Pensei em cancelar, mas nós realmente precisávamos conversar sobre Richard. Ele era o namorado dela, mas seu papel na mídia local tinha se tornado perturbador. Por mais que eu quisesse adiar nosso encontro, eu não podia. Me assustei quando o telefone tocou.

Um instante depois, a cabeça de Alli apareceu por detrás da divisória.

— É para você, amiga.

— Quem é?

— Alguém da imprensa local. Será que eles querem promover o site? Eu devia ter sondado o que eles queriam especificamente com você.

— Tudo bem, obrigada. — Peguei o telefone. — Alô, aqui é a Erica.

— Srta. Hathaway, aqui é Melissa Baker. Sou da WBGH. Eu estava querendo fazer algumas perguntas a você com relação à sua conexão com Daniel Fitzgerald e a campanha dele para governador.

Fiquei em silêncio por um instante. O barulho do sangue vibrando nas minhas veias era alto em meus ouvidos.

— Está bem — respondi, hesitante.

— Alguns depoimentos relacionados à morte do enteado dele foram divulgados pela polícia. Alguns desses relatos insinuam que você é filha biológica de Fitzgerald. Temos fontes que confirmaram que você está trabalhando na campanha dele. Você pode confirmar isso?

Sim, tudo aquilo era verdade, mas eu não ajudaria a imprensa em sua missão de difamar a campanha de Daniel ou conectá-lo ainda mais à morte de Mark, que ainda estava sendo investigada.

Fiquei paralisada.

— Desculpe, mas, na verdade, esta não é uma boa hora.

— Talvez eu possa dar um pulo no seu escritório em outro horário mais conveniente. Sei que você tem uma empresa virtual aqui em Boston.

Jesus, o que mais eles sabiam? Isso iria chegar aos ouvidos de Blake logo, logo se eu não estivesse preparada.

— Não estou disposta a falar sobre isso agora. Espero que você entenda.

— Mas, senhorita...

Desliguei o telefone rapidamente e coloquei as mãos na mesa, querendo parar o tremor. Merda. Seria apenas uma questão de tempo até que as descobertas de Richard com relação à minha vida pessoal chegassem à mídia. Contudo, à medida que os dias foram passando sem nenhuma novidade, eu tinha começado a torcer para que as preocupações do RP de Daniel fossem infundadas.

Um pouco mais desperta e muito mais frustrada, saí do escritório para me encontrar com Marie. Saí da escadaria do prédio e caminhei até o Escalade preto que sempre estava parado rente ao meio-fio na frente do escritório. Clay, o guarda-costas e basicamente o chofer particular que Blake contratara para mim, ergueu os olhos do jornal que estava lendo no banco do motorista. Ele destrancou as portas. Me sentei no banco de trás.

— Oi, Clay.

— Srta. Hathaway — disse ele, sua voz grave e educada.

— Você pode me chamar de Erica, sabia? Não vou ser a srta. Hathaway por muito tempo, de qualquer forma.

Um aceno positivo curto com a cabeça foi a única movimentação dele.

— Para onde iremos hoje?

— Qual seu sobrenome?

Nossos olhos se encontraram no retrovisor.

— Barker.

— Bem, sr. Barker, tenho um almoço marcado no The Vine, em Newbury.

Ele deu um sorriso largo, expondo os dentes brancos e retos.

— Está bem, srta. Hathaway.

Dez minutos depois, Clay me deixou na frente do pequeno bistrô naquela rua movimentada. Dei uma olhada pelo salão em busca de Marie. Os olhos da melhor amiga da minha mãe se iluminaram quando eu a encontrei. Fui até ela e a abracei, aliviada por vê-la, mas transbordando de frustração pelo papel que ela tinha desempenhado em tudo isso, soubesse ela ou não.

— Como você está, querida? Você parece cansada.

Os lábios dela fizeram um bico de preocupação enquanto nos acomodávamos de frente uma para a outra.

— Estou bem. Não dormi bem noite passada.

— Como está Blake?

— Ele está bem. Nós estamos bem.

Eu não queria tocar nos motivos reais pelos quais eu tive uma noite de sono ruim. Pensamentos sobre Sophia e do passado negro deles inundaram a porção dianteira da minha mente. Afastei-os quando Marie voltou a falar.

— Você deve estar ficando animada com relação ao casamento. Tenho certeza de que você mal pode esperar para ver Elliot novamente. Céus, não o vejo há eras.

Relembrei a última vez que eu tinha falado com meu padrasto. A conversa tinha sido apressada e eu tentei esquecer as pontadas de decepção que senti ao saber que ele não viria para Boston, no fim das contas.

— Ele não vai vir — falei secamente.

— Por que não?

Hesitei.

— Ele entrou em contato comigo algum tempo atrás para combinar uma visita a fim de homenagear minha mãe. Já faz dez anos.

O rosto dela desabou, e seus lábios se curvaram em um sorriso triste. Fechei os olhos, sem querer pensar em como Marie tinha tomado o lugar da minha mãe nesses últimos anos. Só que agora éramos mais amigas do que qualquer outra coisa, e eu estava absolutamente furiosa com ela.

— Enfim, Blake e eu queremos fazer algo pequeno. Tudo tem acontecido rápido demais. Eu ficava adiando contar a Elliot sobre o casamento, e quando finalmente conversamos sobre ele vir para cá, pareceu que ele e Beth estariam ocupados demais para que ele pudesse fazer uma viagem rápida, então eu não quis colocá-lo em uma situação constrangedora perguntando sobre o casamento.

— Mas ele é seu... — Ela suspirou de leve. — Bem, acho que a decisão é sua, Erica. Mas tenho certeza de que ele daria um jeito de vir.

— Ele sugeriu que eu fosse até Chicago, então Blake e eu decidimos ir até lá neste fim de semana, para passar meu aniversário. Vou conversar com ele lá e explicar tudo. Não é nada demais, mesmo.

As sobrancelhas dela se ergueram.

— Isso parece divertido, querida. Aposto que Blake vai mimar você até não poder mais.

Ela me deu um sorriso infantil.

Eu queria retribuir a animação dela, mas tudo em que eu conseguia pensar era naquela maldita repórter e em como as notícias dela estavam ameaçando explodir nas nossas cabeças a qualquer momento.

— Está tudo bem?

Marie se esticou para pegar em minha mão, colocando os dedos sobre os meus. Dei a ela um sorriso fraco e me recostei na cadeira, fugindo de seu toque enquanto o garçom enchia nossos copos de água. Fizemos nossos pedidos, e o silêncio se instaurou novamente. Limpei a garganta rapidamente.

— Você ainda está namorando o Richard?

— É claro. Por quê?

Mordi o lábio inferior e passei o dedo pela beirada do guardanapo de pano no meu colo. Esta não seria uma conversa fácil. Eu não queria ver Marie chateada, mas ela precisava saber. Inspirei fundo, me preparando.

— Preciso lhe perguntar uma coisa e preciso que você seja sincera comigo. Eu sei que você gosta de Richard, mas isso é importante.

— O que foi? O que aconteceu?

— Você contou a ele que Daniel Fitzgerald é meu pai?

Os lábios dela se abriram silenciosamente, seu olhar fixo no meu.

— Por quê?

Murchei, derrotada pela reação dela. Eu poderia ter acreditado se ela tivesse negado na mesma hora.

— Porque, de alguma forma, a polícia sabe que sou filha de Daniel. A investigação da morte do filho dele ainda está em aberto, então eles estão de olho nele. Agora, a imprensa está sabendo disso também. Eu acabei de me desvencilhar de uma ligação de uma repórter local. Tenho a péssima sensação de que haverá mais.

— Você está sugerindo que Richard tem parte nisso?

Tentei não me ofender com o tom defensivo dela. Ficar brava com Marie não me levaria a lugar algum. Eu tinha que fazê-la entender.

— Na noite da Spirit Gala, Richard estava lá. Lembra que você me disse para procurá-lo, pois ele estaria cobrindo o evento com um fotógrafo? Ele não falou comigo, mas quando a polícia me interrogou quanto à morte de Mark, eles tinham fotos minhas dançando com ele. Não apenas uma. Dezenas de fotos. Por que alguém dedicaria tanto tempo a mim e como aquelas fotos, em especial, foram parar nas mãos da polícia?

Marie pegou sua água com uma mão trêmula e engoliu o líquido bruscamente.

— Deve haver alguma outra explicação para isso. Não sei por que Richard faria isso.

— Talvez porque ele está usando você para conseguir informações sobre Daniel. Sobre mim.

Ela sacudiu a cabeça, franzindo a testa.

— Isso é impossível.

— Ele é jornalista, Marie. É o trabalho dele.

— Ele não faria isso. Eu o conheço.

O comportamento calmo dela se transformou em um estado quase frenético. A verdade dói, sei por experiência própria.

Me inclinei na direção dela.

— Ele mesmo disse que sua área é o jornalismo político, certo? A controvérsia em torno da campanha de Daniel — com a morte de Mark e, agora, uma filha ilegítima ajudando na campanha —, como ele poderia ignorar? Lembra como as coisas estavam abaladas entre vocês, mas ele voltou atrás depois do evento? Tudo mudou, aparentemente do nada.

— Pare, Erica — ralhou ela. — Você não sabe o que está falando.

— Como você pôde contar a ele sobre Daniel? Pelo amor de Deus, você sequer conseguiu contar a *mim* por uma década. E aí conta para *ele*. Um repórter? Agora não tenho ideia do impacto que isso vai ter na minha empresa, ou na de Blake, sem mencionar a campanha de Daniel.

Ela bufou.

— Você está preocupada com a campanha de Daniel? Ele não lhe deu nada. Ele não queria saber de você, Erica. Patty deu a ele a chance de ser pai e ele escolheu sua família de sangue azul e sua carreira. Você cresceu sem um pai por causa dessa escolha e agora está lutando pela carreira dele também?

Meu maxilar ficou tenso. Ela não era a única pessoa que pensava assim. Blake preferiria ver Daniel na cadeia do que em qualquer outro lugar, mas eu não conseguia suportar que ele fosse liquidado porque eu tinha descoberto quem ele era e ido atrás dele.

— Você não entende o que está em jogo — falei, sem mencionar os motivos emocionais pelos quais Daniel precisava ser um homem livre. — O que mais você contou a ele?

— Não sei, Erica. — Ela apoiou a cabeça na mão e fechou os olhos. — Eu tinha bebido um pouco e estávamos falando de como você é talentosa. Quando comecei a falar sobre tudo que você tinha conquistado, mesmo sob circunstâncias difíceis, talvez eu tenha falado demais. Mesmo assim, sabendo o que você significa para mim, eu não acredito que ele iria querer machucar você intencionalmente ao usar essa informação para causar problemas.

— Bom, tenho quase certeza de que ele fez isso.

E se Daniel descobrisse, somente Deus poderia ajudá-lo.

— Ninguém mais sabe? E as pessoas com quem você trabalha?

Joguei o guardanapo na mesa e empurrei a cadeira para trás, perdendo a paciência com a falta de disposição óbvia de Marie em aceitar a verdade em questão.

— Pense o que quiser, Marie. Mas me faça um favor. Na próxima vez em que se encontrar com Richard, pergunte se ele contou a alguma outra pessoa o que você disse a ele. Olhe--o nos olhos quando fizer isso e me diga se você acredita nele.

Me levantei para ir embora, pegando minha bolsa.

— Erica, espere.

Pausei.

— Você, uma vez, me avisou para tomar cuidado com Daniel. Se você se importa com Richard, talvez seja bom dar esse mesmo conselho a ele também.

Me virei e fui embora, ignorando a última menção do meu nome. Eu já tinha falado demais. Mas dane-se, se Richard já estava na cola de Daniel, deveria saber que ele não é um homem com quem se mexe. Talvez Richard já tivesse suas suspeitas quanto ao suicídio aparente de Mark. Eu não fazia ideia de quem, na equipe de Daniel, sabia da verdade, mas eu tinha feito Blake jurar que guardaria segredo e não seria a responsável por colocar meu próprio pai atrás das grades.

***

Voltei cedo para casa e larguei as compras no balcão. Apesar da fadiga persistente, me pus a preparar o jantar. A família de Blake vinha jantar conosco, e eu estava ansiosa para recebê-los, já que havia perdido o jantar do último fim de semana na casa dos pais dele. Me ocupei com a preparação de duas lasanhas grandes, esquecendo temporariamente as preocupações que insistiam em ressurgir.

Coloquei as travessas no forno e enchi uma taça de vinho para mim mesma, ávida por um pouco de alívio mental. Alli entrou depois de uma batida rápida na porta.

— Oi. — Ela sorriu e veio me abraçar. — Você não voltou depois do almoço. Fiquei preocupada.

— Eu precisava comprar algumas coisas para a viagem este fim de semana e queria dar uma adiantada no jantar. Tudo nos conformes?

— Sim. Ah, Alex ligou para você, mas eu disse que você estava fora e iria viajar no fim de semana. Ele disse que estaria na cidade semana que vem, então eu reservei um horário na sua agenda de segunda-feira. Espero que você não se importe.

— Claro que não.

— Está animada com a viagem a Chicago?

Será que eu estava?

— Acho que sim. Vai ser meio estranho. Faz tempo que não vou para lá, mas estou animada para passar um tempo longe daqui.

Ela foi até o balcão e serviu uma taça de vinho para si mesma.

— Aposto que Blake tem planos grandiosos para o seu aniversário. É o primeiro junto com ele!

Ela deu um sorriso largo e bateu a taça na minha, brindando.

Dei uma risada e tomei mais um gole. Eu não tinha pensado muito naquilo. Entre o casamento e o turbilhão de coisas para fazer e pessoas para lidar, comemorar era um pensamento distante.

Alli e eu ficamos conversando sobre o trabalho e sobre como ela e Heath estavam se acomodando no novo apartamento. As coisas estavam indo bem entre eles — os olhos dela e o sorriso despreocupado em seus lábios indicavam muita coisa. Eu ficava feliz pelo relacionamento deles. Eles precisavam um do outro, eu imaginava, basicamente da mesma maneira que Blake e eu tínhamos passado a depender um do outro.

Heath e Blake chegaram alguns minutos depois. Alli foi até Heath, e ele a puxou em um abraço caloroso, beijando-a carinhosamente na boca. Meu foco voltou para Blake, que estava dando passos casuais na minha direção.

— Olá, linda.

Ergui o queixo para ir de encontro ao beijo rápido dele. Seu olhar era caloroso, mas a preocupação marcava os olhos dele.

— Como foi o seu dia?

Antes que eu pudesse responder, Catherine, Greg e Fiona chegaram, com os braços cheios de vinhos e sobremesas. Eles se aglomeraram na cozinha, um falando mais alto que o outro e abraçando todo mundo. Sorri internamente, adorando toda a energia deles e a leveza que eles traziam às nossas vidas.

— Como estão os meus pombinhos? — perguntou Catherine enquanto se esticava para dar um beijo no rosto de Blake.

Ele deu um sorriso torto.

— Estamos bem, mãe.

Ela respondeu com um toque carinhoso na bochecha dele, antes de se virar para mim.

— Me deixe ajudar você, minha querida. Olhe para isso tudo. Você vai tirar a função de Greg desse jeito.

Dei uma risada.

— Duvido muito. A lasanha de Greg é incrível.

Um sorriso orgulhoso curvou os lábios de Greg.

— Ora, muito obrigado!

— Ah! — Os olhos de Fiona brilharam. — Tenho algumas coisas para ver com vocês. — Ela piscou na direção de Alli.

— Muito bem. — Alli apontou para Blake, Heath e Greg, que estavam todos parados perto da ilha central da cozinha. — Meninos na sala. As meninas precisam conversar.

Heath revirou os olhos.

— Ih...

Alli o silenciou e o empurrou dali com os outros.

Enquanto os homens se acomodavam na sala de estar, Alli se aproximou e falou baixinho.

— Então, agora que Fiona está aqui, precisamos planejar a sua despedida de solteira. Eu só preciso saber se você quer uma surpresa ou se tem algum pedido específico.

— Hum, nada de surpresas, acho. Mas quero que vocês convidem a Simone.

— Com certeza. Ela está na lista. Tem alguma coisa específica que você queira fazer?

Dei de ombros.

— Não.

— Está bem, Fiona e eu vamos cuidar dos apetrechos.

Ela começou a fazer umas anotações no celular.

— Apetrechos?

— Canudos de pênis, tiaras que piscam, essas coisas.

Dei outra risada e enchi a taça de vinho novamente.

— Vocês vão fazer eu me despedir dessa vida de solteira em grande estilo, hein?

— Ah, sim. Vamos com tudo. Receio que não vá ser nada muito fino — disse Alli.

Ergui as sobrancelhas quase querendo ter optado pela surpresa.

— Ó Deus. Espero que não tenha strippers. Blake teria um ataque.

Fiona riu.

— Tanto faz. Não precisamos da permissão dele.

— Eu ouvi isso! E a resposta é "nem fodendo"! — gritou Blake da sala de estar.

— Blake! Olhe essa boca! — gritou Catherine de volta antes de colocar as luvas e tirar a lasanha do forno.

Fiona sacudiu a cabeça e se debruçou por cima do ombro de Alli para ver o que ela estava escrevendo.

— Vamos definir uma data hoje e deixe os planos — e os apetrechos — por nossa conta. Você só vai fazer isso uma vez na vida.

— Está bem, só se lembrem de que eu gostaria de ainda estar noiva no final da festa — falei.

Deus sabia que a última coisa que eu precisava era de Blake aparecendo do nada, dando o maior piti por causa de qualquer depravação embriagada que estivéssemos aprontando.

Catherine colocou a mão no meu ombro.

— Eu não me preocuparia com isso. Acho que nada poderia abalar a determinação daquele homem em se casar com você. Estou chocada por ele não ter arrastado você para Las Vegas ainda. Você sabe como ele é quando encasqueta com alguma coisa.

— Sei, sim — murmurei baixinho.

Ela me deu uma olhada perspicaz e pegou alguns pratos na ilha central.

— O jantar está pronto!

Passamos o resto da noite conversando sobre tudo — desde o trabalho de Heath com alguns novos empreendimentos no escritório de Blake até detalhes do casamento iminente. No fim da noite, eu estava cheia e só conseguia pensar em como era louco aquele futuro que me aguardava com aquelas pessoas maravilhosas e amáveis.

Depois que eles foram embora, me retirei para o quarto para começar a organizar algumas roupas para a viagem. Blake entrou e me deu um abraço por trás.

— Enfim, sós. Achei que eles nunca iriam embora.

— Acho que o jantar aqui correu bem. Devíamos fazer isso com mais frequência. Foi divertido.

O vinho tinha afogado parte da minha chateação do dia. Eu ainda estava cansada, mas menos agitada do que antes.

— Vamos precisar de mais espaço logo.

Nossos olhos se encontraram no reflexo do espelho.

— Vamos?

Blake deu um beijo no meu rosto.

— Eventualmente, Fiona vai arrumar um namorado e a família vai crescer. Vamos precisar de um lugar melhor para receber as pessoas.

Assimilei aquele pensamento por um minuto.

— Ah — falei baixinho.

Meu corpo ficou repentinamente quente demais.

Ele me soltou de seu abraço e se sentou na cama.

— Você já chegou a pensar em se mudar daqui?

— Não muito. Este lugar é ótimo. Com certeza é melhor que qualquer lugar que eu esperava ter no centro da cidade.

Parte de mim tinha se perguntado como seria ter uma casa que fosse *nossa*, não apenas de Blake, mas nossas vidas se moviam rápido demais para pensar demais nisso. Ele já tinha me dado muito. Eu não tinha condições de pedir mais, especialmente considerando a desigualdade financeira entre nós.

— Talvez a gente possa começar a procurar lugares afastados do centro.

Me virei para encará-lo, confusa por ele estar tocando nesse assunto tão repentinamente.

— Mas nós dois trabalhamos aqui. Por que nos mudaríamos?

Ele deu de ombros.

— As coisas mudam. Podemos querer uma mudança de cenário, eventualmente. Adoramos o vinhedo, mas, obviamente, é longe demais dos nossos trabalhos.

Fiquei olhando para ele, tentando decidir se aquilo era algo que eu realmente queria. Havia muitas coisas em constante mudança na minha vida ultimamente. Assim que uma parte parecia começar a ganhar constância, de alguma forma, tudo virava de cabeça para baixo de novo.

— É só algo em que eu tenho pensado. Mas não precisamos falar sobre isso agora.

Ele tirou a camiseta e a calça jeans e se enfiou debaixo das cobertas. A visão daquele corpo lindo sem camisa efetivamente deletou todos os outros pensamentos da minha cabeça.

— Como foi o seu dia? Você anda quieta.

Ele se apoiou no cotovelo, e a expressão de preocupação de antes suavizou seu rosto.

Larguei algumas roupas na mala, no chão, e deixei que minha mente retornasse àquela discussão nada agradável com Marie.

— Encontrei Marie hoje no almoço.

— E como foi?

— Ela admitiu que deixou escapar sobre Daniel a Richard, mas não acredita que foi ele que vazou a informação.

— Isso é besteira.

— Eu sei. Tenho bastante certeza de que ela está apaixonada e não consegue admitir que ele faria isso com ela. — Suspirei. — Deixei-a sozinha lá no restaurante. Me sinto péssima com relação a isso, mas eu não podia ficar e continuar ouvindo Marie defendê-lo.

Repassei a conversa na minha mente, ainda frustrada por ela defender Richard. Coloquei uma blusinha e me juntei a Blake na cama, desligando o abajur ao meu lado. Ele se aproximou de mim.

— Sinto muito por ter tido que lidar com isso. Mas agora, pelo menos, você sabe.

Assenti e repousei a cabeça no peito dele, deslizando as mãos pelas cristas suaves de seu corpo.

— Espero que ela caia na real e perceba que ele não é o homem que ela pensa.

Eu estava chateada com Marie, mas também sentia pena dela. Eu sabia como era estar perdidamente apaixonada por um homem e deixar que isso embaçasse todo o resto. Eu defenderia Blake de qualquer pessoa que lançasse acusações contra o caráter dele sem pensar duas vezes. Homens de seu passado — Max, Trevor e até mesmo Isaac — tinham me alertado quanto a Blake, tentando, em vão, manchar a visão que eu tinha do único homem que amei verdadeiramente. Mas, no fim, ninguém podia abalar minha crença de que ele era um bom homem. Perturbado, talvez, e com certeza nem sempre inocente. A história dele como hacker não eram águas passadas e esquecidas, e eu não tinha certeza de se um dia chegaria a esse ponto. Aquele homem sabia manter informações em sigilo de todos os jeitos necessários, um talento que eu nunca consegui compreender direito.

Analisei os olhos dele na semipenumbra, com o coração se contorcendo por saber que havia muito mais por trás das palavras dele e das experiências que tínhamos compartilhado juntos. Eu não havia angariado coragem suficiente para perguntar sobre o clube novamente e não tinha certeza se queria. Talvez ele tivesse razão. Talvez eu devesse deixar para lá, mas uma vozinha na minha cabeça simplesmente não deixava.

A sobrancelha dele se enrugou.

— O que foi?

— Nada. Só estou um pouco preocupada com a empresa — falei rapidamente, evitando o que mais estava me incomodando. — Estou um pouco preocupada com Daniel também. Quando tudo isso se tornar público, vai afetar a campanha dele. Uma repórter me ligou hoje de manhã, querendo informações.

Ele tirou uma mecha de cabelo do meu rosto.

— Nós sabíamos que isso viria à tona, eventualmente.

— Eu sei. Eu só queria que tudo isso já tivesse passado. Enquanto essa investigação sobre a morte de Mark estiver aberta, tenho que conviver com essa mentira. Estou morrendo de medo de que a polícia descubra a verdade.

— Você deveria ter contado a verdade a eles quando teve a chance, Erica.

Fechei os olhos, sentindo o rumo que a conversa estava tomando.

— Você sabe por que eu não podia.

— Você quer acreditar que ele é alguém que não é. Que, de alguma forma, essa única atitude, ainda que para salvar a própria campanha, o redime de tudo que ele não fez por você, as coisas que ele nunca lhe deu.

Uma onda de emoções me inundou, fazendo as lágrimas darem alfinetadas atrás dos meus olhos. Rejeitando a rendição aos sentimentos que eu não queria encarar, me afastei e tentei olhar para a parede. Blake me virou rapidamente para ele de novo.

Abri a boca para protestar, mas ele colou os lábios nos meus, me silenciando com um beijo lento e imponente. Ele colocou a mão no meu rosto enquanto seu braço me abraçava com mais força.

Ofeguei por ar quando ele interrompeu o beijo, seus olhos sombrios me olhando atentamente. Ele contornou meu lábio inferior com o polegar.

— Me desculpe. Acho que nunca vou conseguir perdoar Daniel por ter ameaçado você e nos separado. Pode ser que a gente nunca se entenda.

Relaxei. O ressentimento dele tinha origem em seu amor por mim.

— Eu entendo que você tem seus motivos.

— Só para constar, eu espero que ele não decepcione você de novo. — Ele fez um carinho na minha bochecha, dando outro beijo, menos dominador, nos meus lábios. — Eu te amo, Erica. Só quero o melhor para você.

Fechei os olhos.

— Eu sei.

— Chega de falar de Daniel.

Concordei com um suspiro.

— Você não quer saber o que eu planejei para o seu aniversário?

Ele arqueou uma sobrancelha.

Um sorriso pequeno curvou meus lábios.

— Talvez.

As mãos dele pararam na minha cintura, as pontas de seus dedos se agitavam na minha pele. Comecei a rir, empurrando-o para escapar.

— Você não parece muito animada — provocou ele.

— Eu estou. Pare!

Não consegui parar de rir enquanto ele continuava me fazendo cócegas. Me contorci até que, percebendo que ele era forte demais para eu conseguir escapar, comecei a beliscá-lo.

— Ei!

Ele me virou, segurou minhas mãos atrás das minhas costas e deu um tapa forte na minha bunda.

Gritei, mas não tentei me mexer de novo, agora que a tormenta das cócegas tinha passado. Fiquei parada ali, deixando que minha pele assimilasse a queimação da mão dele. Mordi o lábio, plenamente ciente de que minha tontura estava se transformando em desejo.

— Você sequer perguntou sobre os seus presentes — murmurou ele roucamente, esfregando o corpo no meu.

Soltando minhas mãos, ele acariciou minha cintura, com a ereção pressionada na minha bunda.

— Você nunca me perguntou o que eu queria — respondi, com uma intenção igualmente pervertida permeando minhas palavras.

Ele expirou, deslizando as mãos até a parte da frente da minha calcinha. Ergui os quadris para dar espaço para ele me tocar.

— Eu sei o que você quer, Erica. Eu sempre sei, às vezes melhor do que você mesma.

Deus, como ele sabia.

Fechei as mãos em punhos no travesseiro acima da minha cabeça, querendo ser consumida pelo desejo. Eu queria desaparecer nessa escuridão, no momento entre nós.

Dane-se o mundo. Arfei quando os dedos dele deslizaram pelos lábios úmidos do meu sexo, esfregando delicadamente meu clitóris inchado.

— Que tal eu lhe dar um dos seus presentes mais cedo? Você gostaria disso?

Concordei com a cabeça, incapaz de falar sem gemer alto.

— Não consegui ouvir você. Diga.

Os dedos dele deslizaram para dentro de mim, me lembrando de onde eu mais o queria. Ele recuou, me deixando vazia e desejosa. Choraminguei, erguendo os quadris novamente na direção dele.

— Erica — cantarolou ele, uma repreensão sombria badalando nos meus ouvidos.

— Por favor, Blake.

Tive dificuldades em formar as palavras que ele queria ouvir. Como padrão, acabei implorando.

— Por favor, o quê?

— Por favor, me foda. Quero meu presente. Por favor...

Ergui os quadris, esfregando a bunda nele. Ele falou um palavrão e puxou minha calcinha até os joelhos. Sem se dar o trabalho de tirar completamente as roupas dele ou as minhas, ele abaixou a cueca apenas o suficiente. Seu pau ardia quente na minha pele. A cabeça macia escorregou pela minha bunda e pressionou a entrada do meu sexo.

— Qualquer coisa para a aniversariante.

As palavras dele ficaram tensas quando ele me penetrou com uma investida vigorosa.

Apertei o maxilar para conter o grito sem palavras que quis escapar dos meus lábios quando ele estava inteiramente dentro de mim. Eu estava apertada em torno dele. Alívio e necessidade louca por mais me inundaram. Os quadris dele me empurravam para cima e me afundavam no colchão, um amortecedor enquanto ele metia em mim. Cada investida de seu pau me causava um formigamento delicioso, que descia por cada membro e pulsava onde nossos corpos se encontravam; meu clitóris, minha profundidade, aqueles lugares secretos onde só ele conseguia me dar prazer. Minha excitação encharcou a nós dois, tornando a viagem suave à medida que ele aumentava o ritmo.

A realidade estava escapando. Uma nova realidade, onde nós éramos os únicos dois jogadores, foi se formando à medida que a busca pelo orgasmo tomou conta de nós. Virei a cabeça para o lado, ofegando, já que o sexo apaixonado que Blake fazia comigo me roubava todo o ar.

Gemi enquanto nossos corpos quentes e escorregadios deslizavam um pelo outro. Céus, aquele homem conseguia provocar coisas em mim. Ele saiu de dentro de mim e me virou, se enfiando entre minhas pernas. Ele se aproximou de mim, prendendo meus lábios nos dele. Blake os chupou para dentro de sua boca, devorando a carne inchada com golpes luxuriosos de sua língua de veludo.

— Eu te amo — sussurrou ele.

O corpo dele se moveu como uma onda em cima de mim, encontrando a parte mais profunda do meu corpo mais uma vez, prolongando aquele último momento de prazer da nossa união. Tremi, me sentindo despida, exausta e completamente amada.

CAPÍTULO 4

MENOS DE 24 HORAS DEPOIS, Blake e eu estávamos em um carro alugado, deixando que o GPS nos guiasse rumo à casa de Elliot, um lugar que eu ainda não conhecia. Olhei pela janela, reparando em todos os pequenos detalhes que diferenciavam os arredores de Chicago do subúrbio de Boston, o lugar que eu há anos chamava de lar. Eu tinha mudado dramaticamente desde que fui embora. O fato de eu ter passado a maior parte da minha vida ali parecia repentinamente impossível.

Olhei para Blake, que parecia extremamente focado em nos levar até nosso destino final. Ele desviou os olhos da estrada por um segundo, observando meu olhar demorado, pegou minha mão e a segurou em seu colo, dando um apertão leve.

— Está nervosa em visitar Elliot?

Respirei fundo, querendo reprimir o sentimento de ansiedade que cresceu no meu peito. Por mais tempo que eu tivesse passado longe dali, aquele lugar ainda detinha muitas lembranças para mim. Lembranças que eu não tinha certeza se estava pronta para encarar agora. Eu havia tentado pensar naquela viagem basicamente como uma escapadinha para nós dois, mas, por algum motivo que não conseguia compreender direito, eu estava apreensiva quanto a mostrar meu antigo mundo a Blake. Talvez porque minha vida em Chicago, sem minha mãe por ali, fosse uma casquinha do que costumava ser e muito diferente do laço barulhento e forte que ele tinha com sua família.

Eu trilhei uma longa jornada desde aquela época. Tinha crescido. Era vulnerável, às vezes, mas capaz de traçar meu caminho no mundo com mais confiança do que antes. Me formei e construí um negócio que era finalmente estável e estava prosperando. Agora eu e Blake íamos nos casar e começar nossa vida juntos. Como eu podia pensar no passado quando todos aqueles dias pareciam sem graça em comparação com os dias que eu compartilhava com Blake agora? De alguma forma, com tudo que tínhamos passado, ele se tornara meu lar. Eu pertencia à nossa vida juntos e pensar em entrar no meu passado fazia o chão tremer sob meus pés.

— Estou prestes a encarar meu passado. Estou um pouco assustada, eu acho.

Ergui os olhos, buscando reconforto. O que encontrei na profundeza dos olhos escuros dele foi um lampejo de reconhecimento.

— Você vai se sair bem, gata — disse ele baixinho, apertando minha mão carinhosamente.

De repente, éramos iguais, duas pessoas fugindo de quem costumávamos ser, entrando de cabeça em uma nova vida e em uma chance de ser mais juntos.

O GPS anunciou que tínhamos chegado ao nosso destino e paramos na casa de Elliot. Apertei o cardigã em torno do meu corpo, apesar de o fato de Blake estar segurando minha mão me dar infinitamente mais conforto.

Elliot e Beth viviam em uma casa charmosa de dois pavimentos não muito longe do centro da cidade. Venezianas azuis emolduravam as janelas da frente. Algumas luzes estavam acesas. Os cômodos tinham cores intensas e eu vi um relance de crianças correndo lá dentro.

Subimos os degraus de madeira até a porta e abrimos a porta de tela, que rangeu um pouco. Toquei a campainha e dei um passo para trás.

Esperei parada na varanda esbranquiçada que rodeava a casa, contorcendo os dedos com nervosismo. Blake segurou minha mão de novo e me puxou para perto dele. O burburinho de vozes lá dentro aumentou e a porta se abriu.

— Erica!

O sorriso de Elliot não podia ser mais largo quando ele atravessou a porta e me puxou para longe de Blake em um abraço apertado.

Eu o abracei de volta e, em um instante, era uma menininha de novo, feliz demais por vê-lo. Ele não tinha mudado. Com exceção de alguns cabelos grisalhos em suas costeletas castanho-escuras, ele era o mesmo homem bonito que sempre tinha sido. De estatura mediana, ele era um pouquinho mais baixo que Blake, mas magro e esbelto da mesma forma. Seus olhos azuis escuros brilhavam. Ao nosso lado, Blake pigarreou.

— Blake. — Elliot sorriu e se afastou o suficiente para apertar a mão de Blake com um tapinha carinhoso, mantendo o braço em torno do meu ombro. — Que ótimo finalmente conhecê-lo.

— É um prazer conhecê-lo também.

O sorriso de Blake era diferente. Eu não conseguia decifrá-lo direito.

— Entrem — disse Elliot rapidamente.

Ele nos guiou até o saguão, onde Beth apareceu. Ela estava usando roupas casuais e seus olhos brilharam quando entramos. Tínhamos nos visto duas vezes, uma vez no casamento deles e, depois, em uma breve visita em um verão. Ela foi gentil comigo e eu não tinha motivo algum para sentir rancor ou não gostar dela. Elliot amara minha mãe, mas eu queria que ele fosse feliz. Vê-lo sorrir novamente depois que minha mãe tinha falecido era tudo que eu precisava para saber que Beth fazia bem a ele.

Beth tinha olhos castanhos claros e seus cabelos escuros estavam presos em um coque bagunçado. Ela limpou as mãos na calça, deixando um rastro de resíduos brancos que só pioravam seu look desgrenhado.

— Desculpem! Vocês nos pegaram no meio de um grande projeto gastronômico, então estou um caos. — Ela se aproximou para dar um beijo no meu rosto, tomando cuidado para só encostar em mim com a boca. — É maravilhoso ver você, Erica. Estou tão contente por você ter podido vir... — O olhar dela se desviou para Blake, que estava ao meu lado. — Você deve ser Blake.

Fiquei contente. Tentei esconder um pequeno sorriso enquanto os observava se apresentarem para o homem que seria meu marido em algumas poucas semanas. Eu queria que eles vissem o quanto ele me fazia feliz. Queria que eles gostassem dele e vissem como ele era incrível comigo.

Enquanto eles conversavam brevemente, desejei ainda mais que Blake pudesse conhecer minha mãe. Afastei aquele pensamento, voltando meu foco para as duas menininhas morenas que agora estavam amontoadas nas pernas dos pais, estudando Blake e eu com seus grandes olhos castanhos.

Me agachei, comparando seus tracinhos angelicais com a memória que eu tinha formado delas pelas fotos que vi ao longo dos anos.

Fiz contato visual com a mais nova.

— Você deve ser a Clara. É isso mesmo?

Ela assentiu timidamente com a cabeça e ficou batendo o dedo do pé descalço agitadamente no chão.

— Quantos anos você tem? Ah, espere. Me deixe adivinhar. — Fingi estar pensando. — Você parece bem grandinha. Você tem três anos?

Ela sorriu e concordou com a cabeça.

— E qual é o seu nome?

A menina, que era apenas dois anos mais velha que a irmã, estava parada imóvel ao lado de Elliot, com os olhos fixos em mim.

— Marissa — disse ela baixinho.

— Que nome lindo. Sou Erica. Ouvi falar muito de vocês. É maravilhoso finalmente conhecer as duas.

Ela se afastou de Elliot por um momento e ficou parada na minha frente, com as mãos cobertas de farinha e dependuradas ao lado do corpo. Em seguida, inclinou a cabeça de leve.

— Você é minha irmã?

Abri a boca para falar enquanto procurava pela resposta certa.

— É isso mesmo — intrometeu-se Beth. — Você e Erica têm o mesmo papai.

A sobrancelha de Marissa se enrugou, como se ela estivesse tentando, mas não conseguisse enxergar o sentido daquilo.

— Onde está a sua mamãe?

— Ah — falei baixinho. — Ela está no Céu.

— Meu peixe foi para o Céu também. Mamãe disse que ele seria feliz lá.

Sorri, encantada pelas duas menininhas lindas.

— Aposto que é.

Clara saiu do lado de Beth e pegou minha mão em sua mãozinha rechonchuda.

— Vem... *Bincá*.

Ergui os olhos e vi os outros sorrindo.

Beth falou rapidamente.

— Ah, vamos dar a Erica a chance de se acomodar antes de brincar. Ela fez uma viagem longa.

Dei uma risada.

— Está tudo bem. Do que vamos brincar?

— Fazer *biscoto* de irmã — explicou Clara, e seus olhos brilhantes pareciam esperar que eu soubesse o que ela estava querendo dizer.

— Oi?

Ela puxou meu braço e eu segui, juntamente com Beth, até a cozinha.

— Desculpe por estar tudo uma bagunça. Começamos querendo fazer biscoitos, aí eles tinham que ser em formato de coração, aí tinham que ser cor-de-rosa, então... — Beth jogou as mãos para o alto enquanto olhávamos para o balcão coberto de restos de biscoitos de açúcar. — Cá estamos.

Clara ficou na ponta dos pés e pegou um biscoito rosa com um formato parecido com o de um coração e o colocou na minha mão.

— Clara os chama de biscoitos de irmãs, já que ela sabia que estávamos fazendo especialmente para você.

— Ah, obrigada. — Dei uma mordida e fiz um "huummm" exagerado de satisfação. — Que delícia! Vocês que fizeram?

As duas meninas assentiram com a cabeça, seus olhos brilhando de orgulho.

— Meu Deus, o que é isto?

Meus olhos se arregalaram quando Beth pegou minha mão, aproximando meu anel cravejado de diamantes de seu rosto.

— Ah, hum. — Tive dificuldades em formular as palavras certas, especialmente com o biscoito de açúcar rosa na boca. Eu não tinha pensado muito em como dar a notícia a Elliot, mas Beth podia acabar se antecipando. — Estamos noivos.

Ela soltou um gritinho.

— Elliot! Venha cá!

Alguns segundos depois, Elliot e Blake se juntaram a nós na cozinha.

— Erica e Blake estão noivos!

— O quê? Quando foi isso?

Elliot ficou dividindo olhares entre mim e Blake.

— Vocês já marcaram a data? — interferiu Beth antes que um de nós pudesse responder.

— Vamos só fazer uma cerimônia pequena na praia em algumas semanas — disse Blake.

— Está de brincadeira? — Elliot olhou para Beth. Ambos menearam a cabeça. — Ah, caramba, você devia ter me contado, Erica.

Dei de ombros.

— Sei que você anda ocupado. Eu não queria colocar ainda mais pressão em você. Além disso, tudo foi resolvido muito rápido. Eu mal consigo acompanhar o ritmo.

— Bom, vamos dar um jeito. Quero estar lá — disse Elliot sem hesitar.

— É sério, vai ser algo bem pequeno. Sei que vocês estão atolados de coisas.

Eu não queria que ele fosse porque se sentia culpado. Ele tinha uma vida inteira aqui e uma família que realmente precisava dele. Aquilo era óbvio, ainda mais com as duas menininhas zanzando na cozinha entre nós.

— Não seja maluca, Erica. Vamos nos virar, de um jeito ou de outro.

Beth se aproximou para um abraço.

— Tudo bem, mas não se sintam pressionados. Eu entendo que vocês dois têm a agenda cheia.

Beth me silenciou e passamos a preparar o jantar juntas. Blake e Elliot tinham voltado à outra sala enquanto Beth me enchia de perguntas sobre como eu e Blake tínhamos nos conhecido. Clara e Marissa se revezavam para me dar biscoitos de irmãs e, eventualmente, conseguiam me puxar para longe de sua mãe e me levar na direção de outro cômodo. Apesar das tentativas de Beth de distraí-las, acabei passando a hora seguinte no chão do quarto que elas dividiam, enquanto os "adultos" preparavam o jantar conversavam e lá embaixo.

Ouvi Blake falar de nossas empresas e de alguns dos contatos dele na cidade. Eu não me sentia muito mal em abandoná-lo com Elliot e Beth, que eram basicamente estranhos para ele. Ele conseguia manter uma conversa com praticamente qualquer um. Em se tratando de programadores, ele era mais sociável que a maioria.

Quando eu estava quase de saco cheio da nossa festa do chá de faz de conta, toda a família se sentou para jantar. As meninas monopolizaram a refeição com suas perguntas e risadas e brincadeirinhas fofas em geral. Eu não me importava. A felicidade delas preenchia quaisquer silêncios constrangedores que pudéssemos ter e eu fiquei rapidamente apaixonada pelas duas.

À medida que o jantar ia se encaminhando para o fim, as filhas de Elliot se agitavam ainda mais. Elas estavam rindo e engatinhando debaixo da mesa, se intrometendo na conversa dos adultos com frequência. O lampejo de irritação de Elliot se dissolveu em segundos quando ele segurou cada uma com um braço. Pegando-as no colo, ele ameaçou abraços de urso e beijos de princesa.

Eu sorri, o amor familiar deles era evidente e contagiante.

Beth se levantou da mesa, pegando uma das meninas de Elliot e apoiando-a em seu quadril.

— Acho que é hora do banho. Vamos dizer boa noite para Erica e Blake.

— Não! — gritou Clara, esfregando os olhos e apoiando a cabeça no ombro da mãe.

Beth sorriu.

— Sim, está na hora. Elliot, por que você e Erica não acendem a lareira no quintal? Vou colocar as meninas na cama.

— Tem certeza?

— Sim, vá lá — insistiu ela, dispensando-o com um aceno.

Ele deu um sorriso caloroso para ela, deixando que Marissa saísse de seus braços e se aconchegasse na perna da mãe.

Blake se levantou rapidamente.

— Vou começar a lavar a louça. Vão na frente, vocês dois.

Elliot e eu olhamos um para o outro. Aparentemente, todo mundo estava empenhado em fazer com que nós aproveitássemos ao máximo esse encontro. Ele sorriu, pegou a taça de vinho e se levantou.

— Acho que essa é a nossa deixa. Vamos lá para fora. Está uma noite agradável.

O quintal dos fundos de Elliot era cercado, um parquinho enorme tomava conta de boa parte do quintal e os brinquedos das meninas se amontoavam em todo o restante. Me acomodei em uma cadeira na varanda enquanto ele acendia um fogo baixo na pequena lareira externa. Ele se recostou na cadeira e o fogo cresceu nos minutos seguintes.

— Não consigo acreditar que você vai se casar.

Dei uma risada.

— Somos dois. Tenho tentado assimilar a ideia desde que Blake me pediu em casamento.

— Blake parece ser um cara ótimo. Estou realmente feliz por vocês dois.

Sorri, assentindo.

— Também acho.

— Ele é bom o suficiente para você?

Tive que rir disso.

— Ele é maravilhoso. Completamente maravilhoso.

— Só estou cuidando de você. Nunca tive a chance de botar nenhum dos seus namorados para correr. Sinto como se precisasse recuperar o tempo perdido — disse ele, o sorrisinho torto em seu rosto me dizia que ele não estava falando totalmente sério.

— Você vai ter sua chance com Clara e Marissa, tenho certeza. Elas vão se tornar mulheres lindas.

— Ah, caramba, nem me lembre.

Ele coçou a testa.

Fiquei olhando para as estrelas e relaxei na cadeira. A noite estava fria, mas o fogo aquecia meus pés.

— Fico feliz por termos vindo — admiti. — É ótimo ver todos vocês. Não consigo acreditar em quanto tempo se passou.

— Eu sei. Realmente passou tempo demais. — Ele suspirou e tomou o último gole da taça de vinho que estava na mesa ao seu lado. — Tenho muito orgulho de você, Erica.

Nossos olhos se encontraram brevemente antes de eu olhar para baixo, me sentindo repentinamente encabulada.

— Obrigada, Elliot.

— Clara e Marissa crescem a cada dia que passa e vejo você nelas. Por mais que eu me apegue a esses momentos com elas, mesmo sabendo que não vão durar, passar por tudo de novo me traz muitas lembranças. Me arrependo muito por não poder ter feito mais por você.

— Está tudo bem.

Eu não sabia o que dizer. Eu queria que ele tivesse feito mais também, mas compreendia que ele não podia.

— Não, não está tudo bem. — Ele se inclinou para frente, apoiando os cotovelos nos joelhos enquanto olhava para o fogo. — Eu quero que você saiba que eu nunca havia amado ninguém como amei a sua mãe. Até aquele ponto, ela realmente era a mulher mais incrível que eu já tinha conhecido. E você era essa pequena extensão perfeita dela. Eu me sentia muito sortudo por ser seu pai. Aí, quando ela ficou doente... — Ele meneou a cabeça, a tristeza travando seu maxilar. — Não estávamos preparados. Todo meu mundo virou de cabeça para baixo. Eu era jovem e Patricia era minha vida. Aí... Eu estava morrendo de medo de fazer tudo errado com você. De repente, ser um pai pareceu a coisa mais assustadora do mundo. Eu estava com medo de atrapalhar tudo. De não fazer jus a ela, sabe?

Eu queria reconfortá-lo. Garantir a ele que tudo tinha dado certo. Tinha, não tinha? Peguei a mão dele. Ele segurou a minha com força por um instante e depois a soltou, voltando a olhar para o fogo baixo que aquecia nossos pés.

— Tentei ligar para você tantas vezes — disse ele baixinho. — Eu queria tentar explicar à medida que o tempo passava, mas era difícil fazer isso por telefone. Eu também quis ir até lá para ver você, mas a vida se meteu no caminho. Não é desculpa, eu sei.

— Estou aqui agora. E eu entendo. Não consigo imaginar pelo que você passou. Senti falta de ter você na minha vida. Vocês dois. Mas me virei. Sou uma pessoa diferente por conta disso, acho. Mais independente do que eu talvez teria sido. — Dei uma leve risada e ele olhou para mim. — Porque, coitado do Blake, não consegue me domar nem que sua vida dependa disso.

Ele sorriu, a tristeza em seus olhos se dissipando um pouco mais.

— Ótimo. Você o mantém na linha.

Faço isso o tempo todo. Mais do que eu provavelmente deveria, apesar de Blake nunca se cansar de me lembrar desse fato.

Ergui os olhos para a fina lua. Por mais que tivéssemos viajado bastante hoje, as pessoas da minha outra vida podiam ver o mesmo céu. Eu não estava tão distante daquele mundo, da vida que eu tinha criado depois de todo esse tempo. Elliot não sabia de quase nada sobre aquele mundo — as pessoas que tinham se tornado minha família, as experiências que tinham me derrubado e as que tinham me ajudado a me levantar novamente. Como poderia saber?

— Eu queria perguntar uma coisa a você — falei baixinho. Me endireitei na cadeira, me preparando para o que podia vir a seguir. — Minha mãe... algum dia conversou com você sobre meu pai?

Ele franziu a testa, e a hesitação passou por seus traços. Ele ficou constrangedoramente calado. Eu reconhecia aquela hesitação dele. Tinha visto a mesma expressão quando Marie teve a chance de me contar sobre Daniel e não contou. Em uma tentativa de respeitar os desejos de minha mãe, ela também tinha ficado em silêncio.

— Eu já sei quem ele é. Ele estava em algumas fotos antigas do tempo de faculdade que Marie me deu e eu consegui rastreá-lo. Marie finalmente confirmou. Sei que minha mãe realmente não queria que eu soubesse, mas acho que a curiosidade me venceu.

Ele acenou lenta e positivamente com a cabeça.

— Posso entender isso. Seria difícil passar todo esse tempo sem saber. Mas ela realmente se preocupava com o tipo de influência que ele teria na sua vida se você soubesse quem ele é.

— Se a maneira como eles terminaram foi tão horrível assim, eu não entendo por que a família dela não a apoiou mais, sabe? Ter a sua filha aparecendo grávida depois da formatura da faculdade não é ideal, mas nós nunca fomos próximas da família da minha mãe. Eles sempre pareceram mais próximos dos irmãos dela e dos filhos deles. Pensando bem, era como se eu fosse um pária. Nós duas.

Ele juntou as mãos debaixo do queixo.

— Talvez seja melhor que eu conte a história toda enquanto você está aqui. Vai saber quando teremos outra chance.

Franzi a testa.

— A história toda?

Ele passou as mãos pelos cabelos e respirou fundo pelo nariz.

— Segundo Patty, quando ela veio para casa depois da formatura, esperou para contar a eles sobre a gravidez assim que tivesse notícias de Daniel. Quando ficou claro que o relacionamento deles não ia dar em nada, ela finalmente contou aos pais. Obviamente, eles ficaram chateados. Mas quando descobriram quem era o pai, as coisas mudaram. Eles não ficaram tão chateados com a gravidez, mas com a decisão de Daniel em não se casar. Eles queriam que ela forçasse o matrimônio, que entrasse em contato com a família dele e contasse a verdade. Eles ameaçaram fazer isso e foi aí que ela saiu de casa. Ela precisava da ajuda deles, mas não ia chantageá-lo para que ele fizesse dela uma mulher honesta. Ela queria você e ia descobrir um jeito de tê-la e construir uma vida.

A dor apertou meu peito.

— Por que eles fariam isso?

— Sua mãe vinha de uma boa família. Pelo menos profissionalmente. Professores, doutores. Ter Patty casada com alguém da família de Daniel teria sido uma vitória para eles. Patty costumava alegar que foi por isso que eles a mandaram para Harvard desde o princípio. Não era barato para eles, mas achavam que, pelo menos, ela encontraria um marido. Uma criança sem um casamento não era o que eles chamariam de sucesso.

Meneei a cabeça, odiando imaginá-la sob aquelas circunstâncias. Sua família tinha sido muito fria e agora eu sabia por quê. Pensar em todas as escolhas que ela fizera para ficar comigo, à custa de manter a família por perto, me enojava.

— Sinto muito. Tudo isso parece terrível. Por isso que eu nunca contei a você e por isso Patty nunca quis que você soubesse. Às vezes, você acha que quer a verdade, mas as pessoas podem ser cruéis. Egoístas e cruéis, e não existe maneira de contar a verdade sem machucar.

— Poucas coisas com relação à descoberta de que Daniel é meu pai foram boas, para ser sincera. Ele é... Bom, ele se encaixa bem ao que você imagina.

Ele ficou olhando para mim em silêncio por um instante.

— Que tipo de homem ele é? Patty não falava muito dele.

Inspirei fundo. Daniel tinha mais facetas do que eu queria conhecer.

— Poderoso. Sagaz. Dedicado à carreira e aos círculos políticos. Tudo tem que ser do jeito dele, suponho.

Elliot me analisou.

— Parece que não mudou muita coisa.

— Não. Mas se serve de consolo, eu acredito que ele realmente amava minha mãe. Só acho que ele não teve muita escolha. Se tivesse feito a coisa certa, talvez a família dele o tivesse deserdado.

— E Patty fez o que achava certo e a família dela *a* deserdou.

Suspirei, triste por eles dois. Se as coisas tivessem sido diferentes, eles poderiam estar juntos. Poderíamos ter sido uma família, com ou sem o apoio dos pais deles. Nada poderia substituir os anos que tínhamos perdido, mas talvez isso não importasse agora.

Beth e Blake se juntaram a nós no quintal. Nossa conversa pesada foi um pouco amenizada quando vi Blake. Os olhos dele se voltaram imediatamente para os meus. Sorri, apesar da tristeza que me preenchia.

— As meninas foram dormir numa boa? — perguntou Elliot.

Beth se largou em uma das cadeiras, parecendo esgotada e precisando muito de uma bebida forte.

— Não sem uma boa luta. Mas estão na cama.

— As meninas de vocês são uns tesouros — falei. — Vocês estão fazendo um ótimo trabalho com elas.

Beth conseguiu dar um sorriso.

— Ah, obrigada. Estou tentando, mas, Jesus, elas me esgotam.

— E quanto a vocês dois? Planejam ter filhos? — perguntou Elliot.

Meu queixo caiu ligeiramente. Aquela pergunta me deixou completamente sem chão. Beth deu um tapa em seu ombro.

— Pare com isso. Você vai fazer com que Blake tenha um ataque cardíaco.

Blake olhou para mim, com olhos mais pensativos do que eu esperava.

— Ainda não conversamos muito sobre isso. Mas temos tempo para pensar no assunto.

Nunca tínhamos conversado sobre isso, na verdade. Pelo jeito como ele estava me olhando agora, eu tinha a sensação de que essa conversa aconteceria em breve.

CAPÍTULO 5

SAÍMOS DA CASA DE ELLIOT por volta da meia-noite. Blake e eu voltamos para a cidade e fizemos *check-in* em um lindo hotel cinco estrelas com vista para o lago Michigan. Caímos no sono segundos depois de ter entrado no quarto.

Meus olhos se abriram. A luz dos instantes antes do amanhecer penetrava em nosso quarto e, pelas cortinas, eu podia ver o brilho da luz sobre o lago. Me afundei novamente no travesseiro. Não eram nem seis da manhã e, ao meu lado, Blake estava silenciosamente adormecido. O voo no final da tarde, seguido do jantar com a família de Elliot tinham sido cansativos.

Pensei na noite passada, na primeira apresentação dele ao meu mundo depois de Marie. Eu estava feliz por ele ter conhecido Elliot e orgulhosa por ter voltado ao mundo deles com Blake ao meu lado. Ver Elliot e Beth novamente tinha sido ótimo, mas as palavras de Elliot escureceriam meus pensamentos sobre a família da minha mãe pelo resto da minha vida. Qualquer esperança que eu nutrisse com relação a tê-los na minha vida futura foi efetivamente exterminada.

Blake se mexeu e se espreguiçou. Minhas lembranças da conversa com Elliot se dissolveram e meus pensamentos giraram em torno de Blake. O lençol pendia frouxamente sobre seus quadris, deixando seu corpo incrível à mostra. Joguei a perna por cima de sua coxa e me aconcheguei perto dele. Ele estava quente do sono.

— Bom dia, dorminhoco — cantarolei baixinho, desenhando círculos leves na sua barriga e subindo pelo peito.

Ele resmungou e se espreguiçou de novo, me puxando para mais perto quando relaxou o corpo.

— Adoro acordar ao seu lado.

Fiz um som afirmativo e dei um beijo no peito dele.

Ele passou os dedos pelos meus cabelos. Seus olhos estavam sonolentos; seu rosto, suave e descansado.

— Feliz aniversário, gata.

Sorri.

— Obrigada. Eu teria me esquecido completamente se você não tivesse me lembrado.

— O que você quer fazer hoje? Podemos fazer o que você quiser.

Ergui as sobrancelhas.

— Supus que você tivesse tudo planejado. Não me dei ao trabalho de pensar em nada que eu quisesse fazer em específico.

Ele deu uma risada.

— Está bem, assumo a culpa. Vamos tomar banho e nos vestir. Vamos tomar café da manhã e, depois, vou levar você para fazer compras.

— Compras? Para quê? Tenho tudo de que preciso.

— Roupas para a lua de mel.

Minha vez de rir.

— Não consigo imaginar que você realmente queira fazer isso.

Ele deu um sorriso torto e me tirou de cima dele, virando-se de lado. Apoiado no cotovelo, ele começou a fazer carícias preguiçosas debaixo da barra da minha camiseta.

— É seu aniversário e eu quero mimar você. Em todos os anos que você morou em Chicago, chegou a fazer compras na avenida Michigan?

Pensei nas poucas vezes que eu sequer tinha andado na famosa rua, muito menos comprado alguma coisa.

— Não. Nunca esteve dentro do orçamento.

— Bom, dessa vez tudo está dentro do orçamento.

Sorri provocativamente.

— Tudo?

Blake arqueou uma sobrancelha.

— Você duvida? Tenho bastante certeza de que posso comprar qualquer coisa que você um dia possa querer.

Dei um beijo brincalhão na boca dele.

— Não duvido. Mas estou mais interessada em seus outros... — engatei o dedo no lençol que estava jogado precariamente sobre os quadris dele e o abaixei lentamente — ... recursos.

— Hmm — gemeu ele contra meus lábios, erguendo os quadris. Ele estava duro e sua ereção deslizou pela minha mão sedenta. — O que é meu é seu, docinho.

— Então vou ficar à vontade — murmurei, chupando o lábio inferior dele entre meus dentes. Dei uma mordida delicada.

Ele gemeu e segurou meus cabelos com mais força. Deixei que minha língua deslizasse por seu lábio carnudo. Empurrei o ombro dele para trás até que ele estivesse deitado de costas na cama.

O sorriso que brincava em meus lábios relaxou enquanto eu descia pelo corpo malhado de Blake. Deslizei a língua pelo meio de sua barriga, afundando-a de leve no umbigo. Eu inspirei seu cheiro almiscarado, que ficava mais forte à medida que eu descia pelo seu corpo até ficar cara a cara com seu pau duro — grosso e pesado em minhas mãos, as veias pulsando enquanto eu o masturbava delicadamente. Eu finalizava cada movimento com a boca, envolvendo a cabeça com a língua, lambendo o salgado líquido lubrificante. Eu queria arrancar mais dele. Queria vê-lo se acabar. Pressionei as unhas no quadril dele quando o enfiei inteiro na boca.

— Caralho — gritou ele. Se era por causa das unhas ou do fato de eu tê-lo chupado até o talo, eu não sabia ao certo.

Não parei de qualquer forma.

— Ah — arfou ele. — Venha cá, gata.

Gemi, e meu sexo se contraía enquanto eu imaginava ele me preenchendo de outras formas. Deixei-o escapar da minha boca lentamente.

— Estou apenas começando. Relaxe.

— Por mais que eu adore boquetes matinais... — Ele prendeu um respiro brusco quando o chupei até o fundo da garganta. — Puta merda, é seu aniversário. Venha para cá. Você já vai ganhar o seu primeiro presente.

A cabeça do pau dele deixou meus lábios com um estalo. Ele se curvou e me puxou até ele antes que eu pudesse argumentar. Montei nele.

— Mãos na cabeceira — ordenou ele, sua voz ainda rouca da noite de sono.

Coloquei as mãos na madeira da cabeceira da cama e o observei se afastar e desaparecer entre minhas pernas.

— Agora, sente-se — disse ele, sua respiração me atingindo quando aquelas palavras sórdidas saíram da boca dele.

— Blake...

Fiquei tensa, envergonhada por causa daquela posição. Eu não sabia como ou por que, mas ele ainda tinha o dom de me escandalizar. Sem me dar tempo para recusar, ele colocou as mãos na minha bunda e me guiou até sua boca. Agarrei a beirada da cabeceira e mordi o lábio, mal conseguindo conter um gemido.

Ele se demorou na minha entrada, provocando os tecidos sensíveis dali. Ele deu uma lambida longa até a emenda do meu sexo. Desci ainda mais, buscando os prazeres quentes da boca dele. Ele me abriu com os dedos e sussurrou algo contra minha pele. O ar fez meu clitóris formigar, deixando-o desesperado pela atenção dele. Tremi, implorando sem dizer nenhuma palavra. Ele me deu um beijo ali, mas, depois, desviou sua atenção para a entrada do meu sexo. Estremeci quando a língua dele mergulhou dentro de mim e, depois, recuou.

— Blake.

Quando disse o nome dele, eu não tinha certeza se era uma súplica por mais ou algo diferente. Eu me sentia muito aberta, muito exposta enquanto ele continuava me fodendo com a língua. Mas ele viu todas as partes de mim. Eu não tinha mais o que esconder.

Eu sentia coceira de tanta necessidade de tocá-lo. Queria deslizar os dedos pelas mechas sedosas de seus cabelos enquanto ele me dava prazer. Queria guiá-lo por cima de mim, mas, no fundo, eu sabia que ele sempre me daria o que eu precisava, mesmo que não fosse o que eu queria. Aquela posição me fez sentir uma mistura estranha de vulnerabilidade e dominação. Talvez tenha sido isso que me deixou inquieta.

— Adoro a sua boceta. Quero que você goze para que eu possa saborear você ainda mais. Nunca é o bastante.

O movimento do corpo dele além do meu campo de visão fez a cama se mexer e eu sabia que ele devia estar dolorosamente duro, tão desesperado para me foder quanto eu estava para ser fodida.

— Preciso de você agora. Por favor, Blake...

Minha voz era ofegante de expectativa. Meus pensamentos se dispersaram com o desejo que vibrava pelo meu corpo. Mas ele continuou me fodendo com a língua. Quando tentei escapar, ele apenas me puxou novamente. Ele segurava minha bunda com tanta força que não havia como fugir.

Quando eu achava que não aguentaria mais nem um segundo, ele voltou sua atenção novamente ao meu clitóris pulsante, dando uma série de lambidas e chupadas que me arremessou para a beira do orgasmo. Gritei. Bati a mão na cabeceira, a outra escorregando como uma garra na parede. Eu queria tocá-lo. Queria arrancar essa sensação louca de dentro dele. Queria que ele sentisse tudo também.

Eu estava tão perto. Minhas pernas tremeram quando ele penetrou meu sexo ávido com o dedo. Me contraí em torno dele, novamente lembrando do quanto eu o queria dentro de mim. Girei os quadris, louca por mais. Abaixei os braços, passando os dedos pelos cabelos dele. Sua boca me deixou inesperadamente.

— Mãos na cabeceira. Este é seu último aviso.

Ergui a mão novamente e soltei um grunhido frustrado. Ele se movia para dentro e para fora de mim. Me preparei para mais uma escalada lenta e frustrante rumo ao êxtase, mas, ao invés disso, ele recuou. A ponta larga do dedo dele, escorregadia por causa da minha excitação, começou a massagear círculos em volta do buraquinho apertado do meu ânus. Arfei bruscamente, erguendo o corpo os poucos centímetros que as mãos firmes desse permitiam.

— Relaxe — disse ele baixinho, me puxando de volta para baixo.

— Blake, não consigo, — insisti, todas as células do meu corpo querendo correr de repente.

— Consegue, sim.

Me contorci, em uma tentativa débil de escapar das garras dele, sem chegar a lugar algum, já que ele se mantinha firme. A batalha entre querer que ele acabasse comigo e querer escapar do que fosse resultar das demandas pervertidas dele tinha começado. Agarrei a cabeceira, incapaz de desviar minha mente do dedo explorador de Blake. Um nó apertado se formou no meu estômago.

Ele me soltou e me empurrou na direção da cama, de modo que fiquei deitada de bruços. Ele se debruçou em cima de mim, com seus lábios brilhando. Minha boca tremeu. Ele não tinha pudor algum com relação a nada, mas eu ainda me agarrava às minhas inibições como se, de alguma forma, elas pudessem me salvar da total falta de inibição de Blake.

Ele se abaixou, seu corpo era quente contra o meu.

— Quero estar dentro de você, gata. De você toda — sussurrou ele.

Meu coração palpitou. Tesão e nervosismo roubaram minhas palavras.

Droga.

— Estou... Estou nervosa, só isso.

A preocupação nos olhos dele se esvaiu. Ele me silenciou com um beijo, banhado em meu próprio gosto. Ele desceu pelo meu corpo e colocou minhas pernas em seus ombros, posicionando-se entre elas. Relaxei de leve, com minhas defesas enfraquecendo ao som da voz dele e de sua proximidade.

Ele encontrou o ponto que queria e eu fiquei tensa, lutando contra a vontade de me afastar. Blake me acalmou.

— Você não tem motivo nenhum para ficar nervosa. Eu amo o seu corpo. Sou obcecado por ele, para falar a verdade. Apenas relaxe e me deixe fazer você gozar.

Puxei o ar bruscamente e agarrei as cobertas dos dois lados do meu corpo. Ele continuou me seduzindo com aquela maldita língua de maneiras que eu nunca imaginei que seriam possíveis. Quando ele parou, derreti na cama, distraída o suficiente para relaxar. Quando um dedo escorregadio empurrou a entrada apertada do meu ânus, eu arfei.

— Ó Deus.

Fechei os olhos apertado, tentando ao máximo aceitar esse primeiro passo na direção de um novo nível de intimidade que eu não estava realmente pronta para dar a Blake.

Apesar de todas as dúvidas que passavam pela minha cabeça, um calor repentino atingiu minhas bochechas e percorreu minha pele. Os lugares onde nossos corpos se encontravam esquentaram, ficando tão escorregadios quanto o dedo que ele estava enfiando cada vez mais fundo dentro de mim.

Girei os quadris e gemi antes mesmo de ter consciência do que eu estava fazendo.

— Está gostando?

Eu estava? Jesus, eu não sabia. Tudo que eu sabia era que estava prestes a desmoronar — que meu corpo estava implorando para desmoronar. Eu sentia tudo, em todos os lugares. Meu corpo estava protestando contra as sensações que ele estava provocando em mim. Ele tirou o dedo do buraquinho apertado e o enfiou novamente. Repetindo o movimento, ele me levou de volta ao limite com uma velocidade alarmante. Me contraí com força em volta dos dedos dele. Fiquei cambaleando, sem fôlego, no precipício entre o prazer e a dor, um estado ao qual ele já tinha me levado tantas vezes antes.

— Acho que não... Não consigo.

Arqueei as costas, e meus músculos se contraíam com a penetração.

Blake respondeu rapidamente com uma segunda invasão. Os dois dedos dele me distendiam, reivindicando essa parte do meu corpo. Ofeguei de desconforto quando sua boca cobriu meu sexo novamente, dando lambidas quentes, molhadas e irresistíveis.

Fui me elevando cada vez mais alto até disparar. Eu não conseguia mais suportar. O orgasmo me atingiu como um maremoto. Talvez eu tenha gritado. Talvez eu tenha desmaiado. Eu estava tremendo quando ele subiu em mim de novo, seus olhos verdes estavam cheios de tesão.

Nós dois estávamos sem ar. Ele pressionou a cabeça de seu pau no meu sexo e me penetrou. Preenchida com gosto novamente, parti rumo a mais um orgasmo de contorcer os dedos dos pés. Sensação número três: o pau grande de Blake me distendendo tão maravilhosamente fazia minha cabeça zunir. Alguma vez eu fui tão bem fodida? Eu não tinha certeza.

Ele metia em mim e meu corpo respondia, se contraindo em torno da penetração grossa dele.

— Tão apertada.

A fricção era aguda. Me agarrei a ele. Eu estava desabando de novo. Estava voando. O nome dele saía de meus lábios em gritos desamparados.

— Apertada pra caralho. Puta merda... Goze comigo, gata. Mais uma vez.

Deslizei as unhas pelas costas dele enquanto ele metia mais fundo. Minha cabeça pressionou o travesseiro e minhas costas se curvaram para longe da cama. Ele estava bem fundo dentro de mim e, mesmo assim, eu angariei todas as minhas forças para nos unir ainda mais. Tive fortes espasmos novamente. Eu estava tremendo. Um grito rouco explodiu de mim quando ele gozou, despejando calor dentro de mim.

***

Perdemos o café da manhã. Todos os músculos do meu corpo estavam exaustos do que fizemos — do que ele tinha feito. Dormimos um pouco mais, tomamos banho e finalmente reunimos a energia e a força de vontade para sair do quarto do hotel.

Blake me levou ao restaurante mais caro que conseguiu encontrar na cidade para almoçar. Bebemos champanhe e fizemos uma refeição deliciosa antes de seguir rumo às lojas. Por um tempo, ficamos simplesmente andando, curtindo o ar fresco e ficando juntos, de mãos dadas. Passamos por algumas lojas que exibiam marcas famosas que eu nunca tinha tido e não planejava ter.

— Vamos entrar — disse ele, parando em frente a uma porta giratória vigiada por um homem de terno.

Feliz e um pouco zonza, eu o segui. Caminhei ao lado das prateleiras com poucos produtos, com medo de tocar em qualquer coisa, quanto mais de me apegar a algo. Talvez o espumante tivesse abobado meus sentidos, porque minha mente disse *Oooh* quando passamos por uma bolsa que chamou minha atenção. Passei os dedos pelo couro marrom-escuro macio e o desci até uma etiqueta dependurada nela. Virei-a e meu queixo caiu com o preço salgado.

Caraca.

Blake se aproximou e sussurrou na minha orelha.

— Toda vez que eu pegar você olhando para a etiqueta de preço, vou dar um tapa na sua bunda quando chegarmos em casa. Então mantenha isso em mente.

Franzi a testa.

— E se eu vir o preço acidentalmente?

— Aí vai depender se você decide comprar ou não.

Dei mais uma olhada para a etiqueta para me certificar de que eu tinha lido direito.

— Esta bolsa custa três mil dólares, Blake.

Ele deu de ombros.

— Ótimo. Leve.

— É uma quantia absurda de dinheiro para se gastar em uma bolsa — sibilei, sem querer insultar os funcionários da loja ou demonstrar que eu estava completamente fora da minha zona de conforto ali.

Ele permaneceu próximo, abaixando o tom de voz.

— Você se preocupar com dinheiro quando tenho rios dessa porra é que é absurdo. Pegue a bolsa e continue andando. Temos dezenas de lojas para ver hoje e vou comprar tudo em que você bater o olho.

Soltei um suspiro exasperado. Meu cérebro não conseguia começar a processar todo aquele gasto comigo mesma.

Enquanto eu debatia internamente como eu o convenceria de que esse plano era absurdo, Blake pegou a bolsa e continuou andando pela loja sem mim. Corri para o lado dele.

— Blake, pare. Eu realmente não preciso disso.

— Vamos levar.

— Eu nem gostei dela — menti.

Ele ergueu uma sobrancelha.

— Há pessoas que não têm nada e você quer que eu gaste uma quantia excessiva de dinheiro em algo que eu não preciso.

— Eu quero gastar uma quantia excessiva de dinheiro com *você*. É seu aniversário. Quero mimar minha noiva. Trabalhei duro pelo dinheiro que ganhei e é meu direito.

Ficamos olhando um para o outro por um instante, um impasse silencioso. O maxilar dele se contraiu.

— Ajudaria se, além do presente, eu fizesse uma doação para uma instituição de caridade da sua escolha?

Revirei os olhos, e meus ombros arquearam, derrotados.

— Podemos comprar a porra da bolsa agora?

Eu sabia que tinha que escolher minhas batalhas. Esta era uma guerra e Blake não ia deixar que eu vencesse. Suspirei, me rendendo.

— Está bem.

— Ótimo, porque vamos à Cartier depois daqui. Só estou treinando você.

Um novo desconforto aturdiu meus nervos. *Droga*.

— Acho que vou precisar de mais champanhe para isso.

Ele deu um sorriso torto.

— Tenho certeza de que isso pode ser resolvido.

CAPÍTULO 6

TRÊS HORAS DEPOIS, ESTÁVAMOS DE volta no quarto do hotel. Larguei as poucas sacolas que Blake me deixou carregar e desabei na cama. Eu estava chocada e escandalizada com os preços e cansada até os ossos. A pedido de Blake, me recusei a olhar para as etiquetas de preço tanto quanto fosse possível. Na maior parte do tempo, era irrelevante, pois o valor nunca era discutido enquanto os vendedores ofereciam seus melhores produtos.

Blake tinha me mimado excessivamente. “Mimado” era eufemismo. Eu acabei com um novo guarda-roupa completo, novas lingeries para todos os dias da semana e mais apetrechos de grife do que qualquer pessoa.

Tiramos um cochilo de uma hora antes de tomar banho de novo e nos arrumarmos para jantar.

Coloquei um vestido preto de mangas longas que Blake insistiu que eu comprasse, depois de desfilar para ele na loja horas atrás. A barra era na metade da coxa e o decote das costas era profundo — perfeito para uma noite de verão.

Coloquei o relógio enorme repleto de diamantes que devia ter sido obscenamente caro. A tarde, por mais esgotante que tivesse sido, foi fantástica. Não tinha como não me sentir especial com os vendedores quase dançando à nossa volta, se empenhando para conseguir qualquer oportunidade de passar o cartão de crédito de Blake na maquininha ao me deslumbrar com o melhor de tudo.

Blake estava usando uma calça cinza escura e uma camisa preta com as mangas enroladas. Seus cabelos estavam bagunçados do nosso cochilo. Os olhos dele estavam vivos e brilhavam. Não consegui evitar um sorriso quando o reflexo dele se aproximou de mim.

— Obrigada.

— Pelo quê?

Revirei os olhos.

— Por onde começo?

Ele riu, tocando nos diamantes brilhantes dependurados nas minhas orelhas.

— De nada. E obrigado. Por concordar em fazer de mim o homem mais feliz do mundo. Eu já sou, mas poder dividir o resto da minha vida com você é o melhor presente que você poderia me dar.

— Me sinto da mesma forma. Mas não preciso de diamantes e bolsas para ser feliz.

Ele inclinou a cabeça.

— Mimar você me deixa feliz. Então me deixe fazer isso só um pouquinho.

— Que tal limitarmos a farra das compras a ocasiões especiais?

— Você que manda, chefe — murmurou ele, aninhando-se em meu pescoço.

Não pude evitar um sorriso quando ele me virou em sua direção e capturou meus lábios. O que começou lento se transformou em um beijo intenso e devasso em instantes. Ele forçou meus lábios a se abrirem, e sua língua mergulhava delicadamente na minha boca para ir de encontro à minha. Dando um passo para frente, ele me pressionou com cuidado na cômoda com espelho na qual eu estava me arrumando. Ergui a coxa na direção do toque dele. Me apertando delicadamente, ele soltou minha perna e interrompeu o beijo.

Os olhos dele estavam sombrios e a evidência do quanto ele me queria tensionava o tecido de sua calça.

— Odeio ser a voz da razão, mas é melhor irmos. Eu não ia querer que você se arrumasse toda só para que eu tirasse toda a sua roupa e a fodesse até você perder os sentidos antes de sairmos do hotel.

O ar saiu apressadamente de dentro de mim com aquela ameaça. A língua dele passeou por seu lábio inferior, como uma promessa sensual das coisas que estavam por vir.

— Mas pode ter certeza de que isso vai acontecer quando a gente voltar. Não estou nem perto de atingir minha cota diária de você.

— Você está tentando quebrar o recorde de quantas vezes eu consigo gozar em um único dia?

Um sorriso malicioso contorceu os lábios dele.

— O que posso dizer? Tenho um fraco por aniversariantes.

Aquele dia já tinha sido o melhor aniversário de que eu conseguia me lembrar. Nada superava ser mimada e bem-amada pelo homem com quem eu estava prestes a casar. Eu o empurrei um pouquinho mais e me apressei em ficar pronta antes que começássemos algo que com certeza teríamos que terminar.

Blake tinha escolhido uma steakhouse famosa na cidade. O garçom nos acomodou em um canto silencioso do restaurante. Fizemos nosso pedido e ele serviu vinho para nós dois. O sol tinha se posto, deixando um brilho pastel sobre o horizonte infinito do lago. Eu mal conseguia ouvir a voz de Blake no fundo.

— Em que você está pensando?

Saí do meu transe e peguei a taça.

— Vamos brindar.

— A que devemos brindar?

Não ao passado. Ao oposto do passado, na verdade.

— Vamos brindar ao futuro.

Ele bateu a taça na minha, e o suave tilintar foi o único som entre nós pelos minutos seguintes.

— Está feliz por termos vindo para cá?

Pensei na pergunta dele, e meu foco voltava para a água cintilante.

— De certa forma. Não sei. São muitas coisas para assimilar.

Ele se recostou na cadeira enquanto eu contemplava tudo.

— Minha família — a família da minha mãe — tem uma casa de praia lá. — Apontei para a janela, para um lugar invisível do outro lado do lago, onde eu tinha vivido outra parte da minha vida. — Do outro lado do lago, em Michigan.

O olhar de Blake retornou para mim após um instante.

— Eu não sabia disso. Quando foi a última vez que você esteve lá?

Tomei um gole cauteloso de vinho. O sabor robusto revolveu em minha língua, o aroma penetrava nas minhas narinas. Engoli, grata por mais uma experiência maravilhosa que aconteceu simplesmente por estar na vida de Blake. Eu não tinha certeza se um dia iria me acostumar a ser tão mimada, mas eu amava aquele homem e não discutiria as coisas que o faziam feliz. Meus pensamentos voltaram à casa do lago e à última vez que estivemos lá como uma família.

— Muito tempo atrás — falei, finalmente. — Antes de eu ir para o colégio interno, passamos nossas férias anuais lá.

Foi o último verão em que minha mãe estava viva, na verdade — a última vez que me lembro de me sentir como uma criança. Ela não estava se sentindo bem e não conseguia nos acompanhar. Eu tinha muita energia. As filhas de Elliot me lembraram disso. Sempre nos divertíamos muito juntas, mas, naquele verão, minha mãe não estava animada para muita coisa. Ela estava sempre cansada. Eu não sabia, na época, que ela já estava doente. É uma dessas coisas que você não compreende até ficar mais velho.

Fechei os olhos, reprimindo as emoções que ressurgiram com a lembrança dela. Minha mãe. A única pessoa do mundo com a qual eu sempre podia contar para cuidar de mim, para me ajudar nos tempos difíceis. Céus, eu sentia falta dela. Da sua risada e da maneira como ela me abraçava apertado, com cada grama de sua energia, que se esgotava. Soltei um respiro, determinada a me manter firme.

— Depois de um tempo, eu voltava à minha mente e tentava me agarrar às últimas lembranças dela. Um dia, tudo fez sentido. — Sacudi a cabeça. — Enfim, a família dela sempre foi distante. Nunca brinquei com meus primos e nem visitei meus avós, como as crianças normais. Mesmo naquela época, sabendo que ela estava morrendo, eles não mudaram a maneira como interagiam com a gente. Minhas tias e meus tios moravam na cidade, mas nunca tinham lugar para nós. Se os primos brigavam, a culpa, de alguma forma, recaía em mim. Depois de um tempo, comecei a me afastar, a fazer as coisas sozinha. Sendo filha única, isso não era muito difícil. Minha mãe, Elliot e eu íamos nadar ou íamos de carro até a cidade. Criamos nossas próprias memórias, nós três.

Blake esticou o braço, tocando no dorso da minha mão com toda delicadeza do mundo.

— Por que você acha que eles tratavam vocês assim?

— Eu costumava achar que era por minha causa, que o fato de minha mãe ter engravidado de mim os decepcionou tanto que as coisas nunca mais foram as mesmas. Mas Elliot me contou uma coisa noite passada...

Blake ficou imóvel.

— O que ele disse?

— Ele me contou que eles queriam que minha mãe forçasse Daniel a se casar. Queriam que ela contasse à família dele e o obrigasse a fazer a coisa certa. Acho que mesmo depois que ele terminou, ela se recusou a pressioná-lo. Minha mãe me queria, e acho que o amava o suficiente para deixar que Daniel vivesse a vida que lhe haviam planejado.

Blake ficou em silêncio por um instante.

— Ela fez a escolha certa. Imagine como sua vida teria sido com uma família como a dele.

Fiquei desenhando círculos na minha taça, fixando-me na luz que ela refletia.

— Sei lá. Às vezes eu penso nisso e fico me perguntando se ela teria feito dele uma pessoa melhor. Ou se teria acabado como Margo. A esposa perfeita ao lado de seu marido político, consumida pelo sucesso atingido e se encaixando perfeitamente ali.

Blake deu uma leve risada

— Se você for só um pouquinho parecida com a sua mãe, acho que não.

Dei um sorriso torto.

— Está dizendo que não sirvo para primeira dama?

— Não, você é do tipo presidente.

Dei uma risada, contemplando aquele pensamento ridículo por um momento. O empreendedorismo estava indo muito bem, obrigada, mas eu não tinha nenhuma aspiração política. E também não conseguia imaginar que Blake tivesse.

— E o que você seria, então?

Ele se recostou na cadeira e ergueu as sobrancelhas repentinamente.

— Seu assessor-chefe.

Dei uma nova risada.

— Parece bom.

***

Saímos do restaurante no ar frio da noite. Alguns minutos depois, perambulamos na direção da praia, que agora estava escura. O Lago Michigan se estendia à nossa frente como um oceano. Tiramos os sapatos e caminhamos onde as ondas quebravam suavemente na areia. Perambulamos por um bom tempo com a luz do luar e as lâmpadas do calçadão iluminando nosso caminho. Tremi com o frio da noite penetrando na minha pele.

— Está com frio?

— Estou bem.

Eu estava começando a sentir o peso do dia e diminuí o passo. Nos sentamos e eu me recostei no calor de Blake, deixando que o ritmo das ondas me ninasse. Uma luzinha de um barco passeava silenciosamente no horizonte.

— Para onde vamos agora?

Dei de ombros, contente por estar ali com Blake, um alívio silencioso após um dia cheio de atividades.

— O mundo é todo nosso. Podemos dançar, ouvir música, fazer mais compras.

Dei uma risada.

— Meu Deus. Não, por favor.

— Voltamos ao hotel? — Ele ergueu as sobrancelhas sugestivamente. — Tenho mais coisas a explorar.

Mordi o lábio e me inquietei nervosamente. Eu não conseguia parar de pensar no que tínhamos feito. Eu não conseguia me lembrar de ter gozado tão forte com a boca dele em mim antes. A experiência tinha sido intensa, mas eu sabia aonde aquilo estava nos levando.

Blake segurou meu queixo, forçando-me a olhá-lo nos olhos.

— O que está acontecendo?

— Nada... Você só... Você está preocupado com...*aquilo*.

— Estou? Quero acesso total ao seu corpo, inclusive à sua bunda. Quero você de todos os jeitos concebíveis.

Quanto mais eu tentava evitar os olhos dele, mais atentamente eles me fitavam.

— Erica... Mark não...

— Não — respondi rapidamente, ávida por encerrar aquele assunto. — Não é isso.

— Então o que é? Algo deixa você desconfortável com relação a isso. Seu corpo fica tenso e isso não acontece com a gente. Tem alguma coisa que você não está me contando.

— Você quer discutir nossos históricos sexuais, Blake? Pensei que você quisesse manter o passado no passado.

Ele soltou um suspiro pesado e ficou olhando para o lago.

— Preciso saber dos seus limites e por que você os tem. Vou ser seu marido...

— Se você vai ser meu marido, deveria conversar comigo, e não manter as coisas em segredo.

Ele ficou calado e eu sabia que estava pisando em ovos com ele mais uma vez.

— Blake, o foco desta viagem não era o meu aniversário. Tem sido tudo maravilhoso, mas a maior parte tem se tratado de encarar partes do meu passado que eu tinha reprimido há muito tempo. Ver Elliot... Fico feliz por termos feito isso, mas eu sabia que vir aqui desenterraria velhas lembranças, coisas que machucam. E eu estou encarando tudo isso.

— Você está querendo dizer que eu não estou?

— Você acha que está?

— Se isso é sobre o que Sophia disse, não há nada que valha a pena conversar.

— Ela foi o único relacionamento sério que você teve antes de mim?

Ele cuspiu um palavrão, olhando para o lago.

— Eu curtia a vida antes de conhecê-la. Eu era jovem. Comecei a crescer e pensei que deveria tentar levar as coisas a sério, para variar. Nos conhecemos através de um amigo em comum. — Ele desenhou círculos na areia macia. — Acho que dá para dizer que encontramos um interesse comum e eu fiz uma tentativa com ela.

— E depois dela?

Ele hesitou, meneando a cabeça quase imperceptivelmente.

— Até você, eu nunca quis outro relacionamento.

A determinação daquelas palavras me fizeram pensar que o assunto estava encerrado de novo. Como se alguém tivesse aberto uma porta para deixar entrar um pouco de ar e a fechado de volta rapidamente, deixando o espaço entre nós sufocado e tenso novamente. Mas ao menos ele tinha aberto a porta. Por mais que eu não quisesse explicar minhas reservas, concluí que a melhor maneira de fazê-lo se abrir era dando o exemplo.

Fiquei mexendo no relógio, brincando com os elos delicados da pulseira.

— Comigo foi igual.

Ele olhou para mim, me questionando com os olhos.

— Antes de Mark, bom... Não houve nada antes dele. Eu era virgem. Fiquei perturbada por um tempo depois daquilo. Mas o tempo passou e eu superei. Não podia deixar o estupro ditar minha vida e decidi que não podia afastar os homens e o sexo para sempre, por mais que eu talvez quisesse ter feito isso algumas vezes. Mas tudo foi... sem sentimento, acho. Era difícil o bastante, para mim, passar das barreiras físicas. Eu não conseguia me permitir ir mais fundo e me apaixonar por alguém.

Me encolhi, não gostando das lembranças que surgiram. Eu também não gostava da maneira como aquilo soava quando eu dizia em voz alta. Eu parecia uma vagabunda perturbada e sem coração.

— Nem todos foram casos de uma noite só. Digo, namorei pessoas, mas nada muito sério. Nunca dei a ninguém a chance de partir meu coração. Eu já havia sido devastada o suficiente...

Ele se aproximou e colocou meu cabelo atrás da orelha. Mechas finas voavam com o vento nas minhas bochechas. Inalei o ar frio nos meus pulmões, expirando as lembranças que lampejavam por mim.

— Então me conte o que a incomoda tanto no sexo anal. O que aconteceu?

Suspirei, me sentindo repentinamente ansiosa.

— Eu estava saindo com alguém há um tempo. Tinha tomado umas cervejas e concordado que ele... fosse mais longe. Puta merda, você não quer ouvir isso, quer?

Ele pegou minha mão e a segurou em seu colo, traçando linhas delicadas na minha pele com as pontas dos dedos.

— Não, mas quero que você me conte.

Sacudi a cabeça indiferentemente.

— Ele me machucou.

Ele parou com o carinho, com olhos protetores fixos em mim.

— Não acho que era a intenção dele. Não foi como tinha sido com Mark, mas ele gozou antes que eu pudesse pedir para ele parar. Eu não o culpo realmente. Acho que ele só estava sendo um cara idiota, pensando com o... Bom, enfim. Havia algo naquilo que era um pouco próximo demais do que eu tinha passado. Ele nunca soube por que, mas eu nunca mais liguei para ele. E nunca mais fiz *aquilo* desde então.

— Você sabe que eu nunca machucaria você.

Meu coração se contorceu com aquelas palavras doces e meigas.

— Eu sei que não. Eu só tenho dificuldades em imaginar que eu poderia gostar sendo que não foi *nada* prazeroso.

— Você poderia gostar.

Meu rosto ficou quente e eu fiquei grata por estar escuro. Eu não queria que ele soubesse, ainda, que eu deixaria que ele fizesse qualquer coisa, me levasse além do meu limite, inclusive esse. Eu não queria admitir, esta noite, que, às vezes, as coisas das quais eu mais tinha medo me excitavam tanto quanto me apavoravam.

Fizemos amor aquela noite. Apesar das emoções que tinham vindo à tona entre nós, não devastamos um ao outro como tínhamos feito tantas vezes antes. Não conversamos sobre o passado. Mal falamos, exceto por nossos nomes nos lábios um do outro.

Talvez ele quisesse me relembrar de que podia ser daquele jeito entre nós. Talvez ele não percebesse que eu já confiava nele implicitamente com meu corpo e a maneira lenta e apaixonada com a qual ele me amou provava que ele podia ser o que quer que eu precisasse, quando eu precisasse. Os olhos de Blake nunca deixaram os meus e, quando ele gozou, a expressão neles me destruiu. Eu podia ver dentro da alma dele e o que eu vi ali me dilacerou.

CAPÍTULO 7

VOLTEI AO TRABALHO NA SEGUNDA-FEIRA, estranhamente revigorada, considerando as horas de viagem. Coloquei os e-mails que tinham se acumulado durante o fim de semana em dia e percebi uma sensação surpreendente de paz. O fim de semana tinha sido emocionalmente intenso, mas catártico de muitas formas. Não ter visto Elliot por tanto tempo teve um peso em um nível que eu não compreendi plenamente até nos reencontrarmos. Eu me distanciei emocionalmente dele, empurrando-o para longe com o tempo antes que eu pudesse sentir a dor de saber que eu era secundária em sua nova família agora. Mas no segundo em que eu entrei na casa dos dois, eu sabia que não podia fugir daqueles velhos sentimentos.

Elliot fazia parte do meu passado e, apesar de nem sempre ser fácil, eu sabia que ele queria ter uma participação no meu futuro, mesmo que pequena. Afastá-lo não era justo com nenhum de nós.

Tínhamos nos despedido com promessas de nos vermos novamente no casamento.

Quanto ao casamento, Fiona e Alli estavam fechando os últimos detalhes e minha barriga explodia de borboletas descontroladas sempre que eu pensava nisso. Eu sorria internamente. Tudo parecia estar se encaixando ao meu redor — lentamente, mas com segurança. Depois de tudo que Blake e eu tínhamos passado, merecíamos esse tempo.

Me demorei naquele pensamento quando ouvi uma voz familiar entrar no escritório. Me levantei da mesa e encontrei Alex na sala principal. Em um lampejo, me lembrei de que Alli tinha marcado uma reunião com ele para mim na tarde de hoje.

— Erica, que ótimo ver você.

Demos um aperto de mãos.

— Digo o mesmo. O que traz você a estas bandas?

— Tenho parentes aqui. Minha irmã acabou de ter um bebê, então pensei em dar um pulo na cidade.

— Ah, parabéns. Isso é ótimo.

— Obrigado. Não faço ideia de quando vou ter meus próprios filhos, então achei que devia me aproveitar da felicidade alheia. Assim também não tenho que trocar fraldas.

Dei uma risada.

— Então você quer dar uma repassada nos números?

— Quero, sim. Ei, vou lhe pagar um café, e então conversamos.

— Claro.

Alguns minutos depois, estávamos acomodados em uma pequena mesa no Mocha, o café do térreo.

Simone estava ocupada, então um dos ajudantes dela anotou nossos pedidos e voltou rapidamente com dois cafés gelados.

Depois de um pouco de papo furado sobre o tempo, Alex colocou a mão no bolso do blazer e tirou um cheque.

— Eu queria dar isso a você enquanto estou por aqui.

Peguei e tentei mascarar minha satisfação com o belo número que figurava ali. A parceria entre nossas empresas estava se tornando cada vez mais frutífera e a estabilidade financeira que essa oportunidade nos dera era uma recompensa por si só.

— Obrigada.

Dobrei o cheque e esperei que ele continuasse. Geralmente, conversávamos ao telefone sobre nossas coisas do dia a dia, então eu estava curiosa para saber o que, especificamente, o tinha trazido até o escritório para conversar comigo.

— As coisas estão indo bem — disse ele.

— Com certeza. Fico muito contente por termos conseguido trabalhar juntos.

Ele bebeu seu café e o colocou de volta na mesa cuidadosamente.

— Concordo. Para falar a verdade, é por isso que eu queria dar um pulo aqui. Tenho uma proposta para você.

— O que é?

Os lábios dele se franziram de leve.

— Quero comprar o Clozpin de você.

Meu queixo caiu e um sorriso satisfeito curvou o canto do lábio dele.

— Sei que isso provavelmente foi um choque para você. É por isso que eu queria conversar sobre o assunto pessoalmente.

— Não posso negar que foi mesmo. O que motivou isso?

Eu nunca tinha considerado a sério a possibilidade de vender a empresa. Estávamos engatinhando há muito tempo. Apenas recentemente os números começaram realmente a mostrar uma trajetória crescente.

— Simplesmente a nossa parceria e o valor que ela está agregando à minha empresa.

— Tem sido ótimo para nós, mas obviamente o seu site está muito mais estabelecido. Acho que eu não tinha percebido o impacto que estava tendo para você.

Ele se inclinou para frente, apoiando os cotovelos na mesa.

— Cheguei onde cheguei porque vejo o potencial vindo no horizonte antes da maioria das pessoas. Vejo potencial nessa empresa e com você liderando a equipe aqui. Tenho capital. Você tem Landon, o que significa que você tem acesso a capital também. Mas eu tenho a infraestrutura pronta para levar o seu conceito ao próximo nível imediatamente. E se vou fazer isso, quero ser sócio majoritário.

Meneei a cabeça.

— Uau. Eu não sei bem o que dizer. Nunca sequer considerei algo assim.

Ele pareceu mais sério, então, como se a cordialidade estivesse dando lugar ao profissionalismo.

— Eu entendo. Você deveria pensar no assunto por um tempo. Se for algo sobre o qual você gostaria de conversar mais, eu gostaria de dar uma olhada mais detalhada na parte financeira para que possamos pensar em um valor. Obviamente, quero oferecer a você algo mais que justo.

— Hum, certo.

Com mãos trêmulas, peguei meu café. Ele me deixou completamente desnorteada com aquilo.

— Você tem algum comentário ou pergunta para mim, após a proposta?

Minha mente girava enquanto eu tentava imaginar o que isso poderia significar para mim e para a empresa, sem contar as pessoas que agora dependiam dela.

— Acho que minha maior preocupação seria a equipe. O que aconteceria com o emprego de todo mundo? Quero garantir que todos estarão em segurança.

— É claro, podemos definir todos esses detalhes no contrato de venda. Na verdade, acho que é importante que você, especificamente, permaneça e continue administrando a empresa. Basicamente, quero que você continue fazendo tudo que está fazendo. Estou dando a você a oportunidade de resgatar seu investimento mais cedo e continuar gerenciando as operações.

Meneei novamente a cabeça, tentando assimilar todas aquelas informações novas.

— Vou ter que pensar no assunto, está bem?

Ele sorriu, e sua persona corporativa suavizou-se.

— Ótimo. Converse com Landon sobre isso e me fale de quaisquer dúvidas que você possa ter. Se quiser me mandar alguns números do financeiro esta semana, eu posso lhe fazer uma oferta. Talvez isso também ajude você a decidir.

Soltei uma risada chocada e cocei a testa.

— Certo, claro.

Demos um aperto de mãos e ele me deixou sozinha para considerar a magnitude do que ele havia acabado de propor.

Estupefata, fiquei olhando pelas janelas do café. Alex tinha razão. Eu tinha que conversar com Blake, pois meus instintos não estavam me dizendo se aquela era uma ideia boa ou péssima. Eu estava simplesmente em choque.

— Quem era o cara de terno?

Simone pegou o copo de Alex e me deu uma olhada curiosa.

— Alex — respondi rapidamente, tentando mascarar meu estado repentinamente desequilibrado. — Fechamos uma parceria um tempo atrás. Ele só queria falar de negócios.

Tomei cuidado para não mencionar a proposta de Alex, para que ela não dissesse nada a James. Eu tinha muito em que pensar antes de levar à equipe a possibilidade de vender a empresa. Apesar de estar ávida para saber a opinião deles quanto ao assunto, eu queria conversar com Blake primeiro. Ele era o maior investidor do negócio e também tinha mais experiência com tudo isso do que eu.

— Espero que você não se importe por eu usar o café como escritório. Eu provavelmente devia pagar aluguel a você por todas as reuniões de trabalho que acabo tendo aqui.

Ela deu uma risada alta, um ruído gutural que se sobressaiu ao burburinho estável do café.

— Sim, claro. Você pode me pagar em drinks. Por falar nisso, quando vamos sair de novo? Ouvi rumores de uma despedida de solteira.

Dei uma risada nervosa.

— Alli já deixou você a par dos planos?

— Ah, sim.

Ela piscou, um sorriso malicioso erguendo seus lábios. Quase engasguei com o café.

— Ih... Essa sua cara está me deixando seriamente preocupada.

— E deveria.

Ela riu de novo.

Sacudi a cabeça e ela me deu um tapinha brincalhão no braço.

— Nada com que se preocupar, Erica. Vamos nos divertir um monte.

— Não tenho dúvidas. — Sorri e peguei a bolsa para sair. Por mais preocupantes que as ameaças brincalhonas dela fossem, eu tinha coisas mais importantes em mente. — Bom, conversamos mais tarde.

— Sem problemas, querida. Vá lá e acabe com eles.

Ela sorriu e me deu um abraço rápido antes de eu ir embora.

Saí do café, hesitando na entrada que me levaria de volta ao escritório. O aroma do café e a promessa de outono se misturaram no ar. Eu não podia voltar ao trabalho com todas aquelas novidades na minha cabeça. Dei uma olhada para os dois lados da rua, incerta quanto a qual caminho seguir. O

Escalade preto de Clay estava estacionado no final da quadra. Fui naquela direção.

Entrei no banco de trás.

— Oi, Clay.

— Srta. Hathaway. Gostaria que eu a levasse para casa?

— Não, ainda não. Você se importaria em me levar até Harvard?

— É claro que não.

O distrito financeiro desapareceu à medida que nos dirigíamos ao outro lado da cidade. Atravessamos o rio e entramos nas ruas estreitas que contornavam o campus histórico de Harvard.

— Aqui está bom, Clay — falei, quando paramos em um sinaleiro em uma região que eu conhecia bem.

— Onde você gostaria que eu a buscasse?

— Eu ligo para você.

Ele hesitou.

— Vou ficar bem, prometo. Só vou dar uma volta no campus. Não vou me afastar.

Dei a ele um sorriso torto. Ele já tinha ouvido poucas e boas de Blake por ter me deixado desaparecer sob sua supervisão. Mesmo assim, acho que Clay simpatizava comigo um pouquinho. A presença dele me dava conforto, mas eu precisava abrir as asas de tempos em tempos.

— O que devo dizer ao sr. Landon se ele perguntar de você?

Suspirei.

— Diga que fui dar uma caminhada e se ele se preocupar, ele pode me ligar. Estou com o celular.

Ele concordou com a cabeça e eu entendi que aquilo era suficiente para que eu pudesse sair do carro. Perambulei pelo meio da multidão vespertina, uma mistura de estudantes e turistas. Por estar afastada há apenas alguns meses, fiquei surpresa por não reconhecer ninguém. Harvard estava oficialmente no passado e, caramba, como a vida tinha mudado.

Passei pelos portões que levavam ao campus. O ar mudou e as lembranças da minha antiga vida se instalaram em mim. Sorri, grata por ter tido a oportunidade de construir tantas memórias ali. Caminhei até minhas pernas começarem a ficar cansadas. Encontrei um banco desocupado sob uma árvore localizado em um jardim bastante silencioso.

As pessoas caminhavam, envolvidas em suas próprias conversas. A brisa se infiltrava por entre as velhas árvores acima de mim. Os prédios de tijolos e pedras permaneciam silenciosos e imponentes. O burburinho distante das ruas da cidade além dos limites do campus zuniam ao longe.

Tudo parecia diferente. O chão sob meus pés, o ar ao meu redor e, agora, este lugar do meu passado também. Será que tinha sido a conversa com Alex? Eu estava acostumada a ver meu mundo virar de cabeça para baixo com Blake em minha vida, mas isso era diferente. Era minha empresa.

A perspectiva de vendê-la para Alex me entusiasmava. E me apavorava. Parte de mim estava pronta para explodir com a promessa de seguir adiante com aquilo, de dizer que eu consegui. Depois de todas as nossas batalhas para não afundar, eu podia ir embora sabendo que tinha sido bem-sucedida. Eu não fazia ideia de quanto Alex iria oferecer, mas baseada nos cheques gordos que a empresa dele já estava nos pagando, eu imaginava que seria uma quantia impressionante. Blake não deixaria que eu aceitasse nada que fosse mais do que justo e Alex tinha prometido isso.

Minha mente viajou com as possibilidades. A liberdade da rotina diária, o tipo de liberdade de que Blake desfrutava, podendo selecionar e escolher seus projetos. Qualquer que fosse a quantia da venda não chegaria nem perto da riqueza de Blake, mas eu podia pagá-lo de volta e ter um fundinho de reserva só meu, que eu teria ganhado sozinha. Talvez fosse até mesmo suficiente para investir no projeto de Geoff de maneira independente.

Eu estava preocupada sobre como arranjar tempo para o projeto dele, com tudo que estava rolando. Esta poderia ser a hora perfeita para uma mudança. Pequenas pontadas irritantes de preocupação diminuíam a minha animação. E se a vida mudasse mais do que eu gostaria? O escritório lindo que Blake tinha reformado para mim, a equipe da qual eu fiquei tão próxima e a rotina diária que me fazia seguir em frente. Nada daquilo seria garantido depois que eu abrisse mão da minha parte da empresa.

Minha mente ia e vinha, analisando cada possibilidade, até que minha animação anterior estava beirando a ansiedade com a perspectiva de eu tomar a decisão errada. Meu celular tocou. Era Alli.

— Oi.

— Oi, está tudo bem? Você sumiu já faz um tempo e eu não encontrei você lá embaixo.

Suspirei, contente por ouvir a voz dela.

— Estou bem. Decidi dar uma volta depois da reunião com Alex.

— Está tudo bem?

A voz dela suavizou.

Fechei os olhos. Eu precisava dos conselhos dela agora mais do que nunca.

— Está, sim. Eu só precisava de um pouco de ar. Mas você tem planos para hoje à noite? Quero trocar umas ideias com você.

— Hum, claro. Noite das meninas ou devemos chamar Heath e Blake?

Blake certamente teria uma opinião quanto à proposta de Alex e eu valorizava a opinião dele mais do que a de qualquer outra pessoa. Ele tinha mais experiência que qualquer um de nós juntos e eu tinha fé de que ele nunca me guiaria na direção errada.

— Vamos chamar os garotos — falei, hesitantemente. — Só me mande uma mensagem avisando onde vocês querem se encontrar.

— Está bem, farei isso.

***

Tínhamos acabado de pedir sushi suficiente para encher um barco grande quando Alli começou.

— Então, o que aconteceu com Alex?

Os olhos dela se focaram em mim, cheios de expectativa. Blake e Heath logo a imitaram. Engoli o nó na minha garganta. *Isso não vai prestar.*

— Ele quer comprar o Clozpin.

Alli quase engasgou com seu drink, seus olhos estavam impossivelmente arregalados.

— Como é?

— Ele quer elevar o site ao próximo nível, mas não quer investir sem ter participação na sociedade.

— O que você disse a ele? — perguntou Heath.

Olhei para Blake, cuja expressão não dava nenhuma indicação de surpresa ou desaprovação.

— Disse que iria pensar. Ele disse que poderia fazer uma proposta se eu mandasse para ele alguns números do financeiro.

— Mas estamos finalmente começando a crescer — disse Alli, seu lábio inferior fazendo um leve bico. A onda de emoções que eu tinha vivenciado antes estava se refletindo no rosto dela. Choque, animação, tristeza e preocupação. — Você não quer ver até onde conseguimos ir antes?

— Tivemos um progresso excelente nos últimos tempos, mas, em sua maior parte, por causa dessa parceria com Alex

— expliquei. — As comissões pelas indicações que estamos recebendo são substanciais. Pense em quanto isso poderia se reverter em uma venda para nós.

— Alex já sabe do potencial de lucro. Duvido que ele vá lhe fazer uma oferta ofensiva — disse Blake, quebrando seu silêncio pensativo. — Mas a questão principal é se isso é algo que você quer.

— Eu sinceramente não sei. Ele disse que queria que todos nós permanecêssemos na empresa. Para mim, poderia significar mais flexibilidade para trabalhar em outros projetos.

Ele arqueou uma sobrancelha.

— O de Geoff?

— Talvez. Ou outros. Me ocorreu que talvez eu esteja me sobrecarregando com tudo que quero fazer. Eventualmente, algo vai desmoronar.

— Mas e se ele mudar quem nós somos? Digo, a essência da empresa.

Alli levantou uma questão válida. Eu sabia o motivo por trás das palavras dela. Alli tinha aberto mão de sua vida em Nova York para voltar e trabalhar para mim em Boston. Para ela, Sid e mim, a empresa era uma parte enorme de nossas vidas. Mudar qualquer parte disso teria um impacto em todos nós.

— Não acho que ele faria isso. Ele parece realmente valorizar o que já fizemos. Mas suponho que é um risco que corremos.

— Então, o que você vai fazer? — perguntou Heath, me pressionando ainda mais a uma decisão que eu não tinha condição alguma de tomar esta noite.

Dei de ombros.

— Pensei nisso o dia todo e não consigo dizer se estou mais perto de realmente saber o que eu deveria fazer. Mas tenho que admitir que é uma ideia promissora. Mandei os números do financeiro para ele esta tarde para dar início às negociações. Se a oferta for justa, acho que devemos considerá-la.

Alli soltou um expiro.

— Uau.

— Bom, acho que é uma ótima oportunidade. Para vocês duas. Vocês trabalharam muito duro e se a hora for agora, vão com tudo.

Quando Heath sorriu, a preocupação de Alli pareceu diluir, seus olhos ficaram mais calorosos enquanto fitavam os de Heath. Olhei para Blake ao meu lado. O braço dele se apoiou no encosto da minha cadeira e ele acariciou minhas costas com carinho. O gesto era uma pequena reafirmação de seu apoio e sua aprovação. Eu tinha a sensação de que ele pensava mais coisas a respeito daquele assunto que não estava disposto a compartilhar na frente de Alli e Heath mas, ao menos por ora, eu não me sentia tão maluca por considerar a oferta de Alex.

O garçom trouxe um barco enorme de sushi e o colocou no meio da mesa. Começamos a nos empanturrar e todos tomaram mais um mai tai. Depois de mais uma hora de conversa sobre os detalhes do casamento e os negócios, Blake e eu demos tchau a Heath e Alli.

Voltamos a pé para o apartamento, que ficava a apenas algumas quadras dali.

— Parece que você teve um dia e tanto — disse Blake, entrelaçando os dedos nos meus enquanto caminhávamos.

Dei uma risada.

— Nem fale.

— Posso conversar com Alex amanhã e sondar as ofertas que ele tem em mente — disse ele.

Fiquei olhando para meus passos na calçada.

— Quanto a isso... — Hesitei, me preparando para o contra-ataque. — Eu gostaria de negociar sozinha.

Diminuímos o passo na frente da marquise do nosso prédio.

— Já conversamos sobre isso, Erica.

A voz de Blake era baixa, mas a tensão emanava. Inspirei fundo e me preparei para manter o máximo de firmeza possível.

— Eu sei. E sei que faz sentido que você resolva isso com ele. Obviamente, vocês são meio que parelhos quando se trata de negócios. Ainda estou aprendendo muito e valorizo seus conselhos. Sempre. Mas eu construí essa empresa do zero. Com Alli e Sid? Sim. Com o seu investimento para nos ajudar a crescer? Sim. Mas se esse é realmente o fim da minha história como dona, eu quero poder dizer que escrevi o capítulo final.

Ergui os olhos para ele, suplicando em silêncio que ele me desse o controle que eu ansiava para dar esse próximo passo sozinha.

— Você deve querer que esse capítulo seja bom, mais do que tudo, certo?

Suspirei.

— Sim, é claro. Mas eu posso fazer isso — falei rapidamente, sem querer demonstrar nenhuma sombra de dúvida. — E se eu começar a sentir que estou sobrecarregada demais, ficarei mais que feliz em deixar Alex para você. Depois da nossa reunião na Califórnia, ele provavelmente já pensa que eu preciso da sua permissão até para comprar material de escritório.

Ele passou a mão pelos cabelos.

— Você sabe que isso não é verdade.

Dei de ombros.

— Não me garanto no respeito automático das pessoas por mim quanto aos negócios. Tive que batalhar e me autoafirmar em cada passo que dei. Ter você rondando, pronto para tomar as rédeas quando eu fraquejar provavelmente não vai ajudar muito. Mas eu aprecio isso. De verdade.

— É isso que eu faço, Erica — pressionou ele.

Meus ombros arquearam.

— Eu sei, mas Blake... Esse é o meu bebê.

Ele soltou um palavrão baixinho antes de fitar meus olhos suplicantes.

— Está bem. Negocie a proposta com Alex, mas me prometa que não vai firmar nenhum compromisso sem falar comigo antes.

— Sem problemas. Eu não faria isso, de qualquer forma.

— E se você decidir que quer vender, faremos meus advogados redigirem o contrato.

Revirei os olhos com a persistência dele.

— Blake, tenho meus próprios advogados. Eles sabem se virar sozinhos.

Ele deu um passo adiante, com clara determinação em seus olhos. Dei um passo para trás e me vi pressionada contra a porta da frente.

— Você consegue deixar qualquer homem louco, sabia disso?

Prendi o lábio inferior entre os dentes, tentando suprimir um sorriso. Coloquei as mãos nos ombros dele, apertando-os delicadamente.

— Sim — admiti.

Ele desviou o olhar, como se estivesse tentando se apegar à sua frustração. Dei um beijo no maxilar dele. Sua barba por fazer, e era áspera em meus lábios.

— Eu te amo — sussurrei.

— Meus advogados — disse ele com firmeza, seus olhos sérios. — E quero você lá em cima pelada, de joelhos, esperando por mim. Vou subir em alguns minutos.

Franzi a testa.

— Aonde você vai?

— Tenho que fazer uma ligação.

— Para quem você vai ligar?

Tentei passar por ele, mas ele me manteve firmemente encurralada entre a porta e seu corpo musculoso, segurando meus pulsos, pressionando-os acima da minha cabeça.

— Me pergunte isso de novo e eu prometo que você vai se arrepender.

Os quadris dele se mexeram, me apertando com firmeza contra ele, pontuando sua promessa rouca.

Fiquei imóvel, pesando a proporção entre a raiva e o tesão nas palavras dele e quanto espaço eu tinha para pressioná-lo. Mordi o lábio por um segundo, mas não consegui me segurar.

— Você vai ligar para Alex?

Os olhos dele escureceram. Os cantos de sua boca se ergueram, silenciosamente sacanas.

— Ah, vou me divertir um bocado com você esta noite. Suba logo antes que eu decida castigá-la de um jeito mais público.

Minha pele ficou quente e meus mamilos enrijeceram sob a blusa, meu corpo teve uma reação traiçoeira quando ele ameaçou os castigos que eu provavelmente aceitaria em qualquer dia da semana, fossem eles inspirados por alguma infração real ou não. Maldito Blake. Gradualmente, ele se afastou, permitindo que eu escapasse de suas garras.

Me virei para ir, mas não me movi rápido o suficiente quando a mão dele entrou em contato brusco com a minha bunda. Senti a ardência pela calça jeans e contive um sorriso. Abri a porta e corri lá para cima.

CAPÍTULO 8

Me agitei na cadeira. Minha bunda ainda doía um pouco dos tapas fortes que Blake havia dado na noite anterior. Isso foi depois de eu ter passado um bom tempo ajoelhada. Céus, aquele homem adorava me ver de joelhos.

No entanto, havia mais em jogo na noite passada do que as perversões de Blake. A frustração emanava da boca dele com cada exigência brusca, com cada investida feroz que nos levou além do limite repetidas vezes. Minha submissão voluntária tinha vindo com um preço. Eu estava lutando para ter de volta o controle que um dia prometera a ele.

E continuaria lutando pelo direito de mandar até que Alex assumisse a empresa. Manter esse nível de controle, agora que tudo estava mudando tão drasticamente, valia a pena. Mesmo com os joelhos doloridos.

Além disso, eu tinha deixado minhas próprias marcas e me divertido ao meu modo. Blake nunca me atormentava, em nenhum nível, sem combinar isso com uma dose pesada de satisfação sexual. O pequeno desconforto na minha bunda era um lembrete casual de outra noite não dormida nos braços dele, à sua mercê. Cruzei as pernas, tentando amenizar a ânsia pulsante. Afastei os pensamentos sórdidos da minha cabeça e li uma mensagem de Geoff me lembrando da nossa reunião esta semana. Eu estava ansiosa para bater um papo e saber mais sobre o que ele tinha planejado, mas agora considerava adiar. Eu não fazia ideia de como meu próprio futuro seria. Como podia fazer qualquer promessa a ele?

Dinheiro não era o problema. Se eu não investisse meu próprio dinheiro, Blake investiria o "nosso". Mas com a venda da empresa, eu poderia pagar o empréstimo que Blake fizera para o Clozpin e possivelmente financiar o negócio de Geoff também. Uma satisfação silenciosa se instaurou quando imaginei fazer uma pequena semente germinar por conta própria, sem a riqueza e a segurança avassaladoras da conta bancária de Blake e sua destreza corporativa. Na sala de reuniões, Blake tinha me encorajado a agarrar a oportunidade que eu quisesse e cair de cabeça. Se fizesse sentido em termos financeiros, era isso que eu faria, mas precisava dar a notícia a Sid primeiro.

Mandei uma mensagem para ele e, um minuto depois, ele estava sentado de frente para mim. Sua figura alta se sobrepunha à cadeira, enquanto ele se recostava com olhos cansados e um energético grande na mão.

— O que foi?

Respirei fundo.

— Eu queria conversar com você sobre um novo direcionamento para a empresa que estou considerando.

As sobrancelhas dele se ergueram, e um novo alerta iluminou seus olhos.

— Alex Hutchinson quer comprar o Clozpin.

Ele pausou.

— O que aconteceria com a equipe?

— Alex me garantiu que os empregos de todo mundo estariam a salvo. Ele acrescentaria cláusulas a qualquer contrato de compra e venda que a gente faça para esse fim.

Obviamente, você e Alli estariam abrindo mão da sua parte da empresa, assim como eu, mas todos nós poderíamos continuar administrando o Clozpin pelo tempo que quisermos. Ele disse que quer muito que eu fique e continue fazendo o que faço aqui.

Um pequeno vinco marcou a testa de Sid. Me peguei espelhando a expressão dele, esperando para ouvir sua reação. Eu nunca fui o tipo de pessoa de tomar decisões arbitrárias pela equipe. Alli e Sid sempre contribuíram com coisas valiosas e as palavras de Alli de ontem à noite ainda ressoavam na minha cabeça. Elas ecoavam meus próprios medos. Os grandes e assustadores "e ses" que eu tinha que considerar se tudo desse errado.

— Interessante — disse ele, finalmente.

— No bom sentido?

— Talvez. A segurança financeira, em um nível pessoal, seria boa. Consegui guardar algum dinheiro, já que Blake continua sem descontar os cheques do aluguel do apartamento, mas tenho minhas próprias ideias nas quais eu não me incomodaria em trabalhar.

Meu coração ficou um pouquinho apertado.

— Você acha que não ficaria?

Ele deu de ombros.

— Você não deveria ficar muito chocada por saber que não sou muito ligado em moda. Mas vou ficar pelo tempo que você quiser. Eu nunca abandonaria o projeto. Nos empenhamos demais nisso. Não importa se vamos vender ou não, quero que seja bem-sucedido.

— Você se preocupa em estarmos vendendo cedo demais? Alli acha que a gente pode perder dinheiro.

Ele curvou os lábios para cima novamente.

— Acho que tudo depende do que ele está oferecendo e o que queremos com a venda. No fim das contas, você é quem manda, Erica. Colocamos você para encabeçar o projeto e, até agora, você tem feito um bom trabalho nos guiando na direção certa. Se você acha que é isso que devemos fazer, eu apoio.

Soltei um suspiro de alívio.

— Obrigada, Sid. Por tudo. Não consigo imaginar ter chegado até aqui sem você e Alli. Não importa o que aconteça, quero que você saiba disso.

As bochechas dele coraram e seus olhos fitaram o chão.

— Obrigado. Sinto o mesmo. Formamos um bom time.

A maneira como ele disse aquelas palavras pareceu estranhamente como um adeus.

A cada momento que passava, eu me sentia cada vez mais comprometida com a perspectiva de vender, mesmo enquanto esperava pela oferta de Alex.

Alli apareceu, nos interrompendo.

— Oi, hum, Alex está no telefone.

— O quê?

Sid se levantou.

— Vou deixar você resolver as coisas. Me mantenha informado.

— É claro. Obrigada, Sid.

Ele e Alli me deixaram sozinha. Meu estômago revirou. Ele tinha analisado as finanças tão rápido assim?

Peguei o telefone do escritório.

— Alex, oi.

— Oi, como você está?

— Estou bem. E você?

— Também. — Ele suspirou e, por um instante, eu não tinha certeza se acreditava nele. — Dei uma olhada na parte financeira ontem à noite.

Fiquei apertando o botão da caneta ansiosamente.

— Certo. Você tem alguma pergunta?

— Não, na verdade, não. Suponho que o fato de Blake ter entrado em contato comigo significa que você está aberta a propostas, correto?

Meu coração parou. Eu esperava que meu choque não ficasse óbvio para ele.

— S-sim. Digo, se valer a pena em termos financeiros.

Me encolhi por ter gaguejado.

— É claro. Nesse caso, vou enviar nossa oferta inicial a você agora de manhã. Há uma questão.

— Qual é?

— Eu não costumo fazer as coisas correndo, mas o tempo é essencial neste caso. Preciso de uma resposta sua amanhã.

Minha mente rodopiou. *Merda*.

— Certo. Algum motivo especial para isso? — hesitei em perguntar, mas eu queria saber o que estava causando esse senso de urgência.

— Negócios são assim, eu acho — disse ele rapidamente. — Mas acredito que você vai ficar feliz com a oferta. Não temos muito tempo para negociar os pormenores, então vou mandar um esboço do contrato também. Se tudo estiver de acordo do seu lado, podemos seguir em frente com bastante rapidez.

— Tudo bem.

Não consegui esconder a incerteza na minha voz. Eu tinha embarcado em um brinquedo ilusoriamente inofensivo em um parque de diversões e agora não podia sair dele.

Alex falou de mais alguns detalhes da proposta antes de desligarmos, mas eu não consegui tirar o comentário que ele fez sobre Blake da minha cabeça. Não me dei o trabalho de perguntar o que eles tinham discutido e arriscar parecer ridícula por não saber. Apesar da minha súplica por lidar com a negociação por conta própria, Blake tinha falado com ele. Eu sabia. Puta que pariu, eu sabia. Bati a mão na mesa, suprimindo a vontade de gritar de frustração. Eu me casaria com o homem mais enlouquecedor e controlador da face da Terra. Com a cabeça nas mãos, respirei algumas vezes para me acalmar. Eu lidaria com Blake depois. Ademais, eu tinha uma potencial venda para encarar, e Blake era louco se achava que eu deixaria que seus advogados tivessem qualquer parte nisso. Fiquei atualizando meu e-mail sem parar, até que a oferta de Alex apareceu. Fiquei olhando para a mensagem, sem saber ao certo se estava pronta para ler, mas eu não conseguiria fazer mais nada até saber o que ela continha. Analisei-a com cuidado.

A oferta era de sete milhões de dólares, uma quantia enorme.

Mordi o lábio, tentando conter minha excitação. *Meu Deus, isso está realmente acontecendo.*

Eu não tinha queimado todo o investimento inicial de Blake. Na verdade, tinha guardado boa parte dele em uma poupança para alguma emergência. Depois de devolver o dinheiro a ele e pagar a parte de Alli e de Sid por suas ações da empresa, eu teria o suficiente para o projeto de Geoff e ainda sobraria um monte.

Imprimi os termos do contrato e convoquei uma reunião com Alli e Sid. Nos encontramos lá embaixo, no Mocha, que era conveniente para termos privacidade e uma dose necessária de cafeína.

Todos lemos as cláusulas e discutimos nossas preocupações até sentirmos que todos os pormenores estavam resolvidos. Ficamos olhando um para o outro. Eu estava buscando desesperadamente sinais de que essa era a coisa certa a fazer. Uma mãe de santo teria dado conta do recado, mas me contentei com os argumentos hesitantes das duas pessoas que embarcaram nessa viagem louca comigo desde o primeiro dia.

— Temos certeza? — perguntei, olhando para Alli e Sid.

— Vamos nessa.

Os grandes olhos castanhos de Sid pareciam determinados. Mais do que os de Alli, o suficiente para me dar o empurrão que eu precisava.

— Certo. É agora ou nunca, suponho.

Fiquei até tarde entre idas e vindas com o departamento legal de Alex. Por e-mail, decidimos fechar o negócio na sexta-feira da mesma semana. Em poucos dias. Tudo era extremamente surreal.

Alli se juntou a mim quando todos já tinham ido embora do escritório.

— Precisa de ajuda com alguma coisa?

— Não, só estou dando uma revisada no contrato. — Hesitei, me sentindo obrigada a pedir a aprovação dela mais uma vez. — Temos certeza disso?

Ela sorriu fracamente e se sentou à minha frente.

— É um progresso, eu acho. Nada pode permanecer o mesmo para sempre.

— Não é uma decisão fácil para mim, Alli — admiti.

— Eu sei. Tem muitas coisas em jogo aqui, mas se as coisas saem do jeito que queremos ou não, nós nos arriscamos. Nada pode tirar as experiências que tivemos. Sinceramente, tenho medo de que isso possa nos levar a um caminho para o qual não estamos preparados, mas também tenho medo de recusar uma oportunidade por pura estupidez.

— Me sinto assim também. Mudanças nunca são fáceis, suponho — falei.

Por mais que Alex tivesse me garantido que queria que eu continuasse fazendo o que estava fazendo, eu sabia que havia mudanças despontando, de uma forma ou de outra. Ninguém fazia uma aquisição desse tamanho, não importava quanto dinheiro tivesse, sem querer tirar o máximo de proveito da oportunidade. Eu tinha que me preparar para o desconhecido e ter fé de que Alex queria o melhor para nós, mesmo que nossos interesses fossem secundários frente ao desejo dele de lucrar com o empreendimento.

— Bom, a decisão foi tomada, certo? Vou mandar isso para o advogado e talvez fechemos esse contrato logo.

Ela soltou um suspiro e deu de ombros.

— Mais um motivo para comemorar, suponho.

— Claro, devemos comemorar. Tomar uns drinks ou algo assim.

O sorriso de Alli aumentou.

— Eu ia fazer uma surpresa para você, mas a despedida de solteira é neste fim de semana.

Ergui as sobrancelhas.

— Ah.

— Então uma comemoração com certeza já está encaminhada. Vamos ter que fazer você beber umas doses extras.

Dei uma risada.

— Certo, vamos ver no que isso vai dar.

Ela se levantou e veio até mim. Me levantei e a abracei.

— Estou tão orgulhosa de nós.

A voz dela foi abafada pelo meu ombro. De repente, lágrimas ameaçaram cair e o abismo emocional de ter escolhido isso estava prestes a vir à tona. Estava sendo uma semana e tanto.

Ela saiu e eu mandei minha última mensagem para Alex. Fiquei sentada no escritório por mais um tempinho, contemplando a decisão difícil que eu tinha tomado. Por muito tempo minha vida foi moldada pelo Clozpin, pelas experiências que tinham me levado da esperança vaga ao fracasso quase certo e ao sucesso efetivo. Alex queria a empresa e queria a mim. Ele tinha enxergado valor e tinha apostado em ambas. Uma onda de satisfação percorreu meu corpo. Sorri para mim mesma. Eu também estava orgulhosa de nós.

***

Clay me deixou em casa. A noite tinha caído, e eu tentei não pensar em tudo que eu e Blake precisávamos esclarecer. Caminhei na direção da porta.

— Erica?

Uma voz de homem se aproximou de mim, sua figura surgiu das sombras. Meu coração deu um pulo e eu dei um passo para trás.

— Quem é você?

— Sou do jornal do Canal 5. Estou querendo fazer algumas perguntas a você sobre sua relação com as eleições para governador e com Daniel Fitzgerald.

— Desculpe, não é uma boa hora.

Me atrapalhei com minhas chaves e tentei dar a volta nele para chegar à porta.

— Só vai levar um minutinho.

Antes que eu pudesse dizer para ele ir embora, Clay apareceu, preparado para dar um safanão no homem.

— A moça não quer falar com você. Você precisa ir embora agora.

O jovem repórter zombou dele.

— Quem é você? Não estou infringindo nenhuma lei por estar aqui.

— Sou o segurança da srta. Hathaway e do prédio. Se você não for embora, vou ligar para a polícia.

Clay estava calmo, sua voz e sua figura corpulenta eram ameaçadoras sem que ele precisasse se esforçar. Ele ficou parado, intimidador, entre o repórter e mim, encarando-o.

Infelizmente para o homem, Clay provavelmente poderia fazer levantamento de peso com ele. Ele não tinha chance.

— Tudo bem. Desculpe. Posso entrar em contato com você por telefone?

Ele esticou a cabeça para olhar para mim atrás de Clay.

Meneei a cabeça, suspirando. Jesus, essas pessoas eram persistentes. Girei a chave na fechadura e agradeci a Clay antes de correr escada acima.

Entrei no apartamento, larguei a bolsa no balcão e desejei silenciosamente poder desfazer a mala de emoções que eu tinha levado para casa. Blake se levantou do sofá, enquanto eu preparava um prato de sobras da geladeira.

— Está tudo bem?

— Um repórter me abordou lá fora.

As sobrancelhas dele se juntaram.

— Quem era?

— Clay já lidou com ele. Está tudo bem.

A tensão no corpo dele pareceu se dissipar.

— Certo.

Ele deu a volta na ilha central, onde eu estava parada, e se aproximou para um beijo, mas eu virei o rosto.

— O que foi?

— O que você acha? — murmurei. Ele me faria dizer cada sílaba. Eu mal podia esperar para ouvir as desculpas de Blake por ter entrado em contato com Alex antes de mim.

Ele ergueu as sobrancelhas.

— Por que você simplesmente não me conta?

Ergui os olhos para ele.

— Recebi um castigo de você na noite passada com a promessa de que você iria ficar longe desse acordo. Esse é o *meu* negócio.

— Você não disse para eu ficar longe. Disse que queria negociar por conta própria — respondeu ele, indiferentemente.

Soltei uma risada chocada.

— Então você vai lá e liga para a pessoa com quem eu preciso negociar diretamente?

— Eu queria dar uma sondada no negócio. Só isso.

— Ah, é?

Fui até a sala de jantar com minha comida requentada. Depois de um instante, Blake se sentou do outro lado da mesa. Talvez precisássemos de uma casa maior. Eu precisava de pelo menos dois cômodos entre nós agora.

— Não sei por que você está tão chateada. Foi para você que ele mandou a proposta, certo? Tudo que fiz foi perguntar algumas coisas. Não fingi exprimir as suas opiniões, nem as minhas, de jeito nenhum. — Ele fez uma pausa. — Você queria meus conselhos, certo?

— Sim — respondi bruscamente entre as garfadas.

— Certo. Bom, não posso aconselhar você sobre algo que eu não domino minuciosamente. Este é seu primeiro negócio. Há muitas perguntas a serem feitas logo de cara para ver como serão as estruturas básicas. Eu sabia que Alex teria algo bastante específico em mente. Eu queria esses detalhes para poder apontar a direção certa para você quando a hora chegasse.

Meneei a cabeça. Eu queria dizer que aquilo era tudo balela.

— Eu te odeio às vezes, sabia?

O sorriso maroto dele enfraqueceu minha determinação.

— Não acredito em você.

Abaixei os olhos, fingindo estar inabalada. Ele não iria se safar dessa sendo lindo. Eu estava brava e ia continuar brava até ele pedir desculpas.

— Gata...

— Não me venha com "gata". Não vou premiar você por se intrometer nos meus negócios mais uma vez.

— É sério que você vai pegar no meu pé por causa de um detalhe técnico?

— Não é um detalhe técnico. É o ponto principal. Você sabe disso. Posso ser baixinha e loira e sete anos mais nova que você, mas não sou idiota e não gosto de ser tratada como tal.

Blake se encolheu como se eu tivesse dado um tapa nele.

— O que ele disse? — perguntou ele, após alguns minutos.

— Por que você não liga para ele e pergunta você mesmo? — murmurei, com sarcasmo transbordando em cada uma das minhas palavras.

Ele deu um sorrisinho.

— Quer que eu ligue? Porque você sabe que eu ligo mesmo.

— Vá se foder — respondi secamente.

Ele se recostou na cadeira, esperando que eu falasse.

— Ele nos ofereceu sete milhões de dólares. É mais do que o suficiente para devolver o seu dinheiro e deixar Sid, Alli e eu com bastante sobra para nosso próximo passo.

Ele apertou os lábios e concordou lentamente com a cabeça.

— Isso é bom. Vocês estão felizes com a oferta?

— Já conversamos sobre isso e, sim, estamos.

— Isso foi rápido.

— A oferta só é válida até amanhã — expliquei.

— Por quê?

Dei de ombros.

— Ele não disse. Parecia meio estressado. Não parecia o Alex de costume, mas talvez seja assim que ele faça negócios. Não sei. Ele pareceu mudar de pessoa amigável para homem de negócios bem rápido.

— Isso parece incomum.

— Talvez ele precise acelerar as coisas.

— Isso não é o ideal. Não teremos tempo para analisar tudo adequadamente. Você deveria recuar e pedir mais tempo.

— Mas e se ele voltar atrás com a oferta?

— Ele quer o negócio. Já deixou isso claro. Não duvide dos interesses dele agora.

— Talvez algo o esteja impedindo de comprar o Clozpin se não fecharmos esse negócio rapidamente. É uma quantia enorme de dinheiro.

— Você está ficando sentimental a respeito disso — disse ele com um ar casual.

Fiquei arrepiada com o tom de voz dele.

— É claro que estou! É toda minha vida que está em jogo aqui.

— Ah, é?

Blake riu fracamente, mas eu pude ver a mágoa em seus olhos.

Fechei os olhos, praguejando minha péssima escolha de palavras.

— Você entendeu o que eu quis dizer.

Nossos olhos se encontraram, dois olhares de pedra enfraquecendo sob nossas emoções.

— Não importa mesmo — falei, finalmente. — Todos concordamos em seguir em frente. Nossas equipes de advogados finalizaram tudo hoje.

Ele meneou a cabeça; um sorriso ressentido fez seus lábios se apertarem. Ele se afastou da mesa.

— Faça o que achar certo, Erica — disse ele indiferentemente.

Ele desapareceu dentro do quarto, e eu fiquei agitada. Meu maxilar se contraiu, enquanto os minutos se passavam. Eu queria arremessar coisas. Queria saber como os empregados dele lidavam com sua natureza compulsivamente controladora diariamente. Queria saber como diabos eu iria conseguir conviver com aquilo.

Incapaz de fazer meu cérebro calar a boca até horas mais tarde, finalmente desisti e me juntei a ele. A luz do luar espreitava para dentro do quarto, iluminando só o suficiente para eu me despir e encontrar a cama. Deitei-me do meu lado da cama, tomando cuidado para manter uma distância suficiente para dar a entender que eu ainda estava furiosa. Mas o peito de Blake estava se movendo com um ritmo lento que indicava que ele estava dormindo. Desejei que meu próprio corpo sossegasse. Queria me esquecer do dia de hoje. Me aconcheguei ao lado dele, hesitantemente. Ele estava incrivelmente quente quando meus lábios deslizaram por seu ombro. Ele cheirava a sabonete. Às vezes, amá-lo era mais fácil quando ele não estava falando, ou consciente. Eu não tinha certeza se ele conseguia evitar aquilo. Eu odiava quando brigávamos e, mesmo agora, questionei se isso tudo era algo pelo qual valia a pena brigar.

Esta batalha interminável entre nós. Pelo quê? Poder. Isso valia o que, afinal, em um contexto no qual duas pessoas se amavam tão perdidamente quanto nós?

Eu dei mais poder a ele no nosso relacionamento, e ele o fez valer entrando em contato com Alex sem minha permissão. Ele podia ter ido mais longe, mas não foi. *Uma pequena concessão*, me lembrou uma vozinha. Uma concessão, mesmo assim.

O longo dia estava pesando em mim. Exausta, aquecida e contente ao lado dele, deixei que o sono me consumisse. Mas a escuridão da noite deu lugar a sonhos perturbados.

A voz aguda de Alex soava no fundo. Ele estava tagarelando os detalhes do contrato. Repetidamente, como um disco tocando a mesma música sem parar. A escuridão se foi e ele desapareceu.

Estávamos no meu escritório, mas estava vazio. A luz do sol entrava pela grande janela da frente. O lugar parecia vazio e frio sem todas as pessoas que trabalhavam ali. Onde estava todo mundo?

Fui até minha mesa e Blake estava lá, os pés apoiados nela, um sorriso sexy no rosto.

Esqueci que estava brava com ele por um minuto.

— O que você está fazendo aqui?

— Eu trabalho aqui, lembra?

Ele trabalhava ali? Ele parecia tão certo daquilo. Caminhei na direção dele e ele me sentou em seu colo.

— Não entendo.

Enrolei os braços no pescoço dele.

— *Estou aqui por* você, *Erica.*

— *Certo.*

Aquilo parecia certo, mas eu não sabia bem por quê. Eu o queria aqui. Ele preenchia a sala vazia e eu não queria ficar sozinha.

Me inclinei para beijá-lo. A sala ficou quente. A energia fluía entre nós. Meu corpo estava acordando, todos os meus pensamentos se voltavam para os lugares que ele tocava. Escorreguei as mãos pelo peito dele e esqueci onde estávamos. A mão dele foi parar entre minhas pernas, me esfregando, me massageando por cima do jeans. Gemi, fechando os olhos.

Quando os abri, uma manta de escuridão tinha caído sobre nós.

Ele tinha nos mudado de lugar, de modo que eu estava deitada de costas. Eu não sabia onde estávamos, mas não importava. Estávamos sozinhos e ele estava tirando nossas roupas, lenta e pacientemente. Ele subiu em mim, erguendo meus braços acima da minha cabeça, prendendo-os. Ele ficou olhando nos meus olhos. O desejo neles me deixou sem ar.

— *Preciso disto.*

Concordei com a cabeça. De alguma forma, eu entendia. Eu também queria isso.

Ele manteve meus braços presos, enquanto se movia em cima de mim, provocando meu corpo de todos os jeitos. Pele sobre pele. A camada de pelos no peito dele atiçando meus mamilos. O movimento lento de seu pau ardente na minha coxa.

Tremi.

Ele estava no controle. Já tínhamos estado nessa situação antes e eu tinha aprendido a não lutar contra ela. Me entreguei às sensações, confiando na liderança de Blake. Mas não importava o que eu fazia, como eu me mexia, ele não se movia mais rápido. Estávamos perdidos em um círculo infinito de tesão insatisfeito.

Choraminguei o nome dele. Implorei. Mas nada que eu fizesse podia obrigá-lo a me satisfazer.

Ele capturou meu mamilo com a boca e chupou de leve. Carícias desapressadas varriam minha pele, enquanto uma bola feroz de desejo crescia cada vez mais dentro de mim.

— Por favor! — implorei, nos confins nebulosos da minha mente, e gritei.

Será que ele podia me ouvir?

Meus olhos se abriram de supetão. Pisquei várias vezes, me acostumando com a escuridão do quarto. Ao meu lado, Blake dormia, com respiração visivelmente mais lenta que a minha. Lambi os lábios secos e abaixei os braços. Eles estavam na mesma posição do sonho.

Meu clitóris latejava, pulsando com os batimentos rápidos do meu coração.

Mas que diabos?

Com os olhos fechados, eu queria o sonho de volta, mas queria estar livre dele também. Queria alívio.

Blake estava deitado de barriga para cima, dormindo. Eu ansiava por ele. Eu estava acordada, mas a luxúria do sonho se demorava na minha pele, fazendo tudo parecer real. Nós éramos reais, e Blake podia aliviar essa agonia.

Me debrucei em cima dele, querendo beijá-lo, acordá-lo. Minha raiva de antes entrou em guerra com meu desejo. Hesitei; um lampejo de ideia brilhou na minha cabeça.

Saí da cama e fui até a ponta dela. Me ajoelhei, abrindo a larga gaveta na base. Dentro dela estavam os brinquedos de Blake. *Nossos* brinquedos. A maioria das coisas ainda estava embalada. *Graças a Deus.* Nós não tínhamos usado nem uma fração delas e eu não ligava. Tudo que me importava era uma coisa. Encontrei o que eu estava procurando e fechei a gaveta. Voltando para a cama, montei pelada em cima de Blake, com a bunda nas coxas dele.

Ele se mexeu, resmungando, enquanto eu me acomodava em cima dele. Me debrucei em cima dele até um peito tocar no outro. Comecei a dar beijinhos em seu rosto, descendo pelo maxilar, até o pescoço. Depois de um instante, o quadril dele se ergueu e ele gemeu. Sorri e voltei minhas atenções para os lábios dele. Lambi-os, mordisquei delicadamente todo seu recheio.

Então, os braços dele me envolveram, me abraçando enquanto ele me beijava com mais intensidade. Me deliciei naquilo por um momento, então me libertei para seguir em frente com meu plano. Me sentando novamente, segurei os pulsos dele e os ergui até acima da cabeça dele, pressionada no travesseiro.

— O que você está fazendo?

A voz rouca de Blake interrompeu o silêncio.

Eu o silenciei e me atrapalhei com as algemas de couro que eu tinha pegado na gaveta. Coloquei uma no pulso dele, prendi-a na cabeceira da cama, e rapidamente peguei o outro braço.

— Erica.

Com os olhos arregalados e a voz sem nenhum resquício de sono, ele parecia totalmente desperto agora.

— Estou brincando. Só relaxe.

Os músculos dele ficaram um pouco menos tensos e eu o beijei, querendo acalmá-lo. Eu não queria brigar. Queria brincar.

Eu estava me libertando do sonho também. Estava tensa e ávida por satisfação, mas minha frustração com ele parecia crescer com meu desejo. Desci pelo corpo dele, amando-o e querendo que ele sentisse o que eu estava sentindo também. Chupei a pele dele, deslizando a língua pelas rodelas macias dos mamilos até eles ficarem rijos. Arranhei as pontas com os dentes, como ele tinha feito comigo tantas vezes, me deixando louca. O som da respiração dele preencheu o ar.

— Puta merda. O que você está fazendo comigo?

— Você é meu hoje — murmurei, chupando seu pescoço. O sal da pele dele deu gosto ao beijo feroz, enquanto eu o inspirava fundo.

Tracei linhas descendo pelas laterais do corpo dele com as unhas. Ele gemeu, se encolhendo. De prazer ou de dor, eu não sabia ao certo, mas algo em mim queria marcá-lo. Torná-lo meu. O calor se espalhou por mim ao ver as marcas.

— Tire essas coisas agora, Erica. Estou falando sério.

Ignorei a exigência dele. Ao invés disso, comecei a dar chupões em seu peito.

— Eu também. Como você se sente ao ter todo seu poder tirado de você?

Talvez o poder da minha posição agora estivesse subindo à minha cabeça. Eu me sentia leve, intoxicada por ele. Continuei rumo ao sul, traçando uma trilha até o abdômen dele com a língua. Mordisquei a pele suave de sua barriga. A cama sacudiu quando ele testou as amarras. Enfiei a língua na barriga dele e finalmente cheguei ao seu pau, duro como pedra e balançando ereto sobre a barriga. Emiti um ruído apreciativo e provoquei a cabeça com as pontas dos dedos. Dei uma lambidinha na ponta, limpando a pequena gota da excitação dele. Fechei os olhos, lutando contra a vontade de tê-lo por inteiro. Eu queria provocá-lo mais do que satisfazê-lo esta noite. Ele merecia.

— Erica.

Meu nome saiu da boca dele com um som estranho, algo entre uma reprimenda e uma súplica por misericórdia.

— Sim?

Minha voz era suave a brincalhona.

O tom de voz que ele usou em seguida definitivamente não era. Ele respirou algumas vezes pela boca.

— Você tem até três para me soltar dessas coisas.

Belas palavras para um homem amarrado na minha cama. Ele tinha me deixado furiosa, e eu queria que ele sentisse isso. Queria sentir o corpo dele se debatendo para conter o desejo, da maneira como eu tinha feito incontáveis vezes.

Sob o comando dele, seu controle, seu maldito talento.

Dei uma risada.

— Ou o quê? — sussurrei provocativamente contra a pele ardente da ereção dele. — Talvez eu não esteja a fim de receber ordens.

Ele apertou os dentes, fechando os olhos.

— Um.

Aquela única palavra saiu com força, como uma ameaça silenciosamente subentendida.

Meu desejo aumentou. Meus seios eram pesados quando rasparam nas coxas dele. Eu queria as mãos dele em mim, mas não...

Ele sibilou quando o coloquei na boca. Eu gemi, adorando o gosto almiscarado dele e a maneira como seu corpo se projetava na minha direção. Ele ficou ainda mais duro entre meus lábios. Depois de alguns movimentos da minha língua, eu o deixei escapar da boca. Retardei o prazer dele, dando beijos quentes e molhados em sua pélvis. Eu o queria tão desejoso quanto eu. Eu estava molhada e ávida, caminhando quase dolorosamente na beira do precipício.

— Dois.

A voz dele vacilou de leve quando meus seios tocaram em sua ereção.

Sorri por um segundo, antes de colocá-lo na boca de novo. Deixei que a totalidade dele me preenchesse, deslizando pela minha língua até o talo.

— Puta merca, Erica.

Foquei todas as minhas atenções em dar prazer a ele, provocando-o com lambidas leves antes de tomá-lo até onde eu conseguia com a boca, engolindo e fazendo movimentos sobre a cabeça exuberante do pau dele.

— Preciso tocar você — implorou ele.

O desejo espiralou com força na minha barriga. Eu também queria que ele me tocasse. Ele não fazia ideia do quanto. Emiti um ruído apreciativo, o som vibrando nele enquanto eu o chupava fundo repetidamente. Os quadris dele se ergueram e eu o soltei, dando uma sopradinha na carne molhada e pulsante.

— Diga "por favor".

Ele fechou os olhos apertado.

— Não consigo fazer isso.

A respiração dele ficou ofegante, todos os músculos se tensionaram. Fiquei congelada, transfixada pelas reações do corpo dele. Eu mal estava tocando nele agora e ele parecia prestes... prestes a explodir. Segurei a ereção dele e comecei a masturbá-lo continuamente.

Ele abriu os olhos, me medindo. Mesmo no quarto iluminado apenas pela luz do luar, eu reconheci o olhar sombrio que me dizia que ele estava passando dos limites de seu controle. Mas ele não tinha controle algum agora. O ar saiu de mim em uma lufada. Com as coxas abertas em cima dele, angariei toda minha força de vontade para não descer com minha boceta com tudo no pau dele e levar nós dois à loucura.

— Três... Agora — grunhiu ele.

— Relaxe — repreendi-o delicadamente.

Esparramei minha mão livre no peito dele, masturbando-o com a outra.

Ele engoliu seco, fazendo uma careta.

— Limite.

Ele ficou me fitando com seus olhos aflitos enquanto eu processava o significado por trás do que ele tinha dito.

Limite.

Merda. Aquela palavra revirou na minha cabeça antes que eu me tocasse de que precisava agir. Escalei o corpo dele e me estiquei até seus braços. Antes que eu pudesse alcançá-lo, o bíceps dele se contraiu em bolas tensas, e eu ouvi um estalo. Em um piscar de olhos, as mãos dele estavam em mim, seus dedos se afundando em meus quadris.

Ofeguei quando ele se sentou, trazendo o peito para junto do meu. Ele segurou meu cabelo com a mão e usou a vantagem para me curvar para trás. Gritei. Talvez pela dor do puxão. Talvez pelo arrebatamento de finalmente ter as mãos dele em mim. Talvez pela mudança brusca de ter controle completo para perdê-lo tão repentinamente.

Ele me mexeu, me colocando sem dó em cima de seu pau. Um segundo depois, ele estava dentro de mim, penetrando fundo, de novo e de novo, ainda mais fundo. Eu estava molhada ao redor dele, meu sexo tinha espasmos instantâneos.

— Blake!

Solucei de prazer, me agarrando a ele, querendo mantê-lo perto de mim, mas ele não podia ser contido. Me contraí em torno da penetração dele, a fricção e o fervor de suas investidas me arremessavam diretamente para um orgasmo irrefreável. Minhas coxas tremeram e eu segurei os ombros dele quando o clímax me consumiu.

Eu mal tinha conseguido me recuperar da onda violenta e já estava deitada de costas. A mão forte de Blake prendeu minhas duas mãos acima da minha cabeça. Me esparramando ao redor suas coxas, ele me penetrou, movendo nós dois cama acima em uma série de investidas poderosas. Eu estava sem ar, arfando, mas incapaz de me libertar do massacre da paixão dele.

— O que você quer, Erica? Quer que eu foda você desse jeito ou quer que eu me deite para que você possa brincar de dominatrix?

Ele estava me provocando com a coisa que eu tinha tentado tirar dele e, céus, aquilo era o que eu mais queria na vida. Eu estava derretendo em torno dele. Queria tudo que ele pudesse me dar.

Ele estava em todos os lugares. Me segurando, me pressionando, me prendendo, me devastando de dentro para fora.

E, neste exato momento, eu só quero que ele pegue o que é dele — meu corpo, meu coração e minha submissão. Se era para ser assim, eu queria servi-los para ele em uma bandeja de prata, porque eu nunca tinha me sentido tão dominada e tão completamente excitada pela determinação dele.

— Quero que você me foda — admiti, sem a mínima sombra de dúvida ou hesitação nas minhas palavras. — Bem assim.

Ele meteu com tudo em mim, seu maxilar contraído.

— Isto sou eu. Isto somos nós — rosnou ele.

Gritei cada vez que ele atingia a parte mais profunda dentro de mim, e todos os meus sentidos estavam sendo sobrecarregados.

— Eu quero isso. Quero você — falei em meio à respiração ofegante.

Meu coração se contorceu, acrescentando peso à força do orgasmo que me atingiu. Minha cabeça tombou para trás, meu pescoço se curvou na ponta da cama, para onde o sexo violento dele tinha nos empurrado. Ele segurou minha nuca, me puxando de volta. Ele soltou minhas mãos para erguer meus quadris, me fodendo em um ângulo que me fez entrar em órbita.

Os cantos da minha visão ficaram pretos. Prendi a respiração. Quando a soltei novamente, eu gritei, escorregando as unhas pelo ombro dele, enquanto seu pau castigava aquele ponto sensível dentro de mim.

Um grito dolorido explodiu da garganta dele e ele desabou em cima de mim. Lutei para conseguir respirar sob o peso dele, mas o que aconteceu entre nós me fez querê-lo perto. Enrolei os braços nele, passando os dedos pelos seus cabelos úmidos. Preguiçosamente, acariciei os lugares onde eu o tinha marcado duramente até que, lentamente, ele saiu da cama e desapareceu dentro do banheiro. Quando ele voltou, eu havia adormecido, exausta.

CAPÍTULO 9

A CAMA ESTAVA VAZIA QUANDO acordei. Tomei banho, me vesti e encontrei Blake na cozinha. Havia um pequeno prato de frutas no meu lugar na ilha central. Ele desviou o olhar, pegou uma caneca e serviu meu café, colocando-o ao lado das frutas.

— Obrigada.

Fiquei olhando para as frutas, mexendo-as no prato. Pelos esforços da noite passada, eu deveria conseguir comer o café da manhã de um homem faminto, mas meus nervos estavam destruindo meu apetite.

— O que foi aquilo noite passada?

Senti o calor subir para minhas bochechas. Por que eu estava com vergonha? Blake tinha feito coisas muito piores comigo, mas, de alguma forma, o fato de eu ter feito com ele parecia totalmente diferente. A expressão nos olhos dele me dizia isso.

— Tive um sonho — falei baixinho, sem saber o que mais dizer.

— Sobre me dominar?

— Não. O oposto, para falar a verdade.

— Mesmo?

A voz dele era tão calma, seu rosto o único indicativo de que havia algo errado.

— Ainda estou chateada com você.

— Então você resolveu me amarrar enquanto eu estava dormindo?

A pergunta quase parecia inocente. Me encolhi.

— Você estava meio acordado, Blake. Sem contar que tem duas vezes o meu tamanho e estourou as algemas como um pedaço de barbante. Você está agindo como se eu tivesse prendido e torturado você.

— É isso que devo esperar da próxima vez?

Revirei os olhos e enfiei o garfo em um pedaço de fruta. Mastiguei em silêncio.

— Não me ocorreu que você tinha... limites.

O maxilar dele se contraiu.

— Não me ocorreu também.

— Não conheço as regras desse jogo, Blake. Você se recusa a conversar sobre isso comigo.

Ele riu asperamente.

— Isso é por causa do clube?

Respondi com os olhos, torcendo para que ele se abrisse comigo quanto a isso.

— Por que você não conversa sobre isso?

Os lábios dele formaram uma linha fina.

— Chega desse clube! Não preciso de um rótulo entre nós para saber que quero controlar o seu prazer. E não preciso de uma porra de uma palavra de segurança.

A raiva dele ricocheteou nas paredes da cozinha até que só houvesse o silêncio novamente. Ele caminhou na minha direção, apoiando as mãos na beirada do balcão perto de onde eu estava sentada. Eu o tinha aturdido. Minha brincadeira, que tinha sido bastante inocente, o tinha afetado mais do que eu jamais imaginei. Eu estava jogando um jogo sobre o qual não sabia nada.

Ele se aproximou e me deu um beijo no rosto. Suspirei, aliviada por senti-lo se acalmar comigo.

— Mas você precisa — sussurrou ele, incitando uma nova onda de expectativa. — Porque eu vou foder você de todas as maneiras que uma mulher pode ser fodida.

Fechei os olhos com a promessa sombria dele.

— Me desculpe. Não me toquei...

— Você não se tocou que alguém como eu não quer ser amarrado.

— Você faz isso comigo o tempo todo — retruquei, com lágrimas queimando meus olhos.

— Foi bom fingir que sou alguém que não sou?

A voz dele era mais suave.

Meneei a cabeça, me arrependendo de tudo. Minha pequena incursão no universo dominante estava se voltando contra mim enormemente. Eu não estava nem um pouco satisfeita. Nós dois estávamos magoados e desequilibrados.

— Não.

Me afastei do balcão e saí para o trabalho sem ele antes que eu desabasse.

Eu estava cansada e confusa e, pela primeira vez, ansiava pela estabilidade do trabalho, pela familiaridade do escritório e das pessoas que o enchiam.

Clay me defendeu quando outro repórter estava me esperando do lado de fora do escritório. Ótimo. Era tudo que eu precisava.

Agora que repórteres estavam aparecendo no meu trabalho, me ocorreu o pensamento de que publicidade negativa também não era o que Alex queria. Talvez acelerar as coisas fosse bom, porque quando Alex descobrisse que eu estava potencialmente ligada à investigação sobre Daniel, talvez ele quisesse se distanciar de nós. Afastei aquele pensamento e dei início à minha rotina matinal no escritório.

Mais ou menos uma hora depois, ouvi a porta do escritório se abrir e Alli conversar com alguém. Alguns segundos depois, ela estava na minha mesa com uma caixinha vermelha nas mãos.

— O que é isso?

— Não sei. Um entregador acabou de deixar aqui.

Ela a colocou na minha frente no meio da mesa. A caixa era coberta de veludo e amarrada com um laço de cetim preto. Se fosse de Blake, eu só podia imaginar o que havia ali dentro.

— Nenhum remetente? — perguntei.

— Não perguntei, mas eu apostaria que é de Blake.

Ela me lançou um sorriso malicioso.

Respondi com um sorriso fraco. Será que ele estava se desculpando? A maneira como eu tinha saído aquela manhã não tinha sido boa. Ele não tinha se acalmado da noite anterior, então eu não achava que os sentimentos dele tinham mudado drasticamente nas poucas horas desde que eu o deixei parado na cozinha.

— Está bem, obrigada.

Desfiz o laço lentamente. Ergui a tampa, revelando pedaços de papel preto. Remexi entre eles até meus dedos encontrarem uma textura que eu conhecia. Couro. E, então, algo frio. Pinos de metal. Fiquei olhando para a caixa, meu coração aos pulos. Era uma mordaça.

Um lampejo de vermelho sob as tiras de couro chamou minha atenção. Empurrei a mordaça para o lado e retirei um pequeno cartão.

Erica,

Sinto muito por perder seu casamento, mas seria negligente da minha parte não mandar a você um presente para marcar essa ocasião tão festiva em suas vidas. Aqui vai uma lembrança das nossas aventuras no clube. Talvez vocês dois possam continuar com a tradição.

Tudo de bom,
Sophia

A letra era feminina, porém com alguns garranchos, o S se sobrepunha às outras letras. Minhas mãos tremeram e eu larguei o cartão. A mordaça estava ali dentro da caixa e meu estômago revirou. Só a visão dela fez minha adrenalina disparar incontrolavelmente. Saber que Blake tinha usado aquela coisa em Sophia estava me deixando fisicamente doente. Eu queria jogar no lixo, mas, ao invés disso, fiquei sentada imóvel, estudando a caixa silenciosamente. O aparato não parecia velho, mas não era novo. O couro estava levemente gasto onde o gancho engatava no buraco.

Minha imaginação foi inundada por terríveis imagens nada bem-vindas deles juntos. Ela amarrada, ele buscando seu próprio prazer na submissão dela da mesma maneira que tinha feito comigo tantas vezes. Meus olhos queimavam e meus lábios tremiam além do meu controle. Peguei o cartão e o amassei. Fazer isso não ajudou em nada a aliviar a pressão que crescia dentro do meu peito. Fechei os olhos e, na minha cabeça, gritei todos os palavrões em que consegui pensar. Sophia tinha atingido o alvo, e no momento perfeito, depois da noite que tínhamos tido. Eu estava atordoada. Largando o cartão, notei que havia mais coisas escritas no verso. Alisei o papel grosso e amassado e pisquei, limpando minha vista antes de ler o pequeno texto impresso no verso.

La Perle, Rua North Hampton, 990, Boston, MA

Tudo congelou. Ler aquelas palavras pareceu ter aberto uma válvula no meu peito. Eu conseguia respirar de novo, mas ainda doía. Sophia estava me provocando, em mais de um jeito. Se o conteúdo dessa caixa era o problema, talvez essa deixa, por mais que não fosse bem-vinda, era a resposta.

Durante todo o resto da manhã, minha mente era uma zona de guerra. Se Sophia queria me levar à beira da loucura com lembranças imaginárias de Blake fodendo com ela, fez um belo trabalho. Meu apetite não existia, trabalhei durante o horário de almoço em um estado quase maníaco. Forcei meus pensamentos para longe do pacote que finalmente tinha se acomodado na lata de lixo atrás da minha mesa, mas eu estava consumida por uma única coisa. Procurei o nome e o endereço do clube na internet, não encontrando nada interessante ou que indicasse de que tipo se tratava. Era como se o lugar sequer existisse, salvo pelo pequeno marcador vermelho que indicava sua localização no mapa.

O relógio marcou três horas e eu mandei uma mensagem para Alli por Skype enquanto uma energia nervosa pulsava pelas minhas veias. Que diabos eu estava fazendo?

Erica Hathaway: Preciso assaltar seu closet. Quer sair mais cedo?

Alli Malloy: Claro. Vou pedir para minha chefe.

Eu queria sorrir, mas não estava com cabeça para frivolidades agora. Desliguei o computador, peguei a bolsa e encontrei Alli no corredor, e então descemos rapidamente até a rua. Entramos no Escalade e indicamos o caminho a Clay.

Os olhos de Alli estavam arregalados.

— Qual a ocasião? É só quarta-feira.

— Vou fazer uma surpresa para Blake. E preciso de algo... hum, bem sexy.

Isso não deveria surpreendê-la, considerando que ela ainda achava que a misteriosa caixinha preta tinha vindo dele. Ela emitiu um ruído afirmativo.

— Certo, eu com certeza posso ajudar com isso. Do que estamos falando: sexy estilo Las Vegas ou sexy estilo "não vamos sair de casa hoje"?

Engoli em seco, a consciência do que eu estava prestes a fazer afundou como uma pedra em meu estômago. Eu queria ter um pouquinho da animação que Alli parecia ter quanto ao que a noite prometia. Infelizmente, sexo não era a única coisa que me deixava na expectativa.

— Estilo Las Vegas é suficiente — respondi rapidamente, migrando meu foco para fora da janela.

Clay nos deixou no apartamento de Alli e Heath alguns minutos depois. Alli revirou seu enorme closet e tirou alguns vestidos curtíssimos. Alguns eu reconhecia da nossa viagem a Las Vegas poucos meses atrás. Na época, eu não conseguia me imaginar andando para lá e para cá em público com aqueles trajes. O desconforto normal que eu senti por ser vista naquele vestido quase inexistente era nada perto do mistério que seria minha chegada ao clube — se é que eles me deixariam entrar. Isso tudo poderia acabar se tornando uma confusão humilhante, mas Blake ainda não estava abrindo a boca e eu precisava de respostas. Esta noite, eu as conseguiria.

— Este aqui está bom.

Deslizei a mão por um minivestido preto de cetim elástico que marcaria bem as minhas curvas. Coloquei-o na frente do corpo, calculando que ficaria na metade da coxa. O decote era profundo, o que acentuaria meu busto. Eu não sabia no que me meteria esta noite, mas estava decidida a pelo menos tentar estar vestida a caráter.

Na verdade, eu não fazia a mínima ideia do que estava fazendo.

***

Fiquei brincando nervosa com os botões do casaco comprido que escondia o traje que não era nem um pouco apropriado para qualquer encontro casual de uma quarta-feira à noite. Clay desceu mais algumas ruas e eu soube que estávamos chegando perto. Meu estômago revirou de ansiedade. Lutei contra a vontade de vomitar e, ao invés disso, enviei uma mensagem para Blake e coloquei o celular no modo silencioso. Graças a Deus, Clay não fazia ideia de para onde estava me levando, o que me dava um pequeno conforto. Ele nunca tinha levado Blake ali, visto que tinha sido contratado por ele para ficar de olho em mim. Eu já tinha um milhão de perguntas, e a que ficava sempre à frente das outras no meu cérebro era: quando Blake esteve ali pela última vez?

Clay entrou na North Hampton e mil cenários rodopiaram na minha cabeça. Talvez eles estivessem fechados. Eu podia ir para casa e surpreender Blake com essa roupa e fingir que Sophia não tinha me mandado uma relíquia da vida de dominador/submissa deles. Talvez eles me vissem e me dissessem para cair fora dali ou ir rodar bolsinha em outro ponto. O traje que eu estava usando justificaria esse tipo de reação.

Ele reduziu a velocidade em frente a uma fileira de prédios de tijolos aparentes. O local estava sinalizado com uma placa simples que dizia 990, sem nenhuma indicação de que estávamos em qualquer lugar importante. Clay piscou e me deu uma olhada preocupada.

— É aqui?

— Sim, hum, acho que é.

Me dei uma bronca por soar tão nervosa.

— Quer que eu espere por você?

Hesitei. Talvez ele devesse. Jesus, Blake iria tirar o meu couro por isso. O medo disparou pelo meu corpo novamente quando meu celular vibrou pela terceira vez.

— Claro, pode esperar até eu entrar, se quiser.

Tentei soar inocente.

— Blake sabe que você está aqui?

— Sim, claro. Ele vai me encontrar aqui.

Abri a porta do carro antes que precisasse mentir de novo. Eu gostava de Clay e já me sentia culpada. Ele com certeza levaria um esporro de Blake, que provavelmente se equipararia ao que eu levaria.

— Está bem — disse ele, após um instante.

Confiante de que ele quase acreditava em mim, desci do carro e subi os degraus até a grande porta de madeira. Meu tempo para ir até o fim com aquilo estava se esgotando. Encontrei o interfone à direita, apertei o botão e esperei impacientemente. Fiquei trocando o peso do corpo de perna, tomando cuidado para não perder o equilíbrio e cair. Um minuto depois, a porta se abriu. Uma menina de cabelos longos oxigenados parou à minha frente. Ela estava vestida toda de preto, com um pequeno cabresto e calça de couro. A maquiagem dela era pesada, e eu comecei a me sentir um pouco melhor com relação ao meu traje.

Nossos olhos se encontraram e ela ficou me olhando com indiferença.

— Posso ajudar?

Lambi os lábios, me sentindo desconfortável. Eles não iriam simplesmente me deixar entrar numa boa, com vestido de vadia ou não.

— Vim me encontrar com alguém aqui — falei, minha voz vacilando mais do que eu queria.

Ela brincou com o metal brilhante que rodeava o canto de seu lábio inferior.

— Quem?

Ai, caramba, é agora. Afastei o nervosismo.

— Blake Landon.

A sobrancelha com piercing dela se ergueu antes de ela lançar seu olhar entediado para além de mim. Ela deu um passo para trás e ergueu o queixo de leve, indicando que eu entrasse.

Entrei o suficiente para que ela fechasse a pesada porta. Comecei a segui-la, mas ela ergueu a mão.

— Espere aqui.

Concordei rapidamente com a cabeça, como se soubesse que esse era o protocolo. Eu não sabia de nada. Estava oficialmente bem longe da minha zona de conforto. O tempo se estendeu. Cada segundo parecia uma eternidade enquanto eu esperava que ela voltasse ou que Blake aparecesse de supetão atrás de mim.

Aí ouvi alguém vindo pelo corredor. Prendi a respiração quando, em vez da menina, um homem com quase o dobro da idade dela me cumprimentou. Ele estava bem-vestido, com um terno preto e uma camisa branca com o colarinho casualmente aberto. Mesmo sob a luz fraca do saguão, eu podia ver que a pele dele era escura; não bronzeada, mas de um tom naturalmente moreno. Ele me analisou friamente. Eu soube instantaneamente que estava no lugar certo e, sem precisar perguntar, que aquele homem conhecia Blake.

— Tessa me disse que você conhece o sr. Landon. É verdade?

A voz dele era suave, refinada e com um sotaque que eu não consegui distinguir em meio aos meus pensamentos dispersos.

— Sim. Vou encontrá-lo aqui, na verdade.

Lutei contra a vontade de fugir da intensidade do olhar dele. O humor silencioso em seus olhos fazia eu me sentir pequena e vulnerável na presença dele, como se ele tivesse um conhecimento muito além do meu. Eu não duvidava disso. Mesmo assim, senti que ele queria acreditar em mim, o que, de alguma forma, fez com que fosse mais fácil mentir.

— Ele deve chegar logo — acrescentei, só para o caso de aquele estranho sombrio e perigoso ter vontade de me trancar em uma jaula nesse tempo.

Ele esticou a mão. Hesitei por um instante que pareceu longo demais e, então, aceitei o gesto. Apertei a mão dele, esperando que ele fosse apertar a minha também. Ao invés disso, ele virou minha palma para baixo e levou os lábios até o dorso da minha mão. O beijo foi gentil, mas se um beijo pudesse ter camadas, esse teria. Algo no toque delicado, porém firme dele na minha mão, na maneira lenta e proposital com a qual ele pegou na minha pele e a expressão sombria em seus olhos quando ele os ergueu até os meus fizeram meu coração disparar de medo. E de algo mais, algo mais sombrio, que eu não conseguia rotular. Este homem era um dominador. Eu podia apostar.

Ele se endireitou lentamente, me paralisando com aquele olhar perspicaz.

— Meu nome é Remy. Bem-vinda ao La Perle.

— Sou... Erica — respondi com um respiro trêmulo.

Puta merda, vinte segundos com aquele homem e minha fachada já estava desmoronando. Eu não iria durar muito tempo neste lugar. Fiz uma oração silenciosa para que Blake voasse até aqui, apesar de, de alguma forma, eu saber que ele já estava fazendo isso.

— Erica. — Remy fez uma pausa ao falar meu nome e apertou os lábios, como se estivesse deixando o som ser assimilado por sua língua, como um bom vinho. — Adorável. É sempre um prazer conhecer as amigas de Blake.

Ele deu um sorriso fraco, como se soubesse, imediatamente, que aquelas palavras me deixariam aturdida. Os músculos do meu rosto ficaram tensos, mas eu tentei ao máximo acalmar minha expressão. Como eu podia esconder meu desprazer frente ao lembrete de que Blake tinha *amigas*, mais de uma, que frequentavam esses ambientes?

Ocupada demais tentando trancafiar minhas reações físicas, eu mal reparei que Remy ainda estava segurando minha mão, nossa conexão agora prolongada, mas, estranhamente, não constrangedora.

— Junte-se a nós.

Ele apontou para o longo corredor com a cabeça. Abaixando nossas mãos unidas, ele me persuadiu a dar um passo adiante.

Aquele breve gesto me fez começar a andar atrás dele. Com as pernas bambas, comecei a atravessar o corredor. O piso antigo rangia sob o ruído dos meus saltos, tornando a jornada até esse lugar secreto desconfortavelmente barulhenta. No final do corredor, uma guinada nos levou a um patamar. Um corrimão grosso e ornamentado guiava escada abaixo, onde os sons abafados do clube chegaram aos meus ouvidos pela primeira vez.

Depois de mais um puxão delicado, segui Remy escada abaixo, agarrando-me ao corrimão e, estranhamente, à mão dele como bote salva-vidas. Me esforcei para ouvir o que estava rolando por detrás da porta de que nos aproximamos. Música e sons irregulares de vozes. Vozes diferentes. Altas e baixas, até algumas risadas. Então, um grito alto que parecia de mulher. Apertei a mão dele ainda mais.

Ele sorriu.

— Não tenha medo, *chérie*. Mas fique perto de mim, só para garantir.

CAPÍTULO 10

ALARMES DISPARARAM NO MEU CÉREBRO, enviando o medo pelos meus membros, me fazendo suar apesar das poucas roupas sob o casaco. Eu ansiava pelo reconforto da segurança. Apesar de a presença aparentemente possessiva dele não garantir uma proteção exatamente inocente, eu queria acreditar nisso. Mesmo que fosse enquanto esperava pelo único homem cujos braços me levariam para longe dos horrores do mundo.

E tudo que eu sentia nesse momento era pânico. Meus olhos estavam arregalados, minha pulsação pululava fora de controle. Remy girou a maçaneta antiquada com um rangido e abriu a passagem para um salão oblongo enorme, que se estendia para além de onde a vista alcançava. O lugar era mal iluminado, não completamente escuro, mas antes que meus olhos conseguissem ajustar o foco, Remy estava me levando para longe da entrada. Nos aproximamos de um antigo bar de madeira apoiado na parede. Com medo de olhar em volta, eu o segui, um hábito que estava quase se tornando instintivo no pouco tempo que eu o conhecia.

— Me deixe pegar seu casaco.

Hesitei. Analisei rapidamente as pessoas quase nuas no salão se misturando a pessoas com os mais variados trajes. Pessoas como eu, pessoas de terno, pessoas com roupas casuais e muitas outras vestidas como Tessa. Me adequar não era mais uma preocupação, mas eu queria me enfiar nas sombras agora, não me expor.

Contra meu bom senso, tirei o casaco, que Remy pegou rapidamente. Com um gesto quase imperceptível de sua mão, ele chamou uma morena alta com olhos azuis claríssimos. Ela pegou meu casaco e desapareceu com a mesma rapidez.

— Sente-se. Posso pegar algo para você beber enquanto espera?

Me sentei no banco de madeira lisa, puxando a barra da saia para baixo, enquanto sentava. Assimilei cada pequeno detalhe dos meus arredores o mais rápido que consegui. As paredes eram de um vermelho intenso que ficava ainda mais escuro pela falta de iluminação.

— Erica.

Me virei para Remy, com o coração congelando ao som daquele tom de voz familiar. Blake usava esse tom quando queria as coisas do seu jeito.

— O que você vai beber?

Uma coleção modesta, porém decididamente cara de bebidas estava disposta na parede.

— Lagavulin — falei. — Com gelo.

Ele me observou em silêncio.

— Por favor — acrescentei delicadamente, como se a expressão dele me obrigasse a isso.

O rosto de Remy revelou apenas um breve divertimento com a última parte do meu pedido. Ele transmitiu o pedido à bartender. Ela deslizou minha bebida na direção de Remy, com os olhos abaixados. Ele murmurou um "obrigado" e colocou o copo na minha mão. Os dedos dele se demoraram nos meus por um segundo. Resisti à vontade de puxar a mão.

Meus nervos estavam se despedaçando. Eu não era tão corajosa quanto achava. Levei o copo aos lábios e tomei o primeiro gole ardente. Inspirei fundo pelo nariz, o aroma forte do uísque defumado preencheu meus pulmões. Tomei mais um gole antes de largar o copo.

A batida baixinha e irreconhecível da música foi interrompida pelo grito de uma mulher. Me virei e congelei com a visão que surgiu à minha frente. Em uma plataforma pequena, porém super iluminada no meio do salão estava uma mulher. Os gritos estrangulados tinham vindo dela. Ela estava curvada na altura da cintura, suas mãos agarravam os tornozelos com firmeza, e ela usava apenas com um corselete preto que não cobria nem seus seios, nem a metade de baixo de seu corpo. A decoração de couro brilhante se agarrava ao tronco dela enquanto ela pulava sob as batidas de um longo chicote preto em sua bunda.

Outro grito explodiu dela quando a figura de um homem iniciou uma enxurrada de chicotadas. Uma expressão de luxúria atormentada marcou seus belos traços. Ela ficou vermelha, desde as bochechas até os pequenos seios, que balançavam em seu peito com cada batida. Peguei meu uísque, deixando que o trabalhado do vidro deixasse marcas nos meus dedos frios. O calor inundou meu rosto, enquanto eu reconhecia a agonia doce daquela mulher. A voz de Remy quebrou o feitiço no qual a tortura sexual dela tinha me envolvido.

— Você é nova aqui e eu gosto de conhecer meus clientes. Me conte mais sobre você, adorável Erica.

— Não há muito o que contar — menti, minha voz aguda demais, quase cômica no contexto de onde estávamos e o que estávamos assistindo.

— Há quanto tempo você sai com o nosso sr. Landon?

Os olhos escuros dele brilharam ao se fixar em mim.

Lambi os lábios ansiosamente sob o olhar penetrante dele. Os olhos dele se abaixaram, fixando-se no movimento da minha língua.

— Desde maio.

Desde que me formei na faculdade e toda minha vida mudou.

— Então... Você é *dele*?

O raspão fugaz do indicador dele na saliência da minha garganta me perturbou mais do que deixei transparecer. O toque dele era leve como pluma, mas havia um desafio não verbalizado ali. Desde o instante em que tínhamos sido apresentados, ele me tocou como se tivesse esse direito. A ousadia me lembrava do homem que tinha. Cada toque parecia uma proclamação silenciosa.

— Sou dele.

Encontrei minha voz, decidida a não deixar dúvidas quanto à veracidade daquelas palavras. Eu queria me afastar dele, mas, determinada a jogar aquele jogo, continuei sentada imóvel enquanto o olhar dele passeava por mim.

— E ele deixou você vir aqui sem uma coleira?

Meu peito ficou apertado de pânico. Uma coleira? Em que diabos eu havia me metido? Minha mão foi parar no pescoço. Eu me senti repentinamente pelada sem o símbolo que iria provar que eu era verdadeiramente de Blake. Abaixei os olhos, o brilho da aliança visível sob a luz fraca.

— Estamos noivos.

Eu não sabia ao certo se devia ter revelado aquele detalhe, mas era tudo que eu tinha agora.

— Ah. — Remy deu um sorriso malicioso, desviando o olhar por um instante. — A coleira definitiva. Você deve ser muito especial mesmo, para ser esposa e escrava dele.

Quando ele voltou sua atenção novamente para mim, eu o encarei furiosa, odiando a maneira como aquela palavra fluiu da língua dele com tanta facilidade.

— Não sou escrava de ninguém.

A curva escura da sobrancelha dele se ergueu, um desafio não verbalizado acendeu seus olhos.

— Você não serve para satisfazê-lo?

— S-sim, é claro que sim.

Que tipo de pergunta era aquela? Eu queria satisfazer Blake. Em todos os sentidos. Com o sexo, é claro, mas na vida, eu queria a felicidade dele. Eu ansiava por ela quase tanto quanto pela minha própria. Mas odiava a maneira como Remy pintava o que compartilhávamos. Apesar de todo progresso que eu tinha feito quanto a aceitar o papel de submissa, eu estava bufando com a conclusão fácil daquele homem de que eu era inferior — uma escrava, uma submissa.

Ele emitiu um ruído apreciativo baixinho.

— Estou muito curioso para saber o que trouxe você aqui. Me conte, você veio brincar? Ou veio aprender?

Ele deu uma olhada para o salão principal, uma nova atividade começava a se desenrolar no outro lado. O salão estava rodeado por pequenas cabines, envoltas na escuridão. As sombras. Eu queria me esconder lá até que Blake viesse me buscar, mas tinha medo do que se escondia nelas.

Segui o olhar dele, espiando, cheia de vergonha, as depravações que se desenrolavam à nossa frente. Mesmo assim, eu não conseguia desviar os olhos da cena no outro lado do salão. Um jovem tinha se tornado o foco de atenção do entretenimento atual da noite. Amarrado pelos pulsos e pelos tornozelos à parede de tijolos por amarras pesadas de metal, ele parecia angustiado. Tessa estava andando de um lado para o outro na frente dele. Ela se aproximou. Eu não conseguia ouvir a conversa deles àquela distância e mal consegui ver o que aconteceu em seguida. Ele grunhiu, como se alguém tivesse lhe dado um soco no estômago.

Tessa se moveu para o lado, exibindo o pênis agora exposto do homem saltando de suas calças. Sem aviso, ela deu um tapa no membro rígido dele, provocando mais grunhidos de dor. O abdômen desnudo dele se contraía a cada tapa injustificado e relaxava quando ela intercalava as agressões com movimentos mais suaves. Ele puxou o ar bruscamente com um ruído sibilado quando foi atingido novamente.

Então, ela estava muito perto dele, com a boca em seu ouvido. Tentei imaginar o que ela estava dizendo, reprimindo-o por alguma travessura imaginária, sem dúvidas, relembrando-o das recompensas de sua obediência. Como se estivesse assistindo a um filme, me peguei sentindo empatia pela angústia dele, pela sua experiência. Novamente, aquela expressão de prazer misturada à dor evidente liberou uma sensação indesejada pelo meu corpo. Assistir à Tessa provocá-lo e excitá-lo despertou uma agitação inesperada também.

— Ou talvez você tenha vindo para assistir.

As palavras de Remy interromperam minha observação descarada da cena à minha frente. O calor se espalhou pelas minhas bochechas. Ele me pegou sendo uma daquelas pessoas. Os lábios dele se ergueram em um sorriso satisfeito, como se ele estivesse observando uma criança experimentar uma nova maravilha pela primeira vez.

— Está tudo bem, *chérie*. As pessoas aqui adoram assistir. Não há vergonha nenhuma nisso.

Tremendo, levei o uísque aos lábios e tentei me esquecer de como poderia ser a sensação da dominação. Dominação de verdade. Não apenas ficar por cima. O calor formigou minha pele quando me lembrei do breve momento de poder de que eu tivera na noite anterior e da intensidade incrível que eu provoquei em Blake. Eu tinha passado do limite e ainda não sabia ao certo o que concluir do que aconteceu entre nós.

Me mexi desconfortavelmente dentro do vestido, o tecido em camadas repentinamente ficou quente demais no meu corpo, mesmo com todas as partes que estavam à mostra para Remy e os outros. Não estávamos sozinhos no bar e, apesar das muitas distrações à minha frente, eu podia sentir os olhos dele em mim o tempo todo. Dele e dos outros homens à minha volta. O número de dominadores per capita era alto neste prédio. Será que eu sempre reconheceria esse tipo quando um deles cruzasse o meu caminho por causa da maneira como Blake fazia eu me sentir? Talvez, mas algo era diferente com Blake — tudo era diferente.

Comecei a entrar em pânico ao pensar que ele tinha interpretado errado minha mensagem anterior. Eu apenas disse a ele para me encontrar no clube. Talvez eu devesse ter sido mais clara, enviado um endereço. Jesus, e se eu ficasse presa neste lugar esquecido por Deus, à mercê de Remy? Meu pensamento anterior de ele ter uma jaula retornou à minha mente.

Inspirei para me acalmar e virei o restante do uísque. Girei o pulso e então percebi que tinha esquecido o relógio na casa de Alli. O tempo estava correndo e eu não estava nem um pouco mais perto do meu objetivo.

— Você tem certeza de que ele está vindo?

— Tenho — respondi rapidamente. — Este lugar é seu?

Eu esperava distraí-lo da ausência de Blake.

— Sim, sou proprietário do La Perle. Há muitos anos.

— Sempre foi... assim?

Tentei soar casual, mas tinha certeza de que Remy não estava confundindo minha curiosidade de novata com confiança.

— Sempre. — Ele acenou para a bartender e empurrou meu copo vazio na direção dela. Voltando-se novamente para mim, ele perguntou: — Você sabe o que significa?

— O quê?

— La Perle.

— É "pérola" em francês, não?

— Claro, mas você sabe por quê?

Meneei a cabeça e ele se aproximou como se fosse me contar um segredo. Ele ainda estava em pé, mas seu corpo estava próximo, próximo demais. Repentinamente tensa, me virei na direção do bar quando a bartender colocou outro drink na superfície de madeira escura. A mão de Remy foi parar no encosto do banco. O sussurro dele era quente, uma sensação indesejada na minha pele. Tentei disfarçar um arrepio.

— Você tem razão em ter medo. Se eu não conhecesse Landon, estaria sendo bem menos contido com você.

Soltei um respiro angustiado e fiquei olhando para o bar, sem querer olhar nos olhos daquele homem e revelar mais nada.

— Porque este não é um lugar para restrições — continuou ele, em um tom um pouquinho menos predatório. — Ao menos não para homens como eu. Quem sabe para você... mas apenas para revelar *la perle*, o tesouro suculento no meio do seu corpo, *chérie*.

Franzi a testa. Eu não sabia do que ele estava falando e não queria saber.

— A pérola, assim como sua submissão, Erica, é um objeto de grande beleza. As pérolas mais preciosas são encontradas em lugares selvagens... inesperados.

Ele colocou a mecha de cabelo que tinha caído entre nós, escondendo meu rosto, atrás da minha orelha. O toque dele desceu até meu ombro, deslizando até o cotovelo com uma intenção palpável.

— Descobri-las pode ser, por vezes, um tanto... violento.

Ele escorregou a ponta da unha pelo meu antebraço, com força suficiente para me deixar alerta, mas não suficiente para causar dor.

Tive outro arrepio, me afastando do toque dele. Fechando os olhos com força, me forcei a permanecer calma. Mas eu estava respirando com dificuldade, lutando por qualquer coisa que parecesse reconfortante nesse lugar escuro. Eu precisava sair dali... logo. Precisava me afastar desse homem.

Onde diabos estava Blake?

Remy pareceu ler meus pensamentos e virou o rosto para o bar, mudando seu foco do meu corpo para o cálice que tinha sido colocado à sua frente.

— *Merde*, onde está o seu homem?

Eu não fazia ideia, mas agora me reprimia por ter mandado mensagem para ele tarde demais. A paciência de Remy estava se esgotando, bem como a minha, e ele não parecia o tipo de homem que se privava de muitos prazeres.

— Me fale sobre as outras mulheres.

Blake estaria aqui logo. Deus, eu esperava que sim. Mas, enquanto isso, eu queria saber o máximo que esse homem perigoso e magnético revelaria.

Remy tomou um gole de sua bebida e suspirou.

— Blake e eu somos... bom, não somos amigos propriamente ditos, mas ele é um membro associado. Eu dificilmente trairia sua confiança. Ele é quem deve contar sobre as próprias inclinações. Tenho certeza de que ele vai lhe contar o que você realmente precisa saber. — A atenção dele se desviou de mim, um sorriso amargurado marcou seus traços refinados. — Ou talvez ele lhe mostre. Aí vem ele. Finalmente.

Me virei no banco, os olhos arregalados, o coração a mil. Blake estava caminhado na nossa direção com passos determinados. Seu olhar estava fixo em mim; seu maxilar, contraído, tanto quanto os punhos cerrados ao lado de seu corpo.

Remy se aproximou, e sua respiração novamente veio até meu ouvido.

— Se você veio aqui para aprender, eu diria que o castigo talvez seja sua primeira lição esta noite.

Todo meu corpo ficou tenso com a proximidade de Remy e a visão de Blake se aproximando de nós.

— Já aprendi essa lição — respondi fracamente.

Remy riu.

— Já, é?

Antes que eu pudesse me explicar, Blake segurou minha mão e me puxou para fora do banco. Me bati para ficar em pé, segurando-me nele para manter o equilíbrio. Ele se posicionou levemente à minha frente. Instintivamente, me virei na direção dele, e meu peito ficou contra seu braço. Eu sabia que ele estava bravo comigo, mas também sabia que ele queria me proteger. E, neste momento, eu sentia uma necessidade avassaladora e bem presente de ser protegida.

— Landon.

Remy se endireitou como que para apertar a mão de Blake.

— Fique longe dela.

Remy ergueu as mãos, aparentemente se rendendo, apoiando-se casualmente no bar.

— Não há necessidade de ficar superprotetor.

— Não? — retrucou Blake. — Desde quando isso acontece por aqui?

— Eu estava simplesmente mantendo os abutres à distância. Foi muito corajoso de sua parte deixar uma criatura linda dessas sair do seu campo de visão. Ela entrou aqui como uma gatinha perdida.

Ele sorriu afetuosamente, e seu olhar me engoliu da mesma maneira descarada de antes.

Blake me apertou com mais força, e eu suspirei. Todo meu ser estava aliviado por tê-lo por perto, não importava o quanto ele estivesse bravo. A maneira como eu agora me agarrava a ele não deixava dúvidas de que eu era dele e só dele. Arrisquei olhá-lo nos olhos. Ele me deu uma olhada desprovida de emoção. Enfraqueci no corpo dele, pedindo desculpas sem falar.

— Ela escapou — disse ele em um tom grave.

— Ah. Entendo. — Remy sorriu de novo. — Parece atípico de você tolerar tamanha desobediência. Ela é nova nisso tudo, não?

Suprimi a vontade de revirar os olhos. Talvez Remy mantivesse mesmo suas mulheres em jaulas e, entre os dois homens, tudo isso fizesse sentido. Primeiro eu era uma escrava e, agora, uma fugitiva.

— Ela não é da sua conta, Remy. — Ele se virou para mim. — Vamos. Agora.

— Não.

Apertei a mão dele com mais força e o puxei de volta. Os olhos de Blake ficaram arregalados de frustração, a fachada calma se esvaiu.

— Não?

— Quero ficar.

— Deixe a menina ficar, Landon — intrometeu-se Remy. — Talvez ela aprenda alguma coisa. Você sabe tanto quanto eu que, às vezes, elas precisam aprender as lições do jeito difícil. Essa gatinha tem garras afiadas. Ela precisa de treinamento.

Blake passou a mão pelos cabelos, seu olhar dando uma geral no resto do clube. Ele murmurou uma série de palavrões baixinho.

— Há uma pequena cabine ali esperando por vocês. Bebam alguma coisa. Curtam o espetáculo. E um ao outro, é claro.

Com a bebida em mãos, Remy se afastou. Atravessando o salão, ele se acomodou em uma cadeira desocupada de *plush* vermelho vigiada por uma garota seminua baixinha, que estava ajoelhada ao seu lado.

— É aqui que você quer ficar?

Abri a boca para falar, procurando as palavras. A verdade. Tudo que eu queria era a verdade.

— Você tem a mínima ideia de como foi idiota pra caralho você ter vindo aqui sozinha?

— Estou bem — insisti, apesar de meu corpo ainda estar agitado da ansiedade dos últimos minutos aqui sem ele.

— Este não é um bar para tomar uns drinks, Erica. Você passou por aquelas portas e entrou em um mundo do qual não sabe nada.

— Quero saber — falei baixinho, repentinamente envergonhada.

— Não quer, não.

Libertei minha mão da dele, mas ele envolveu minha cintura com um braço protetor.

— Se é de sacanagem que você está atrás, podemos ir para casa agora, e vou ficar mais que feliz em ser criativo. Não preciso nem dizer que seu castigo está a caminho. — Ele fez uma pausa, sua raiva pareceu diminuir um pouco. — Este lugar não é para você.

Coloquei a mão no peito dele e deixei minha testa repousar em seu ombro. O coração dele batia rápido sob a camiseta. Inspirei o cheiro dele. Um aroma familiar, me levando de volta ao que eu conhecia, de volta a nós.

— Me conte o que este lugar significa para você — pedi delicadamente.

Ele suspirou, me abraçando com mais força.

— Além de querer tirar você daqui de uma vez, não significa nada.

Ergui os olhos, decidida a ouvir a verdade dele.

— Isso não é verdade. Se fosse, por que Sophia iria querer me mandar aqui?

Ele apertou os dentes, e seu braço se contraiu em torno da minha cintura.

— Merda.

— Vocês vinham aqui juntos.

Eu não estava perguntando, mas tinha decidido começar fazendo-o admitir o óbvio.

— Sim, vínhamos aqui juntos. Era isso que você queria saber ou tem mais? Talvez a gente possa continuar o interrogatório em casa, sem todos os olhares curiosos.

As palavras me atingiram como um tapa. Ele estava furioso. Eu sabia que ele tinha o direito de estar, mas não podia parar.

— Quero conhecer você.

Lutei contra a vontade de chorar. Eu odiava Sophia e todas as visões que minha imaginação tinha criado de Blake a amando. Eu odiava o fato de que ela teve uma parte dele que eu talvez jamais conhecesse. Pressionei meu corpo no dele e minha bochecha contra seu peito.

— Quero saber o que e quem atraiu você a este lugar por tanto tempo. Sou um dos seus dois únicos relacionamentos em uma década e este lugar preencheu noites demais nesse meio tempo.

Entendi o silêncio dele como uma consideração ao meu pedido e isso me deu esperança.

— Não tenho o direito de saber? Tudo que quero é a verdade — sussurrei.

— Eu já menti para você?

Ergui os olhos.

— Não, mas você nunca me contou nada a não ser que fosse obrigado a contar. Você quer mais de mim... você *exige* tudo. E eu vou dar a você, mas...

Ele colocou a mão em meu rosto, seu polegar agitado na minha bochecha. Me aconcheguei no toque dele, ignorando as pessoas que nos olhavam com luxúria e inveja e um interesse passageiro.

— Isto é passado — disse ele lentamente, mas com firmeza.

— Isto é agora. — Toquei no rosto dele, um pedido silencioso pela escuridão que sempre fervilhava sob a superfície do homem que eu amava. — Satisfaça minha vontade.

CAPÍTULO 11

O MAXILAR DE BLAKE SE projetou, e o desprazer era visível em seus traços. Eu tinha forçado a barra com ele. De novo. Eu provavelmente pagaria por isso, mas se ele se abrisse comigo, valeria a pena.

Ele começou a andar, me puxando como Remy tinha feito antes.

— Não vou embora — sibilei, me recusando a seguir adiante.

— Puta que pariu, não estamos indo embora. Você quer ver o que rola aqui? Goste ou não, eu vou lhe mostrar. Vai ser castigo e aula, tudo em um único pacote de putaria.

Eu não conseguia falar. Não consegui me mover até que ele me puxou de novo. Dessa vez, fui de bom grado e sem discutir. Cambaleando desequilibradamente nos saltos altos, eu o segui até chegarmos à cabine escura e vazia que Remy tinha nos oferecido.

A poucos passos dali, a mulher de corselete de antes agora estava sendo forçada a ficar em outra posição desconfortável, à mercê do homem que eu supunha ser seu mestre, ao menos esta noite. Ele era musculoso, seu corpo sem camisa estava à mostra. Ele agarrou os cabelos dela e ela arfou, seus olhos nebulosos de tesão e qualquer que fosse o entorpecente que inundava o corpo de uma pessoa nesses momentos inevitavelmente eróticos.

Blake estava atrás de mim agora, e suas mãos seguravam meus quadris possessivamente.

— Você queria vir aqui e ter um gostinho dessa vida. Talvez eu devesse seguir o conselho de Remy, quebrar minhas próprias regras e dar a você uma lição bem pública.

Fiquei parada imóvel com aquela ameaça rouca. Por mais medo que a presença de Remy tivesse incitado, eu mal conseguia respirar com a expectativa do que Blake faria comigo.

Os músculos do braço do homem se flexionavam à medida que ele tirava rapidamente a calça de couro. Segundos depois, ele estava na boca da mulher. Com as mãos presas, ela recebia as investidas dele, deixando-o fazer um uso depravado de sua boca como instrumento para gozar.

— Você gostaria disso, Erica? Gostaria que eu fizesse de você um exemplo assim?

Meneei a cabeça. Não. Eu não queria isso. Não conseguia imaginar ser amarrada ou posta de quatro para o prazer público de qualquer pessoa. Era horrível, mas, mesmo assim, eu não conseguia desviar os olhos.

— Tem certeza? Aquela podia ser você — sussurrou Blake, deslizando as mãos pelo meu vestido. — Acho que eles vão terminar logo. Ele não vai durar muito tempo indo tão fundo na boca dela. Aí eu posso mostrar a todos aqui como você é uma submissa fraca pra caralho.

Inspirei pelo nariz, tentando ignorar a pulsação indesejada entre minhas pernas, mas tudo cheirava a sexo. A mulher estava engasgando com cada tentativa de deixar o homem chegar ao fundo de sua garganta. Ele tinha chutado as pernas dela para que se afastassem ainda mais com a ponta dura de seu coturno preto. O corpo dela tremeu, o desejo parecia se espalhar por ela enquanto o satisfazia. Aí houve um abalo, quando o mesmo homem bateu na bunda dela por cima. Ela ofegou por ar, choramingando alto o suficiente para que nós ouvíssemos enquanto ele a salpicava com uma série de chicotadas fortes.

— Você não faria isso comigo.

Minha voz estava permeada pelo desafio, mas eu fiquei repentinamente incerta com relação a quanto eu podia confiar em Blake no confinamento desse estabelecimento.

— Por que não? Você não merece?

Tremi com a ameaça renovada na voz dele. Talvez eu merecesse. Eu não podia responder, mas com toda certeza do mundo não iria admitir.

— Você acha que ele a ama, Erica?

Meu coração doeu quando ele disse aquelas palavras. Virei a cabeça. Eu não podia assistir mais. Então, ouvi o prazer grunhido do homem. Eu não podia ver, mas tive certeza de que ele havia gozado.

— Sua vez, chefe.

Blake deu a volta em mim, segurando meus pulsos quando tentei me afastar.

Meus olhos se abriram.

— Não. Não consigo.

Ele me puxou para si, me segurando pela cintura. A parte de mim que não estava entrando completamente em pânico se deliciou com o contato pleno do corpo dele contra o meu. Eu estava apavorada, excitada e completamente confusa. O único lado positivo era a certeza de que ninguém aqui estava dando a mínima.

— Acho que consegue. Você é corajosa. Veja como já foi corajosa hoje. Sem contar ontem à noite. Pensar nisso me faz querer castigar você ainda mais.

— Não — choraminguei, odiando o tom frio e provocador da voz dele.

— “Não” não tem muito peso aqui, Erica. Você sabia disso quando pôs os pés aqui dentro?

A voz dele era mais suave, quase empática.

Eu queria que ele tivesse pena de mim agora. *Me salve deste caos e eu nunca mais vou fazer isso de novo, prometo.*

— Vá em frente — atiçou ele.

— Não consigo fazer isso na frente de todo mundo — choraminguei baixinho. — Por favor, não me peça. Por favor...

Eu não conseguia respirar. Os batimentos furiosos do meu coração eram o único som nos meus ouvidos. Eu estava tremendo nos braços dele, e a palavra de segurança estava na ponta da minha língua. Foder na mesa da sala de reuniões, mesmo com Greta a alguns metros de distância, era uma coisa. Fazer sexo e ser castigada em público, não importava o quanto minha mente tresloucada tivesse fantasiado a respeito disso, não era algo que eu era capaz de fazer. Não esta noite e, muito provavelmente, nunca na vida.

Ó Céus. E se for isso que ele quer, que ele deseja?

— Venha cá — disse ele baixinho.

— Não, por favor — implorei, mas o abraço intenso dele tinha suavizado e ele estava nos levando para a cabine.

O alívio tomou conta de mim por ele não estar me forçando a ir até o fim com aquilo. Será que ele teria mesmo forçado? Eu não queria acreditar que Blake pudesse fazer isso, mas como eu poderia saber? Eu não sabia que tipo de homem ele podia ser aqui. Por isso eu vim.

Me aconcheguei nele, meu inimigo e meu salvador, esperando que meus nervos se acalmassem. Ele me silenciou, deslizando as mãos pelos meus braços e pela minha cintura, do jeito que sempre fazia quando precisava me levar para longe dos meus pensamentos e me trazer de volta ao presente, de volta para ele. Finalmente abri os olhos, dando uma olhada ao redor do clube. Por entre os cílios, visualizei Remy do outro lado do salão. Ele estava sentado em sua espécie de trono. Estávamos envoltos pela escuridão, mas, de alguma forma, eu podia sentir os olhos dele em mim, e seu toque indesejado era uma lembrança em minha pele.

Blake repousou a mão na minha coxa. Eu ainda estava pressionada contra ele, sem saber ao certo de que ou de quem ter medo.

O pobre jovem de antes agora estava sendo arrastado pelo salão engatinhando, seu pênis torturado sacolejando enquanto ele seguia Tessa para um lado e para outro. Ela basicamente o ignorava, engajando-se em conversas com outros clientes. Este era um lugar para as fantasias sórdidas das mais variadas. Se eu aprendi alguma coisa, foi isso.

Engoli em seco, com o medo quase me impedindo de falar depois do que esteve prestes a acontecer.

— Você fazia... essas coisas?

— Não — respondeu Blake rapidamente.

Ergui os olhos, questionando-o silenciosamente.

— Sempre preferi a privacidade de um quarto. — Ele apontou para cima com o indicador. — Lá em cima.

Voltei a olhar para meu colo, me xingando violentamente por ter perguntado. Mordi o lábio, querendo perfurar a pele com os dentes. O ciúme realmente me tornava péssima.

— Como isso faz você se sentir?

Blake passou o polegar pelo meu lábio inferior, libertando-o da pressão tensa dos meus dentes.

— Péssima — admiti amargamente.

— Isto é passado. Você... só *você* é meu futuro.

Eu queria acreditar nele. Mas...

— Você nunca pensa neste lugar?

Ele relaxou o abraço, distanciando-se um pouco de mim. Eu deixei, mas não gostei.

— Às vezes. Na maioria das vezes, quando estou pensando em você, nas coisas que quero fazer com você. Não vou mentir. Lugares como este podem ser... inspiradores. Eu vim dirigindo para cá com uma raiva cega e não consegui não imaginar as coisas que eu poderia fazer com você aqui. — Ele ergueu meu queixo. — O que realmente me assustou foi o pensamento de que alguma outra pessoa quisesse a mesma coisa.

Eu queria desviar o olhar, envergonhada e embaraçada, mas ele não deixou.

— Você é forte e obstinada. Eu respeito você por isso e, meu Deus, amo você por isso, mas nunca...*nunca* mais faça algo assim de novo.

Concordei com a cabeça o máximo que podia, com ele me segurando. Eu nunca mais botaria os pés neste lugar. Certamente não sem Blake e, aparentemente, uma coleira, só para garantir que homens como Remy mantivessem suas mãos longe de mim.

— Não vou fazer.

— Não acredito em você.

Os olhos dele eram frios e sem emoção.

— Eu prometo...

— Você já me fez essa promessa antes. Lembra, aquela em que você concordava em não se expor ao perigo para me salvar ou, neste caso, por mera curiosidade? Será que o castigo ou a ameaça dele é a única maneira de capturar a sua atenção, Erica?

A sensação de que estávamos entrando nos eixos me preencheu. Ele tinha ficado abalado ao me ver ali. Apesar de tudo, ele quase parecia tranquilo agora. No controle. Calmo e comandando em seu mundo.

— Responda.

— Desculpe. Fui estúpida de ter vindo aqui sem você. Eu só...

— Você só faz o que bem entender de qualquer jeito. Não é assim?

Fechando os olhos com força, lutei com as palavras dele, juntamente com a pontada de arrependimentos que aturdia meu cérebro.

Então, ele me beijou.

Meus pensamentos fragmentados sumiram no instante que nossos lábios se tocaram. Bruto e reprimido, o beijo era arrebatador. A língua dele abriu meus lábios, enroscando-se na minha. Eu nunca quis tanto que Blake fosse o homem a me tocar quanto agora.

Ofegantes, interrompendo o beijo apenas tempo o suficiente para recuperar o fôlego antes de voltarmos um para o outro. As mãos dele estavam em todos os lugares, me imobilizando pelos cabelos. Depois, descendo pelo meu peito, a parte de baixo da palma dele se demorou nos pontos endurecidos dos meus mamilos, pressionando-os por cima do vestido. Minhas pálpebras ficaram pesadas; meus mamilos, sensíveis e desejosos ao ponto de doerem. O desejo era uma coisa viva, queimando sob cada toque, exigindo mais. Eu precisava da pele dele em mim. Precisava aliviar tudo isso.

Ofeguei novamente nos lábios de Blake quando a mão dele se infiltrou por entre minhas pernas e ele a subiu propositalmente até o meio das minhas coxas. Juntei-as, querendo o toque dele, mas não aqui...

— Você quer ser castigada? É por isso que vivemos nos encontrando nesse tipo de situação?

Meneei a cabeça, repentinamente incerta quanto à minha resposta. Ele escorregou a mão até o vértice entre minhas pernas e as forçou a se abrirem. Resisti, mas ele foi firme. Passando pela minha calcinha, ele mergulhou no lugar onde eu estava encharcada de excitação. Um grito suave escapou dos meus lábios. Pressionei o peito contra ele, querendo-o mais perto, querendo que o corpo dele, de alguma forma, protegesse o mundo da maneira como ele estava virando o meu de cabeça para baixo.

— Puta merda.

Ele abriu os lábios ligeiramente, e seus olhos ficaram sombrios.

Ele se afastou e me ergueu, de modo que fiquei montada nele. Meu vestido subiu e eu me bati para puxá-lo novamente para baixo. Eu estava completamente exposta para ele. Tesão e vergonha travaram uma batalha no meu cérebro. O que ele estava fazendo comigo e por que uma pequena parte de mim queria inegavelmente que ele o fizesse?

— Eles vão ver — falei em um sussurro apavorado.

— Ninguém pode nos ver.

Ele me beijou novamente e eu esqueci de minha vulnerabilidade. A língua dele traçou um caminho delicioso a partir da minha orelha, descendo pelo meu pescoço, onde ele deu um chupão forte na altura da clavícula. Ele estava me marcando. Eu queria que ele o fizesse.

Gemi. Minhas mãos pararam de lutar contra os avanços dele e foram até sua camiseta. Segurando o tecido, me agarrei a ele, como se, de alguma forma, ele pudesse me ancorar em meio a essa tempestade que ele criou dentro de mim. Blake acariciou minha carne molhada, circundando meu clitóris com o polegar e enfiando os dedos fundo no meu sexo. Lutei contra o impulso de arquear os quadris na direção dos movimentos dele, como eu teria feito se estivéssemos em qualquer outro lugar.

— Blake, não devíamos.

Minha voz parecia distante, perdida nas emoções conflitantes que se sobressaíam a quaisquer palavras.

Ele estava calado, usando sua boca para me beijar até me deixar sem fôlego. Todas as minhas ressalvas tinham sido em vão. O desejo de gozar se sobrepôs às vozes na minha cabeça que gritavam para que eu parasse com essa loucura.

Ele mordiscou meu lábio. Tremi com o lampejo de dor. Os olhos dele eram sóbrios. Tesão e fogo queimavam em suas profundezas.

— Você tem razão. Não devíamos fazer isso. Eu devia estar castigando você, não fodendo. Você me faz quebrar todas as regras, Erica. Eu só quero ver seu rosto quando você gozar. Quero abraçá-la quando você desabar.

Os dedos dele se curvaram, roçando no ponto sensível dentro de mim que me fazia ver estrelas. Inspirei bruscamente, todo meu corpo se deleitando.

— Blake, meu Deus. O que você está fazendo comigo?

Eu ia gozar. Um movimento dos dedos dele me faria chegar lá e eu estava impotente perante isso agora. Me rendi à busca por mais contato com Blake, meus quadris se moviam no mesmo ritmo de cada pequena pressão. Isso era loucura, mas tudo que eu podia fazer era sentir.

Foda-se. Eu queria que o mundo soubesse que ele era meu e eu era dele. Não me importava quem seria açoitado ou chupado e não ligava para quem estava observando eles ou nós. Remy ou Tessa ou qualquer um dos outros rostos sem nome. A única pessoa no meu mundo era Blake.

— Blake. Oh, não, estou gozando.

— Isso mesmo. Goze para que eu possa levar você para casa e fodê-la até você gritar.

O polegar dele fez um pequeno e mágico círculo no meu clitóris e eu me perdi. Mordi o ombro dele, decidida a não gritar. Eu não podia ser uma dessas pessoas.

Usando os quadris como apoio, Blake foi mais fundo. Um grito impotente e trêmulo escapou dos meus lábios quando o orgasmo me rasgou por dentro, me despindo de tudo que não importava.

Eu era um deles.

***

A razão começou a retornar a mim, bem lentamente. Blake me abraçava, me acariciava. Quando ele lambeu minha excitação de seus dedos, meu corpo respondeu imediatamente. Uma ânsia aguda dentro de mim exigia mais. Eu queria satisfazê-lo e queria desesperadamente que ele desse sequência àquele orgasmo alucinante com vários outros.

Colocando a mão entre nós, encontrei o pau duro e latejante dele sob a calça jeans. Gemi, esfregando os seios no peito dele. Eu o beijei fervorosamente, sentindo meu gosto em seus lábios. Eu estava tão fora de mim por causa do desejo que poderia ter feito qualquer coisa. Limites pareciam um conceito muito distante.

Ele fechou os olhos, e seu maxilar se contraía enquanto eu o massageava e beijava.

— Eu quero você — sussurrei, mordiscando o maxilar dele.

— Não aqui.

— Por favor.

Ele segurou meu pulso, imobilizando meus suplícios.

— Vamos dar o fora daqui.

Inspirei fundo, me controlando. Desci de cima dele e, depois de um pequeno ajuste, Blake se levantou, me puxando com ele. Fomos na direção da porta, seguindo o mesmo trajeto que eu tinha feito quando cheguei. Eu estava quase correndo para conseguir acompanhá-lo.

— Esperem!

A voz de uma mulher ecoou pelo corredor. A menina que tinha guardado meu casaco mais cedo correu na nossa direção com ele.

— Obrigado — disse Blake, pegando-o.

— De nada, sr. Landon.

Ela deu uma olhada rápida para Blake e abaixou a cabeça humildemente, escondendo aqueles maravilhosos olhos azuis. Minhas narinas se exaltaram. Não gostei do que vi ali. Algo familiar demais, como adoração.

A menina desapareceu pelo corredor e Blake me entregou o casaco para que eu colocasse.

— Vamos.

Atravessamos a rua até onde o Tesla de Blake estava estacionado. Me acomodei no banco do passageiro, meus pensamentos repentinamente entraram em uma confusão épica. O que tínhamos acabado de fazer? Quem era a menina? Que diabos havia de errado com a gente?

Blake arrancou e começou a dirigir para casa. Fiquei olhando pela janela, incapaz de manter minha curiosidade sob controle.

— Você a conhece?

— Quem?

— Aquela menina.

Ele deu de ombros.

— Não sei. Talvez.

Talvez? Uma nova explosão de ciúme enviou uma onda de adrenalina pelo meu corpo. Quantas dessas mulheres estiveram com ele? Blake pegou minha mão. Me afastei, evitando o contato dele.

— Não toque em mim.

A risada dele foi ácida em minhas veias.

— É sério? Não tocar em você? Você quase implorou para que eu fodesse você na cabine alguns minutos atrás. Agora não quer que eu te toque?

Fiquei olhando pela janela em silêncio. *Vá para o inferno.*

— Erica. — A voz dele era mais suave. — Você vem a um clube de sexo que eu costumava frequentar e espera que eu seja anônimo? Você abriu a porta. Sinceramente, o que esperava encontrar do outro lado?

— Acho que eu não sabia, já que você nunca me contou.

As emoções estavam entaladas na minha garganta. Ele tinha razão e eu era uma boba.

— Quantas dessas mulheres foram suas?

Minha voz vacilou. Eu continuava fazendo perguntas cujas respostas eu não queria realmente.

Ele ficou olhando para a rua.

— Não sei dizer. Eu não ia lá para lembrar. Ia lá para esquecer.

Meu coração ficou apertado.

— Para esquecer Sophia?

Ele pausou.

— No começo, talvez.

Fiquei calada. Eu já tinha me torturado o suficiente. Não ia forçar mais nada que pudesse me machucar esta noite.

— As necessidades dela sanavam uma compulsão por controle que eu ainda estava tentando dominar. Quando nosso relacionamento terminou, o clube era tudo que me restava. Um jogo. Passar pelas etapas rumo a uma conclusão inevitável.

— Eu fui isso também? Uma conclusão inevitável?

Ele ficou quieto por um bom tempo e meu sofrimento só aumentou. Estacionamos em frente ao prédio e subimos as escadas em um silêncio contínuo. Jogando as chaves depois de entrarmos, ele apoiou as mãos no balcão, aparentemente perdido em seus pensamentos. Depois de um momento, ele se endireitou e me encarou.

Me demorei na porta, esperando que ele desse o próximo passo. A noite tinha sido uma confusão em uma dúzia de sentidos diferentes.

— Isso vai doer, mas parece que você está em uma busca por respostas esta noite, então vou dá-las a você. — Ele inspirou. — Você não é a primeira mulher que eu seduzi e não é a primeira mulher que eu comi. Tenho certeza de que você já sabe disso.

Me encolhi. Eu queria acreditar que não tivemos nada além de amor desde o princípio, mas eu sabia que isso não era verdade. Nem mesmo para mim. Luxúria, preocupação, obsessão. Em algum lugar no meio do tornado de todas essas coisas nós encontramos o amor. Mesmo assim, eu não tinha mais certeza de que queria saber a verdade. Eu já estava sofrendo demais.

Passei por ele e entrei no quarto. Os passos dele me seguiram. Parei na frente da cama e arranquei o vestido justo que Alli tinha me emprestado.

— Você vai me ouvir?

— Não — respondi bruscamente. Entrei no banheiro e liguei o chuveiro. — Eu fui uma conquista, eu entendi. Não quero ouvir mais nada sobre as suas façanhas sexuais, Blake. Acho que já tive revelações suficientes para uma noite. Claramente, estou completamente fora da minha área.

Eu estava tremendo de novo. Meu estômago fez um nó e lágrimas ameaçaram cair.

— Gata... — O fervor dele estava se esvaindo. — O que quer que você estivesse tentando descobrir sobre mim está bem aqui, desejando como nunca que você simplesmente nos deixe sermos nós mesmos. Juntos, agora. Foda-se o passado e fodam-se as pessoas que costumávamos ser e as pessoas que nos tornaram daquele jeito.

Lágrimas queimavam atrás dos meus olhos.

— Só me deixe sozinha.

Entrei no chuveiro, fechei a porta e deixei que a água quente demais escaldasse minha pele. Quando abri os olhos sob o vapor, Blake tinha saído.

CAPÍTULO 12

A TENSÃO EVAPOROU DE MÚSCULOS que eu nem sabia que estavam tensos. Me ensaboei, ansiosa por lavar o clube da minha pele. O toque de Remy. O ar daquele lugar, pesado de sexo e estranhos. Jesus, tudo que eu queria era Blake e o conforto de seus braços e agora eu o estava afastando. Tudo que eu queria era a verdade e agora não conseguia suportar ouvi-la. Mas Blake era minha verdade, mesmo quando doía. Ele era meu lar, a única pessoa na minha vida que me dava uma razão para me manter firme e confiante de que, juntos, nós poderíamos ser mais do que nossos passados.

Me escondi no chuveiro por mais alguns minutos, decidida a me recompor quando saísse. Me sequei com a toalha e encontrei o quarto vazio. Perambulei até a sala de estar. Blake estava sentado no sofá, com uma expressão cansada e desoladora no rosto. Me sentei ao lado dele, colocando a toalha no lugar no meu peito. Ele não se moveu para me olhar.

— Me desculpe. Só para constar, foi um dia louco, e uma noite mais louca ainda. Sophia me mandou uma coisa.

Então ele olhou para mim.

— Uma... mordaça. Ela disse que costumava ser de vocês dois. Me mandou com seus melhores cumprimentos. — Fiz uma careta ao lembrar do tom sarcástico do cartão dela e de quanto aquilo tinha me magoado. — Ela me deu o endereço do Perle. Foi uma bad do caralho. Tudo isso tem sido. Desde que eu ouvi a sua conversa com ela aquele dia, não consegui parar de pensar naquele clube e no que ele significa para você.

— Eu sei — disse ele baixinho.

Suspirei, aliviada por ele pelo menos ter sentido meu incômodo, mesmo que eu não o tenha sempre verbalizado.

— Eu te amo, Blake. Quero saber tudo sobre você. Mesmo as coisas que você acha que não quero ouvir...

Alguns minutos vazios se passaram.

— Sophia é uma vaca — afirmou ele casualmente.

Sorri.

— Nisso concordamos.

Blake fechou os olhos, apertando a ponta do nariz. Como ele não disse nada, me aproximei um pouquinho. Toquei de leve em sua mão. Ele a ergueu e entrelaçou nossos dedos. Apoiei minha cabeça no encosto do sofá.

— Converse comigo.

Ele expirou instavelmente.

— Eu sinceramente não consigo dizer a você o que eu queria que acontecesse entre nós no começo. Sei que eu estava incrivelmente atraído por você e, sim, eu queria você na minha cama. Nada mudou nesse sentido, só que agora eu te amo, muito, e além de toda razão. E a pessoa que eu era naquela época, no clube, não era capaz de amar ninguém.

Eu apertei a mão dele na minha.

— Eu amo você, mais do que você jamais vai saber, Erica. Mas fora isso, eu quero que você seja minha em todos os sentidos. Eu fico duro toda vez que penso em você quando não estamos juntos. Acho que eu poderia viver o resto da minha vida fazendo amor com você. Não sei o que é... Pode chamar de química. Pode dizer que é o fato de você ser a fêmea mais frustrante que eu já conheci. Você me desafia como se fosse uma porra de um trabalho. Isso me deixa louco. — Ele passou a mão pelos cabelos, repousando a cabeça no sofá. — A loucura é que acho que isso me excita... e fazer você se submeter a mim depois me deixa ainda mais excitado.

Fechei os olhos, tentando ignorar a maneira como aquilo me excitava também.

— Por quê?

Ele ergueu a cabeça e olhou para mim.

— Não faço ideia. É uma porra de uma perversão. Por que você fica impossivelmente molhada quando eu bato em você? Por que o seu corpo fica todo mole quando eu domino você? Um analista levaria um dia inteiro para saber os motivos.

— Mas ela é a razão.

— Foi ela que me converteu, sim. Não vou negar. Mas ela foi longe demais. Queria que eu a estrangulasse, a marcasse. Aí tinha as drogas. Ela era um caos autodestrutivo e a maneira como ela precisava de mim me fez questionar tudo. Eu preciso de controle, Erica. É com ele que prospero. Está integrado demais à maneira como eu vivo minha vida hoje. Coloca o mundo em ordem para mim. E por um bom tempo, depois de Sophia, eu não conseguia imaginar trazer uma pessoa para um tipo de relacionamento desses e fazer com que fosse saudável. Mesmo agora, eu questiono tudo que isso está fazendo com a gente.

Ele meneou a cabeça.

— Mesmo sabendo do seu passado com Mark, eu não consegui ficar longe. Tentei ser uma pessoa diferente, uma pessoa melhor para você. Aí você ficou me forçando a voltar a ser a pessoa que eu era. Tenho andado nessa linha, tentando ser o homem que você merece e dar a você tudo que você quer.

— Você é, Blake, e você dá.

— Sim, mas, às vezes, as coisas vão longe demais. Por mais que eu queira o controle, eu o perco. Às vezes, não consigo desligar. Eu gostaria de poder sempre escolher nossos momentos. Conheço o seu corpo e sei o que você quer. Mas, às vezes, eu não consigo desligar o que eu costumava querer e isso assusta muito a nós dois.

Minha garganta preparou-se para engolir em seco, repleta de emoções.

— Blake...

— Eu não quero machucar você, Erica, mas sei que preciso. Você se preocupa em não ser boa o suficiente. Você diz isso de vez em quando e eu posso ver nos seus olhos. Isso me mata, porque você não faz ideia de quantas vezes essas palavras ecoaram dentro de mim. Porque você não merece que eu arraste você para toda essa escuridão. Eu não tenho que me preocupar em não ser bom o suficiente para você, porque já sei que não sou.

— Não. — Eu o interrompi, pressionando um dedo em seus lábios. Montei nele, repousando em suas coxas fortes. — Não diga isso.

— É verdade.

— Pare. Blake, o que aconteceu lá... não foi fácil para mim.

Os olhos dele escureceram.

— Eu sei que forcei a barra com você e não devia ter feito isso.

— Eu assumi um risco ao ir lá. Sei disso. Mas ver o que se passa lá, ver que aquele era um lugar que trazia alívio para você... — Lambi os lábios, nervosa quanto ao que eu estava prestes a perguntar, porque queria ser o que ele precisava. — Não sei se algum dia eu serei como aquelas meninas.

— Você nunca será como elas.

— Mas você vai me ressentir porque eu não fiz aquelas coisas ou talvez nunca consiga fazê-las?

Ele se encolheu.

— Não. É claro que não. Gata, de todas as minhas perversões, querer fazê-las na frente de um monte de depravados não é uma delas.

Dei uma risada, o alívio preencheu o lugar onde toda minha preocupação havia se alojado na última semana.

— Acho que me preocupo com não ter tanta experiência quanto você gostaria que eu tivesse. Talvez seja por isso que eu não consegui deixar isso para lá.

Ele esfregou as articulações dos dedos na minha bochecha.

— Quero fazer tudo com você. Ver seu rosto quando eu lhe dou um novo tipo de prazer é mais da metade da diversão. Não tenho pressa alguma em usar minha coleção de truques com você e transformá-la em uma expert em fodas.

Minha mão encontrou a barra da camiseta dele. Eu a erguei, preguiçosamente acariciando a pele de seu abdômen.

— Você é o profissional.

Ele sorriu.

— Não penso nisso desse jeito. Mas se sou, pense nas consequências como uma prática para dar a você uma vida inteira de sexo alucinante.

— Não posso reclamar disso.

— Fico feliz. Já tivemos discussão o suficiente para uma noite.

Fechei os olhos e me aconcheguei nos toques carinhosos dele.

— Eu não devia ter ido lá sem você.

— E eu devia ter contado a você sobre o clube quando você perguntou. Eu não queria pensar naquela parte da minha vida ou na pessoa que eu costumava ser.

— Eu também sei como é isso, mas eu mostrei meu passado a você. Nem sempre foi fácil ou bonito, mas eu nunca confiei isso a ninguém da maneira como fiz com você. Ninguém nunca foi forte o suficiente para lidar com isso sem me julgar ou sem fazer com que doesse de novo. Você é forte o suficiente. E eu também sou. Confie em mim com seu passado.

Ele deslizou seu toque leve como pluma pelo meu maxilar, tirando uma mecha de cabelo do meu rosto.

— Eu confio em você, sim — murmurou ele.

— Então não se esconda de mim. Estamos compartilhando uma vida, Blake. Você é meu lar. Você é tudo para mim.

Com os lábios abertos, ele me abraçou forte. Seus olhos eram de um verde brilhante, olhando com intensidade nos meus.

— Você é minha alma, Erica. Eu não conseguiria me esconder de você nem que tentasse. É só...

Juntei as sobrancelhas.

— O quê?

— Só tenha cuidado quando estiver aqui dentro, está bem? Você tem mais controle do que pensa.

Meu coração parou, o amor pulsando do meu cerne e se espalhando por cada membro, me deixando quente e mole nos braços dele. Meus lábios tremeram. O peso se foi. Contornei as linhas do rosto dele fascinada, tão apaixonada por este homem.

— Obrigada — sussurrei, segundos antes de ele capturar meus lábios em um beijo. Intenso e apaixonado. Absorvi o cheiro viciante dele, a essência de sua língua raspando na minha.

Um beijo se mesclou com o próximo. Lambidas suaves se tornaram mais profundas, devoradoras.

— Preciso de você agora.

Concordei com a cabeça, o lampejo de desejo quente na minha pele exposta. O tecido da toalha coçava nas partes onde eu queria o toque dele. Como se estivesse lendo minha mente, ele pegou no grande nó que a prendia entre meus seios e o soltou. Me despindo à sua frente, ele expirou.

O olhar dele seguiu seu toque, descendo pelos meus braços, apertando meus seios.

— Adoro os seus peitos. São perfeitos.

Ele passou o polegar com delicadeza pelos bicos sensíveis antes de chupar cada um com a boca. Suavemente, depois com mais força, raspando os dentes até que eu dei um pulo com a pressão. O desejo agudo disparou para o meu cerne, me deixando faminta por ele mais uma vez. Ele continuou, provocando e torturando até que os dois estivessem sensíveis, inchados e rosados por seus beijos e suas leves mordidas.

Inclinando-se para frente, ele beijou e lambeu o vale entre meus seios.

— Eu poderia lamber cada centímetro do seu corpo. Um dia, pode ser que eu faça isso mesmo. Mas esta noite não consigo ser tão paciente assim.

Passei os dedos pelos cabelos dele, puxando com delicadeza, deixando-o saber, sem palavras, que eu estava ardendo por ele também. Ele movimentou os quadris com um grunhido retumbante, mas, apesar disso, não fez nenhum movimento apressado. Com a boca se movendo sobre a minha pele, as mãos incansáveis sobre minhas curvas, ele continuou nos estimulando, lentamente. Minha respiração se converteu em arfadas suaves. Eu estava pronta para explodir. Tinha ficado tão atiçada durante o curso da noite, que não tinha certeza de quanto mais podia aguentar.

Imobilizei os movimentos dele, forçando-o a olhar para mim. Ali, tesão e um desejo sombrio se misturavam.

— Me diga o que você quer, Blake.

Ele lambeu o lábio inferior. Uma punhalada de desejo atingiu meu cerne. Me mexi em cima dele, me esfregando em seu corpo ainda vestido, desejando que ele já estivesse dentro de mim.

Com uma mão firme, ele me imobilizou.

— Você é tudo que eu quero. Só isso, só nós.

— Então me possua — sussurrei contra os lábios dele.

Segurei a barra da camiseta dele e a tirei. Segui para o zíper e ele ergueu os quadris, abaixando a calça jeans e a cueca apenas o suficiente para libertar seu pau. Eu o peguei com avidez. Sua pele aveludada deslizou quente pelos meus dedos. Eu o circundei, amando a maneira como os olhos dele escureciam quando eu o tocava desse jeito. Ele inspirou bruscamente, erguendo a pelve na direção do meu toque. Olhei para ele por trás do véu dos meus cílios.

— Quero você dentro de mim, Blake. Não quero mais esperar.

Meu peito subia e descia ao mesmo tempo em que o dele. Com minhas pernas enroladas nele, ele nos levantou e tombou para frente, deitando-nos no chão. O tapete era macio e clemente sob a madeira dura. Ele se moveu por cima de mim como um animal capturando sua presa, fazendo meu sexo se contrair, faminto para ser preenchido. Ele encontrou seu lugar entre minhas coxas e reivindicou o que era seu.

Gemi de satisfação e puxei a calça dele até suas panturrilhas com os dedos dos pés. Tentei tocá-lo em todos os lugares. Os músculos de suas costas se amontoaram sob minhas mãos, enquanto eu me erguia na direção dos movimentos dele.

Blake arfou, aumentando a velocidade. Ele segurou minha bunda, me erguendo ainda mais para que seu pau raspasse nos emaranhados de nervos dentro de mim. Fechei os olhos com aquela sensação avassaladora. Minhas coxas o apertaram e luzes e cores piscaram atrás dos meus olhos.

— Olhe para mim.

A voz dele era repleta de irritação e desejo.

Abri os olhos. Uma expressão de amor suavizou as linhas que contornavam seus olhos. Ergui os braços, minhas mãos incansáveis estavam nos músculos que se contraíam com os esforços dele.

Eu queria tocá-lo, sossegá-lo e dizer sem palavras o quanto ele significava para mim. O coração dele batia contra o meu, seu corpo quente me envolvia, dentro de mim. Quando eu não conseguia encontrar as palavras, meu corpo falava a verdade.

Amor não era o bastante. Isto — nossos corpos juntos — era mais.

Os quadris dele atingiram os meus com uma investida forte. Gritei o nome dele, me batendo para manter o contato visual.

— Blake... Eu te amo — solucei de prazer.

A vulnerabilidade nadou por trás dos olhos brilhantes dele, uma resposta silenciosa à minha declaração. Enrolando os braços apertados em torno de mim, ele me silenciou com um beijo intenso. Ele engoliu meus gritos, cada respiração. Ele estava em todos os lugares. Estávamos tão próximos quanto duas pessoas podiam ficar. Eu arranhei as laterais do corpo dele, arqueando o corpo para fora do chão, na direção do abraço forte dele.

Com os quadris se movendo como pistões, ele nos levou além do limite.

— Eu te amo, Erica. Céus, eu te amo tanto.

Desmoronei, com lágrimas queimando por trás dos meus olhos.

***

Meus olhos inchados se abriram e eu grunhi ao ver a manhã penetrando no quarto. Meu corpo doía, fadiga e uma dor generalizada que eu não conseguia identificar. Eu sentia o toque de Blake nas minhas costas. Me encolhi quando ele passou a mão em um lugar em específico na minha escápula.

— Ai.

Ele pressionou os lábios ali.

— Queimadura do tapete.

Grunhi novamente e afundei o rosto no travesseiro à medida que as memórias da noite anterior inundavam meu cérebro. Jesus. Que noite.

— Viu? É por isso que precisamos de uma casa maior — disse ele.

Me virei para encará-lo. Seus cabelos escuros estavam uma bagunça, espetados em todas as direções da noite de sono e... outras coisas. Mas ele parecia mais descansado do que eu me sentia. Ele parecia contente e aquilo me aqueceu por dentro.

— Por que você diz isso?

— Preciso de mais cômodos para foder você. Ou ao menos mais superfícies.

Dei uma risadinha.

— Você é louco.

Um sorriso contente se espalhou pelos lábios dele.

— Bom, isso é culpa sua.

Deitei de barriga para cima e me espreguicei. O lençol escorregou, exibindo meu peito para ele. Ele gemeu, e seu olhar passeou faminto pelo meu corpo.

— O que você vai fazer hoje? — perguntou ele sugestivamente.

Fechei os olhos, e minha agenda diariamente lotada apareceu atrás deles.

— Tenho um milhão de coisas.

Os lábios dele envolveram meu mamilo.

— Acho que isso significa que não posso manter você como refém aqui.

Gemi e me curvei na direção da boca dele.

— Acho que Alli não permitiria isso. Tenho uma prova de vestido. Também tenho uma reunião com Geoff, para repassar algumas das minhas perguntas.

Ele se apoiou no cotovelo, olhando para mim com afeição.

— O que você vai dizer a ele?

Puxei o lençol e me virei de lado. Desenhei pequenos círculos no peito de Blake, contornando as lindas curvas de seu corpo. Eu não conseguia imaginá-lo em nenhuma pose que diminuiria minha fascinação total e completa pelo corpo dele.

— Erica?

— Hmm?

Os olhos dele ainda estavam preguiçosos e com as pálpebras pesadas de sono.

— O que você vai dizer a Geoff?

Emiti um ruído apreciativo e sorri.

— Desculpe, eu só estava catalogando suas qualidades mais maravilhosas.

Ele deu uma risada.

— Depois de ontem à noite, eu não tinha certeza se você iria querer falar comigo novamente.

— Não posso dizer que eu faria tudo de novo. — Desabei de volta no travesseiro. — Bom, talvez uma parte.

— Não faça mais besteiras como aquela, tá? Estou falando sério.

Encarei o olhar sério dele com olhos hesitantes. Ir ao clube sozinha tinha sido uma atitude idiota. Eu podia ter deixado que ele mudasse de ideia, mas saber que eu iria me casar com aquele homem tornava impossível tolerar segredos entre nós. Não importava o quanto eles estavam alojados no passado, não importava o quanto tínhamos nos afastado deles. Eu tinha mostrado tudo a ele. Cada cicatriz, cada insegurança. Finalmente, estávamos no caminho para virar o jogo e Blake confiar a mim as sombras de seu passado também.

— Não irei, desde que você me faça uma promessa.

Ele ficou em silêncio por um momento.

— Não voltamos à fase dos ultimatos, voltamos?

— Não sou fã de ultimatos, mas você queria que eu desse a você a minha confiança. É uma via de mão dupla. Não quero nenhum segredo entre nós. Se você não confia que eu não farei coisas como as da noite passada, nunca me dê motivos para considerar fazê-las.

Abaixei os olhos, deslizando o dedo pela barra do lençol. A lembrança das palavras de Sophia me aturdia. Ela tinha me mandado nessa jornada e tinha ameaçado a validade do que Blake e eu tínhamos. Eu a odiava por isso porque ela não acreditava que sobreviveríamos se eu soubesse do passado de Blake. Eu queria provar que ela estava errada em todos os sentidos.

— Não sei o que foi pior, ouvir as coisas horríveis que ela me disse ou me sentir como se eu estivesse no escuro com relação ao seu passado.

Ele brincou com uma mecha do meu cabelo.

— Chega de segredos.

Ergui os olhos, esperançosa.

— Me prometa.

— Eu prometo.

CAPÍTULO 13

Os dois dias seguintes foram tomados pelos preparativos da venda. Contamos a novidade para James e Chris, cujo choque logo foi substituído pelo apoio. A decisão tinha sido tomada rapidamente e sua execução estava logo atrás de mim. Tudo estava acontecendo rápido demais, uma circunstância que tornava mais fácil controlar a ansiedade que todos parecíamos ter com relação à transação iminente.

Eu estava a dias de assinar uma folha de papel que, para o resto do mundo, significava que a empresa que conhecíamos não iria mais pertencer a nós, mas a Alex Hutchinson. Um empresário experiente, um magnata, um homem com uma visão que só podíamos torcer para que se alinhasse com a nossa.

Quando Alex entrou no escritório na sexta de manhã, o clima estava pesado de expectativa. Uma energia tensa emanava dele enquanto ele dava uma olhada nos papéis que tínhamos que assinar. Nas duas últimas vezes que tínhamos nos encontrado pessoalmente, eu não consegui interpretá-lo. Eu também não o conhecia tão bem assim. Ele era mais parceiro de Blake do que meu, até recentemente.

Focada na logística da consolidação da venda, li com atenção os documentos que eu já tinha revisado inúmeras vezes. Dezenas de papéis circularam entre nós. Assinei todos com mãos trêmulas, tentando ignorar a emoção que coçava minha garganta.

Talvez me fosse permitido ficar emotiva só dessa vez, mas eu não queria chegar a perder o controle. Eu ainda tinha que trabalhar com Alex e queria que ele acreditasse que eu era mais forte do que às vezes parecia. Eu tinha tomado essa decisão sozinha. Tinha escrito este capítulo e não ia terminá-lo com lágrimas, muito menos na frente dele.

E então, acabou.

Todo o processo levou menos de cinco minutos. Larguei minha caneta já bem gasta e me recostei na cadeira. Alex esticou a mão, a tensão em torno dele pareceu diminuir, o parceiro com o qual eu tinha me acostumado voltou a brilhar.

— Parabéns, Erica.

Apertei a mão dele com firmeza.

— Obrigada.

— O pagamento foi transferido hoje de manhã, então deve cair na sua conta esta tarde.

— Obrigada. Vou ficar de olho. Hum, quer almoçar ou algo assim?

Ele deu uma olhada no relógio.

— Eu adoraria, mas tenho outra reunião agora à tarde. Mas vamos nos ver na terça. Eu te ligo. Tenho algumas ideias que quero discutir com você.

Ele pegou suas vias da documentação e se levantou para ir embora.

— Está bem — falei, fingindo estar animada, mas eu já estava ansiosa sobre quaisquer mudanças iminentes que estivessem além do meu controle a partir desse momento.

Me levantei e o acompanhei até a porta. Ela se fechou e eu olhei para a logo do Clozpin no vidro. Uma onda de emoções me atingiu de uma só vez. Alívio, excitação, pavor. Tive dificuldade em processar a magnitude do que acontecera em um intervalo tão curto de tempo. Todo meu mundo havia mudado. Eu tinha colocado minha confiança nas mãos de um homem que eu mal conhecia. Eu buscava ter fé e esperança, acreditando, juntamente com Alli e Sid, que essa era a decisão certa para nós, por mais difícil que talvez tenha sido de tomar. Fechei os olhos. Em algum lugar em meio ao redemoinho da minha mente e do meu coração, talvez eu tenha registrado um arrependimento, mas o abafei.

***

Eu tinha ido para casa mais cedo para tirar um cochilo antes da grande noitada com as meninas. Eu estava ávida para comemorar. Talvez as incontáveis coisas na minha cabeça fizessem o champanhe fluir com mais facilidade, mas eu merecia um tempo depois da semana épica que tivera. Navegar na intensidade de Blake, vender minha empresa e me esquivar de repórteres graças a Richard. Eu precisava das minhas meninas. Algumas risadas, alguns drinks e algumas memórias para me relembrar de que eu tenho 22 anos.

Tomei um banho e coloquei uma roupa confortável. Remexendo o guarda-roupas, enfiei algumas opções na mala. Tínhamos concordado em nos encontrar na casa de Simone, então eu teria que me consultar com Alli e me vestir lá. Além disso, eu não queria que Blake me visse toda arrumada antecipadamente. Eu queria surpreendê-lo. Eu também não queria que ele ficasse superprotetor comigo antes que eu pudesse sair de casa.

Ouvi a porta abrir e fechar. Perambulei até a cozinha e encontrei Blake.

— O que você está fazendo em casa tão cedo?

— Eu tinha que fazer umas compras. — Ele colocou uma sacola parda comum no balcão, uma expressão ilusoriamente inocente em seu rosto. — Eu queria pegar você em casa antes que você saísse.

Ergui o queixo, tentado espiar dentro da sacola.

— O que tem na sacola?

— Vamos falar sobre isso em um minuto. — Ele a tirou do alcance da minha vista. — Como foram as coisas com Alex?

Me sentei em um dos bancos.

— Bem, eu acho.

Ele arqueou uma sobrancelha.

— Acha? O que isso quer dizer?

Dei de ombros.

— Está feito. Achei que seria mais dramático. Terminou em uma questão de minutos. Assim, simplesmente.

Estalei os dedos.

— É geralmente assim que acontece.

— Bom saber que não perdi nada, então.

Eu ainda não conseguia acreditar que estava feito. Os zeros extras no meu extrato bancário tinham tornado tudo um pouco mais real, mas a semana como um todo ainda parecia um sonho. Talvez amanhã a ficha caísse.

Blake lançou um olhar faminto pelo meu corpo, distraindo meus pensamentos.

— É isso que você vai usar?

Dei uma olhada para meu traje e apertei os lábios, fingindo estar ofendida.

— Não gostou?

Ele engatou um dedo no cós da minha calça, puxando-a e soltando de volta.

— Calça legging e uma camisetinha? Você está gostosa, mas duvido que se enquadre no código de vestimenta de Alli para sua despedida de solteira. Acho que não. O que você vai usar?

Estalei a língua.

— Você realmente achou que eu iria deixar você ser o responsável pela aprovação final da minha roupa?

— Eu sempre posso exigir.

Ele prendeu o lábio inferior entre os dentes.

Balancei o dedo para ele.

— Nada disso. Você vai ter que esperar para ver.

Ele deu uma olhada para a sacola.

— Eu estava esperando que você fizesse uma pequena adição, na verdade.

Ergui uma sobrancelha. A curiosidade se agitou dentro de mim. Eu gostava das surpresas de Blake.

— Ah?

— Dá até para dizer que é um presente.

— É brilhante? — provoquei.

Ele deu um sorriso largo, exibindo os dentes.

— Engraçado você mencionar isso.

Ele colocou a mão na sacola e tirou uma embalagem de plástico.

Me aproximei para dar uma olhada melhor. Ele abriu e mostrou um brinquedo de plástico transparente com um diamante falso brilhando na ponta.

Franzi o nariz.

— Você me comprou um plugue anal. Que romântico.

Ele riu alto com isso.

— Eu achei que fosse. Você pode usar hoje à noite. Aí, não importa quanto você acabe se divertindo, ainda vai ficar pensando em mim.

— Por você ser um pau no cu. Que apropriado.

Os olhos dele se estreitaram. Segurando minha nuca com a mão, ele me puxou contra seu peito. Os lábios dele derreteram nos meus. Gemi, chupando meu lábio para dentro de sua boca, até ele me morder.

Uivei, me encolhendo. Ele passou o polegar sobre o local machucado.

— Olhe essa boca.

Fiquei olhando para ele, mas ele só deu um sorriso torto.

— Venha cá.

Ele me levou até o quarto, sentou-se na beirada da cama e deu um tapinha nas próprias coxas.

Nem pensar estava entalado em algum lugar da minha garganta, incapaz de emergir dos meus lábios levemente inchados. Ao invés disso, minhas pernas me levaram adiante. Parei na frente dele e fiquei em pé no meio de suas pernas.

— Você está falando sério.

Ele esfregou a parte externa das minhas coxas, massageando-as.

— Você vai estar solta na cidade sem mim. Muito provavelmente bêbada e vestida para matar. Não quero que se esqueça completamente de mim.

— Como é que eu poderia um dia me esquecer de você? Você é tudo em que eu penso.

A dor da mordida de antes dele tinha sido esquecida, esmagada pela verdade incontestável.

A satisfação redemoinhou nos olhos dele.

— Só para garantir.

Ele deu um tapinha no próprio joelho, um lembrete de que eu deveria obedecer.

Fiquei imóvel, sem me mexer.

— Não acho que eu consiga fazer isso, Blake.

— Consegue, sim. É fácil. Mas seria mais fácil se eu amarrasse você. Você gostaria que eu fizesse isso?

Talvez.

Ao invés de pôr a determinação dele à prova, me deitei em seu colo. Uma mão que se movia lentamente subiu pela minha coxa e contornou o cós da calça. Rapidamente, ele a abaixou, junto com a minha calcinha, deixando minha bunda e minhas coxas à mostra. Tentei respirar normalmente. Eu não queria dar a ele a satisfação da minha vergonha, mas era quase impossível me controlar. Ouvi o esguicho nada romântico do lubrificante. Me preparei, me encolhendo quando a mão dele fez contato com minha bunda em um tapa leve.

— Você tem uma bundinha linda. Sou tão apaixonado pelos seus peitos que talvez a esteja negligenciando um pouco.

Fechei os olhos.

— Tenho a impressão de que isso não vai mais acontecer.

— Tenho a impressão de que você está certa — disse ele sem humor algum enquanto afastava minhas nádegas.

Meus dentes prenderam o lábio machucado quando um dedo bem lubrificado me violou. Eu não conseguia acreditar que estava o deixando fazer isso. Respirei fundo e tentei pensar em outra coisa.

Um carrossel. *O mágico de Oz.*

Qualquer coisa, menos a pressão do plugue frio entrando lentamente no meu corpo. Fiquei tensa, me afastando quando Blake o enfiou mais fundo.

— Fique parada.

Agarrei o edredom. Quando Blake tinha me mostrado o brinquedo, parecia bastante pequeno. Brilhante e inocente. Quase bonitinho, parecido com o acessório fashion que ele fingiu ser. Agora parecia enorme na passagem estreita que tentava acomodá-lo. Inspirei bruscamente.

— É demais, não consigo.

— Quase lá, gata.

Meu rosto ficou quente e eu quase gritei quando a parte mais larga entrou e o alívio tomou conta de mim. Relaxei, e a tensão deixou meu corpo. Graças a Deus tinha acabado.

— Como você se sente?

Me contraí em torno do plugue, sentindo a pressão na minha vagina.

— Cheia.

— Perfeito.

Ele acariciou minha bunda de novo e subiu minha calça novamente. Me levantei desajeitadamente, me entendendo com meu novo acessório.

Suspirei, resignada com meu destino.

— Você tem mais algum presente para mim antes de eu ir?

Minhas palavras eram um misto de sarcasmo e uma esperança distante. Talvez eu pudesse conseguir um orgasmo para viagem.

Ele pareceu ler aquele pensamento sombrio. Um grunhido escapou do peito dele e ele nos deitou na cama. Repousei sobre o peito dele e o beijei suavemente. Ele tirou o cabelo dos meus olhos.

— Tome cuidado esta noite. Não faça nada maluco.

— Eu sei que você pensa que sou imprevisível, mas não sou eu a louca desse grupo.

— Eu sei. Não beba demais, porque preciso de você consciente para o que tenho planejado para esta noite.

Os olhos dele brilharam com pensamentos não ditos.

Mordi o lábio e girei os quadris, tentando conectar meu clitóris à coxa dele. Ele já estava duro debaixo de mim.

— Posso ter uma prévia?

— Tudo que eu quero é que você fique para brincar, mas Alli tem os planos dela. Ela vai correr para cá se eu não abrir mão de você.

Naquele mesmo momento, meu celular apitou com uma mensagem. Era Alli, pedindo os sapatos que eu tinha pego para ir ao clube. Me levantei e os procurei no armário, plenamente consciente do plugue em cada movimento casual.

— Não acredito que você vai me fazer usar isto a noite toda.

O desejo já estava empoçando em minha barriga. Eu não estava nem perto de estar bêbada ou chapada e minha pele estava formigando de sensibilidade.

— Nem pense em tirar.

Joguei os sapatos de salto pretos na mala.

— Eu não sonharia. Enfim, melhor eu ir.

Blake se levantou e pegou minha mala.

— Eu levo você.

— Não precisa.

— Eu quero. Além disso, quero me certificar de que meu kit de cuidados está lá.

— Kit de cuidados?

Ele sorriu.

— Você vai ver.

Blake e suas surpresas. Revirei os olhos e o segui escada abaixo até o Tesla. Alguns minutos depois, estávamos estacionando na frente do prédio de Simone. Ela estava usando um vestido com decote nas costas que abraçava todas as suas amplas curvas. Fiona, que sempre era a personificação do refinamento, estava usando jeans pretos e uma blusa tomara que caia que exibia sua figura delicada.

— Erica! — A reação inicial de Alli foi uma mistura de nojo e desaprovação. — Você *não* vai usar isso.

Dei uma risada, largando a mala.

— Nem brinque. Você acha que eu iria sair para uma noitada na cidade sem deixar você me vestir?

Ela meneou a cabeça e me serviu uma taça de champanhe.

— Aqui. Beba. Vou arrumar você.

Enquanto ela desaparecia no quarto com minha mala, James apareceu usando apenas uma toalha enrolada na cintura. Simone assobiou e deu um beijo provocante na boca dele.

Eu me virei, arriscando olhar para Blake. Ele não parecia preocupado. Para falar a verdade, um sorriso presunçoso cutucou seus lábios.

— O que foi?

Ele acenou para James com a cabeça.

— Parece que o kit de cuidados está aqui.

Franzi a testa.

James se aproximou quando Simone o soltou de suas garras.

— Desculpe. As meninas estavam monopolizando o banheiro.

Blake apertou a mão dele.

— Mantenha o seu pinto dentro das calças e estamos acertados.

James revirou os olhos.

— Certo. Preciso saber de alguma coisa antes de sairmos?

— Só não a perca de vista e quando elas estiverem prontas para ir para casa, me ligue. Eu venho buscá-la.

— Alli contratou uma limusine.

— Não me importa. Eu mesmo venho pegá-la.

Acenei a mão entre eles.

— Com licença. Quando é que tudo isso foi decidido? Esta é a minha despedida de solteira. *Minha* despedida de solteira. Meninos não são permitidos.

Me virei e vi Simone encostada no sofá, observando nossa discussão. Ela deu de ombros, virando o resto do champanhe de sua taça.

— Converse com Blake. Já tentamos negociar.

Me virei para Blake.

— Não vou soltar essas meninas em cima de você sem alguém disponível para ficar sóbrio e garantir que ninguém se machuque.

— Vamos encher a cara e dançar até desmaiarmos. Ninguém vai se machucar. Não preciso de uma porcaria de um guarda-costas.

— Você *não* vai desmaiar, conforme discutimos antes. E você precisa, sim, de um guarda-costas. Preciso relembrá-la da sua propensão em se meter em situações perigosas?

Grunhi.

— Que seja.

— Aqui, espere.

Ele segurou minha mão antes que eu pudesse me virar para sair. Ele colocou um pequeno bolo de notas na minha mão.

— O que é isso?

— Dinheiro para você se divertir.

Inclinei a cabeça e tentei me afastar, mas ele não me largou.

— Estou nadando na nota agora, Blake, lembra?

Ele deu um sorriso torto, passando o polegar pelo meu pulso.

— Eu insisto.

— Que seja — bufei.

— Nada de strippers — disse ele com firmeza.

Dei uma risada.

— Você realmente precisa parar de criar regras e dar o fora daqui.

— Estou falando sério, Erica.

Ele me soltou e eu me virei, acenando.

— Eu também. Tchau.

Fui até o quarto para encontrar Alli. Ouvi James e Blake conversarem por mais alguns minutos antes de a porta se fechar.

Soltei um suspiro de alívio. Eu queria me esbaldar esta noite. Queria estar livre e me divertir. Eu tinha bastante certeza de que James não estava interessado em arruinar nossa diversão, mas as intromissões de Blake nunca deixavam de me dar nos nervos. Fiona e Simone se juntaram a nós e conversamos sobre em qual boate ir primeiro.

Na segunda taça de champanhe, eu já tinha quase me esquecido totalmente de James e Blake. Alli prendeu meu cabelo em um coque bagunçado e sexy e encheu meus olhos e minhas bochechas de maquiagem, deixando meus lábios nude e cheios de gloss. Coloquei um vestido simples, um tubinho tomara que caia rosa-choque coberto de renda preta. O vestidinho exibia cada curva minha e eu fiquei novamente grata por Blake não me ver sair usando aquilo.

Eu estava definitivamente ansiando para ir para casa com aquele vestido, contudo. O pensamento me lembrou do plugue. Lutei contra o calor que subiu para minhas bochechas.

— Você está bem? — perguntou Fiona, seus olhos inocentes demais para a verdade do que estava me fazendo corar.

Me abanei, tentando controlar a rebelião do meu corpo.

— Sim, acho que é o champanhe. Está quente aqui.

Simone abriu uma janela, misericordiosamente encerrando o assunto.

Já estava escuro quando finalmente saímos, mas não antes de Fiona decorar nós todas com apetrechos que indicavam nossos títulos de noiva e madrinhas. Ela colocou uma tiara de plástico que não devia valer mais que dois dólares no meu cabelo.

— Perfeito. Ah, espere. — Ela mexeu na tiara por mais um minuto até que ela começou a piscar luzinhas vermelhas e brancas. — Agora você está perfeita.

Rimos e James tirou fotos nossas. Aí, nós cinco nos empilhamos na limusine. Uma bolha de felicidade cresceu na minha barriga por estar rodeada de amigos. Até mesmo James, que tinha se tornado um amigo leal, apesar de nossos altos e baixos. Simone colocou uma música alta e logo estávamos rindo e gritando um mais alto que o outro.

— James, você vai se divertir tanto sendo nossa babá — provoquei, cutucando-o com o cotovelo.

Ele sorriu e olhou pela janela fumê.

— Não tenho dúvidas.

A limusine nos deixou na boate. Alli nos levou até o camarote reservado para nossa festa. Pedimos uma rodada de drinks e observamos a boate encher.

Do meio da multidão, o bartender loiro e fofo se aproximou de novo, equilibrando uma bandeja de shots, um para cada um de nós. O olhar dele se demorou em Fiona. Ela ficou vermelha e brincou com os brincos de argola com diamantes.

— O que é isto?

Simone pegou um dos copinhos.

— A moça lá em cima mandou para vocês.

Ele apontou para o andar superior. A boate estava fumacenta e eu não consegui enxergar de quem ele estava falando.

Alli se debruçou por cima da bandeja, franzindo o nariz.

— O que é?

Ele limpou a garganta.

— Hum, chama-se "merda na grama".

Simone fez uma careta.

— O quê?

Alli analisou os shots, o líquido verde estava acomodado perfeitamente em cima do marrom.

— Quem mandou?

Olhei para além do homem, piscando até que, através da luz e da multidão de pessoas, reconheci um rosto familiar. Sophia, a filha da puta. Ela estava sentada em um banco no bar em uma plataforma, olhando para nosso sofá VIP. Nossos olhos se encontraram e ela deu um pequeno aceno, uma expressão orgulhosa no rosto. Fiquei olhando para o bartender, momentaneamente odiando qualquer pessoa ligada a ela.

— Sophia — falei.

— Que vaca — disse Alli.

Simone franziu o lábio.

— Você está me dizendo que eu acabei de tomar merda na grama?

Fiona começou a rir. O bartender deu um sorriso para ela e voltou sua atenção novamente para mim.

— Ela pediu para dizer "parabéns" a você — disse ele, sua boca se contraindo em uma linha constrangida.

— Devolva.

Acenei para que ele fosse embora.

— Já foram pagos.

Ele fez uma última tentativa de desovar os drinks e se libertar dessa evidente briga de mulheres a distância.

— Não me importa. Não aceito bebidas de pessoas em quem não confio.

Ele hesitou.

— O que você quer que eu faça com elas?

Mordi a parte interna do lábio, uma ideia se formando.

— Leve de volta para ela e dê um recado. Diga que a mordaça que ela mandou serviu direitinho. Blake e eu agradecemos.

Os olhos dele se arregalaram e eu sabia que aquela seria uma ordem difícil para cumprir. Remexi na bolsa e peguei um punhado de dinheiro. Larguei algumas das notas de cem que Blake tinha me dado na bandeja.

— Pelo seu incômodo. Certifique-se de que ela receba o recado.

Mal escondendo um sorriso malicioso, ele se virou para ir embora. Me recostei no sofá, me sentindo tão presunçosa quanto o rosto de Sophia. Dei uma olhada para Alli, que estava olhando para mim com os olhos arregalados.

— Mordaça?

Ops.

Peguei meu drink e tomei mais um pouco daquele líquido arrasador de fígados pelo canudo.

— Não importa. Depois eu te conto.

Ou não!

Simone sacudiu a cabeça, seus olhos uma névoa embriagada.

— Eu sabia que vocês eram malucos.

A gargalhada de Alli me fez começar a rir também e antes que eu percebesse, estávamos rolando de rir, lágrimas ameaçando nosso rímel. O de Alli ainda estava perfeito, mas eu tinha a sensação de que o meu provavelmente estava escorrendo por todo o meu rosto a essa altura da noite. Finalmente recuperamos o fôlego.

— Querem dançar? Sinto que estou ficando cansada.

— Claro.

Nos levantamos em um pulo e nos enfiamos no meio da multidão. James nos seguiu obedientemente, emergindo de seu lugar nas sombras, onde ele estava parado, nos dando um pouco de privacidade. Quaisquer que tenham sido as ordens que Blake tinha dado a ele, ele parecia estar disposto a segui-las. Eu torcia para que isso tivesse mais a ver com cuidar do nosso bem-estar do que com satisfazer as tendências prepotentes de Blake.

Dançamos várias músicas. Com nossos adereços festivos combinando e minha detestável tiara piscante, atraíamos olhares de todos os lados. A atenção só motivava nossos movimentos de dança à medida que mudamos de meninas festeiras bonitinhas e um pouco zonzas para desastres suados e bêbados. Simone esfregava a bunda em James, que, apesar de estar ali a trabalho, não pareceu se importar com a pequena distração de sua tarefa da noite de me manter "a salvo". Alli e eu nos agarramos uma à outra, rindo e gritando e nos esbaldando em nossa diversão generalizada.

À medida que uma música se seguia à outra, a pressão persistente no meu ânus, combinada com a visão de Simone se esfregando em James, me lembrou de outro tipo de diversão que eu podia estar tendo. A noite tinha sido ótima, mas eu agora estava totalmente excitada. Eu precisava do meu homem e precisava me manter firme para a noite selvagem que ele tinha prometido. Me apoiei em Alli.

— Quero ir para casa e ver Blake.

Ela deu uma risada.

— Entendo perfeitamente, gata. Vamos dar o fora daqui antes que eu apague.

CAPÍTULO 14

INSPIREI FUNDO QUANDO SAÍMOS DA boate. O ar da noite estava frio, refrescando minha pele úmida. Fiona e eu estávamos com os braços enganchados e eu fiquei procurando nossa carona para casa.

— Por aqui, senhoritas. Sua carruagem as aguarda.

James nos guiou até a limusine preta brilhante estacionada rente ao meio-fio.

— Erica.

Parei de repente, quase derrubando Fiona. James a segurou e a ajudou a entrar na limusine. Simone e Alli estavam tirando selfies a alguns metros dali, criticando todas em voz alta por não estarem perfeitas.

Um braço quente me envolveu a cintura, erguendo-me na ponta dos pés. Blake me abraçou apertado contra o peito.

— Blake!

Dei um beijo molhado, levemente inapropriado na boca dele. Eu o senti sorrir sob meus lábios.

Ouvi Alli dar um gritinho atrás de nós.

— Ai, gente, eu amo vocês dois juntos. Eles não são superfofos? — Ela cutucou Simone, cujo foco estava todo no celular. — Blake, eu te amo. Eu já te disse isso? Amo de verdade.

Ele deu uma risada.

— Obrigado, Alli. Eu também te amo.

Os olhos dela brilharam.

— Ama? Ahh, vamos todos nos casar e ter filhos. Quero filhos. Não conte ao Heath, mas quero filhos dele.

— Talvez você mesma possa contar.

Ele acenou com a cabeça na direção da limusine, de onde Heath saiu. O sorriso constrangido me dizia que ele tinha ouvido. Ela estava quase berrando tudo o que dizia nas últimas três horas, então eu não ficava surpresa.

— Heath!

Ela gritou, pulando nos braços dele. Ele a ergueu, deixando que ela enrolasse as pernas em sua cintura. Alli segurou o rosto dele com as mãos, beijando-o com a mesma paixão que eu tive com Blake.

— Uau, esses vão se divertir esta noite.

Blake deslizou a mão pela minha espinha e pegou na minha bunda.

— Estou mais interessado na diversão que nós vamos ter. Ainda está de pé?

Esfreguei meu corpo no dele com um gemido indefeso. Eu estava pronta para tê-lo ali mesmo na rua. Deslizei as mãos pela sua nuca e ataquei sua boca novamente.

Ele deu uma leve risada, interrompendo nosso beijo.

— Vou entender isso como um "sim". Vamos levar você para casa.

Ele me levou pela mão até o carro.

Apesar dos meus esforços para atravessar o console e atacá-lo durante todo o trajeto para casa, ele manteve a frieza até chegarmos no apartamento.

Mas assim que a porta se fechou atrás de nós, ele me prensou contra ela. Choraminguei, e cada toque acendia um fogo em mim. Me curvei na direção dele, erguendo a perna para enrolá-la na coxa dele, movendo o plugue dentro de mim.

— Puta merda, preciso de você. Tipo, agora.

Ele passou o polegar pela pulsação disparada no meu pescoço, dando um beijo ali.

— Calma, gata.

— Não posso ter calma. Não esta noite.

— Tenha calma ou vou ter que amarrar você.

— Não me importo. Me amarre. Faça o que você quiser.

Só me foda, pelo amor de Deus.

— Pode ser que eu faça isso. Tenho planos para você. E para a sua bunda.

A mão dele escorregou por debaixo do meu vestido e cutucou a ponta brilhante do plugue, me lembrando novamente do que eu tinha sentido a noite toda.

Fricção. Preenchimento.

— Estou pronta agora.

Eu queria tirar aquele plugue. Queria alívio. Arranquei a camiseta de Blake e a joguei rapidamente no chão.

Ele deu uma risada.

— Eu sei, pode acreditar. Mas eu quero brincar um pouco com você antes.

Esparramei as mãos no peitoral maravilhoso dele, descendo até o cós de sua calça de cintura baixa. Eu queria que ela sumisse.

— Do que vamos brincar? — perguntei, apenas vagamente interessada.

— Você logo vai descobrir. Primeiro, quero que você tire a roupa para mim.

Dei um sorriso brincalhão para ele e comecei a tirar os sapatos.

— Não, não. — Ele segurou minha mão, me ajudando a recuperar o equilíbrio. — Fique com eles. Tire todo o resto.

— Safado — murmurei enquanto rebolava para sair do vestido apertado. Abri o sutiã e saí de dentro da calcinha. Fiquei parada na frente dele pelada e abençoadamente bêbada. — Onde você gostaria que eu ficasse, mestre?

Arrastei a ponta do sapato no chão, permitindo que um pouco de timidez se infiltrasse na minha ousadia embriagada.

Ele apontou para a sala de estar com a cabeça.

— No encosto do sofá. Bunda para o alto.

Obedeci, desfilando até o outro cômodo. Me debrucei sobre o tecido creme, me equilibrando nas pontas dos pés em meus saltos altos. Esperei ele se aproximar, mas o ouvi sair dali e voltar alguns minutos depois. A demora só aumentou minha vulnerabilidade. Fechei os olhos, ouvindo os passos dele pararem atrás de mim.

— Você se comportou mal esta noite?

O timbre da voz dele era grave, quente e um pouco ameaçador. Um arrepio subiu pela minha espinha.

— Sim — sussurrei.

A noite já tinha se transformado em um borrão, mas se ele queria que eu fosse má, eu iria vestir a carapuça.

— Ah é? Isso não é bom.

Um acessório frio e chato tocou nas minhas costas, passou pela curva da minha bunda e desceu pelas minhas coxas. Eu estava sem ar, mas do jeito mais maravilhoso possível. Eu queria gemer e me curvar para trás, na direção de qualquer coisa que viesse de Blake.

— Você bebeu demais, não é?

— Aham.

Me agitei, ansiosa, balançando a bunda impacientemente. O calor irradiou na minha barriga, fazendo meu sexo se contrair de expectativa. Eu queria saber até onde ele iria com isso, apesar de parte de mim não querer. Não saber era o que me deixava louca todas as vezes.

— Você deixou alguém tocar em você?

Fiquei excitada, não sóbria o suficiente para resistir à tentação de atiçar o ciúme dele.

— Talvez.

— Ah é?

A mão dele saiu da minha bunda e foi rapidamente substituída pela batida forte de algo que só podia ser uma palmatória.

— Merda!

É, *aquilo ainda doía*. Ele já tinha feito uma brincadeira com relação à palmatória, mas eu nunca esperei que fosse realmente usá-la. Eu tinha me divertido bastante sob a palma da mão dele. Ainda bem que o álcool estava fazendo sua mágica. A ardência da batida amainou rapidamente.

— Estava lotado. Não era minha intenção — falei, repentinamente ávida por acalmar o ciúme dele. — Me desculpe, Blake.

— Fico feliz. Mas temos um longo caminho pela frente.

Choraminguei em desacordo, apesar de uma vozinha no fundo da minha mente implorar que ele continuasse.

Ele se debruçou em cima de mim, encostando a palmatória na minha bunda dolorida. Fiquei tensa, inquieta, sem saber o que ele tinha planejado.

— Você acha que merece ser punida?

Sim.

Sacudi um *não* com a cabeça.

— Não? Você tem uma lista e tanto. Me amarrou e tentou bancar a sacana comigo. Fugiu para um clube de sexo sem supervisão. Me diga agora, você acha que merece ser punida?

— Sim — sussurrei baixinho, uma confissão que só o sofá conseguiu ouvir.

— Não consigo ouvir você — disse ele em um tom severo.

— Sim, eu mereço.

Ele escorregou a palmatória pela minha bunda, fazendo com que meu estômago se contraísse novamente de expectativa. A névoa do álcool estava se diluindo a cada instante que passava.

— Foi o que pensei. Você vai conhecer a palmatória esta noite e não importa o que aconteça, Erica, não quero que você goze. Aceite tudo que eu lhe der e você será recompensada depois.

Eu adorava umas boas palmadas tanto quanto qualquer pessoa gostaria, mas a palmatória era impiedosa. A ameaça de chegar ao clímax contra a vontade dele era desimportante. Eu teria minha recompensa, sem dúvida, mas não sem que ele me fizesse sentir uma pontada de arrependimento antes.

Mordi o lábio e me preparei para a lição.

A palmatória me atingiu, uma batida forte contra minha pele. Grunhi, tentando ao máximo não fugir. Ele deu uma paulada após a outra, em vários lugares, espalhando-as pela minha bunda e pelas minhas coxas. Lambidas ardentes fortes que me atingiam pertinho do meu sexo. O medo se misturou ao desejo enquanto eu rezava para que ele não cometesse um erro e me atingisse lá e me machucasse. Mesmo assim, eu fantasiava com relação a qualquer contato naquela região. Os dedos dele, sua boca, seu pau. Qualquer coisa. A intensidade das pauladas subiu direto para a minha cabeça. Insuportavelmente excitada, fui ficando molhada, um fato que não podia ser ocultado com minha bunda à mostra e minhas pernas tão afastadas quanto ele as queria.

Ele bateu novamente, mais forte que antes, e eu gritei alto, o barulho ecoando nas paredes.

Todo meu corpo ficou tenso, e o instinto defensivo ressoou mais visivelmente onde o plugue estava aninhado dentro de mim. A pressão lá era concentrada demais. O desejo persistente que sua presença tinha inspirado a noite toda se transformou em um lembrete poderoso do que Blake queria de mim esta noite.

Esfreguei o peito no linho áspero da capa do sofá. Todas as células do meu corpo estavam em alerta. Eu queria mais. Queria tudo esta noite.

Ele fez uma pausa longa o suficiente para girar o plugue. A pressão, a fricção, era demais. Eu podia senti-la no meu sexo, aguda o suficiente para que eu pudesse quase... gozar.

Minhas mãos se fecharam em punhos. Não, eu não devia gozar.

Quando pensei que não podia aguentar mais um segundo do castigo dele, ele parou. Me encolhi quando Blake acariciou minha pele quente e irritada com as mãos. Soltei o ar que eu não percebi que estava prendendo. A mão dele era como o paraíso, como um presente maravilhoso e carinhoso. Água no deserto. O sangue trovejou nas minhas veias, fazendo pulsar a excitação dentro de mim. O desejo aumentou e eu saltei para o limite do orgasmo. Tremi com o esforço para não gozar.

— Blake! — supliquei.

Se eu fosse submetida a mais alguma sensação, perderia o controle.

Ele me silenciou, acariciando minhas costas e a pele ardente da minha bunda. Inclinando-se sobre mim, ele me deu um beijo no ombro.

— Você se saiu bem. Vou foder você agora, gata. Está pronta?

Lentamente, ele tirou o plugue, mas tudo que senti foi alívio.

Senti dificuldades em respirar, a pressão do meu próprio corpo de repente aumentou demais sobre meu peito. Concordei com a cabeça, tentando não pensar em como eu conseguiria suportar mais dor. Eu já estava fraca e mal conseguia ficar em pé.

Ele me ergueu.

— Vamos sentar, e aí eu quero que você monte em mim.

Fiquei imóvel, processando as coordenadas dele, mas sem saber ao certo como isso iria funcionar. Ele largou a calça jeans no chão. Seu pau grosso estava pronto, desavergonhadamente ereto. Ele ainda estava pensando em...?

— Achei que fôssemos...

O canto da boca dele se ergueu em um sorriso malicioso.

— Vou comer o seu cu hoje. Mas quero que você fique o mais confortável possível.

Demos a volta no sofá. Tomando cuidado para manter o equilíbrio, me acomodei confortavelmente nas pernas afastadas dele. O desejo em seus olhos foi o suficiente para me deixar sem fôlego. Eu sabia o que ele queria esta noite, mas meu corpo o queria em outros lugares. Lugares que eu sabia que me trariam prazer imensurável.

Ele tinha me prometido prazer, mas eu ainda não estava convencida de que era possível, para mim, ter prazer desse jeito.

— Vai doer — falei, minha expressão quase fazendo bico.

Ele pegou o frasco de lubrificante que eu não tinha reparado que estava sobre a mesa. Ele colocou uma quantidade generosa na mão e a espalhou no próprio pau. Ele era grande. E ficava ainda maior quando estava prestes a gozar dentro de mim. O tamanho dele era uma característica que nunca falhava em me dar prazer durante o sexo. Fazer com que tudo aquilo se encaixasse confortavelmente dentro do meu ânus era uma questão completamente diferente.

Meu queixo caiu ligeiramente e minha pulsação acelerou enquanto ele passava mais lubrificante na cabeça de seu pau.

Ele ergueu uma sobrancelha, parecendo notar minhas reações.

— Está vendo algo de que gosta?

Engoli em seco.

A expressão dele suavizou.

— Eu alguma vez machuquei você? De um jeito que você não ficou implorando por mais, no final?

Voltei meu olhar para a ereção lubrificada dele. Os ruídos de seus movimentos eram impossivelmente distrativos.

— Não — admiti.

Esta noite era prova disso. Eu fui submetida à palmatória como uma criança precoce e teria aguentado o dobro do castigo, se ele quisesse. Ele nunca agia errado conosco. Mesmo assim, a dúvida se instaurou em mim.

— Hoje não vai ser exceção. Vai ser intenso, mas você vai gostar. Vamos devagar e eu vou conversar com você durante o processo.

Eu não podia argumentar com aquilo. Eu estava preparada, completamente pronta para o alívio, e as palavras sacanas prometidas por ele podiam ser a cereja do bolo — se eu conseguisse aguentar. Minhas mãos estavam quentes nas minhas coxas. Eu as esfreguei nas pernas para cima e para baixo, ansiosa, repentinamente sem saber o que fazer com elas.

— Chegue mais perto. — Ele deslizou mais para baixo no sofá, enquanto eu me erguia mais para que o pau dele ficasse alinhado em um ângulo melhor. — Isso vai lhe dar mais controle.

Bufei.

— Não é o seu estilo.

— Tente não me lembrar disso.

Os olhos dele escureceram. Mordi o lábio, sem querer dar corda para uma vingança quando eu realmente precisava que ele fosse gentil e paciente comigo.

— Vamos devagar. Podemos até parar. Mas no final da noite, vou estar dentro do seu cu. Então se conforme com isso. O melhor que você pode fazer é tentar relaxar.

Assenti com a cabeça e me apeguei a um pequeno consolo; eu tinha oficialmente, uma palavra de segurança, mesmo que nunca tenha precisado usá-la.

Ele silenciou minhas preocupações silenciosas com um beijo suave.

— Quando terminarmos, você vai me perguntar por que nunca fizemos isso antes, prometo.

Suspirei.

— Você com certeza sabe como fazer uma mulher gelar.

Ele me explorou com os dedos, nos alinhando.

— Não se preocupe. Você vai estar bem quentinha em alguns minutos. — Massageando o gomo tenso entre minhas nádegas, ele pressionou com firmeza, buscando entrada. — Abra-se para mim — ordenou ele delicadamente.

Contra todos os instintos, relaxei os músculos, facilitando a passagem dele. Um dedo escorregadio, depois dois me distenderam com a mesma ardência deliciosa de antes. Fechei os olhos, me lembrando de como eu já tinha gozado forte quando ele estava dentro de mim desse jeito.

Podia ser assim? Antes que eu pudesse imaginar, ele enfiou a cabeça de seu pau um mero centímetro.

— Agora desça no meu pau, gostoso e devagar.

Minhas coxas tremeram. Lutei para me manter estável enquanto recebia mais dele. Senti como se estivéssemos nos movendo um milímetro a cada vez. Eu estava apavorada, mas não havia urgência nos olhos de Blake ou em sua linguagem corporal que me forçasse a acelerar meus movimentos. Depois de alguns minutos de progresso cauteloso, de alguma forma, eu me senti mais pronta para ele. No fim das contas, o plugue tinha marcado o território dele dentro de mim pelas últimas horas.

Meus pensamentos liquefeitos chegaram a essa conclusão, me deixando mais ousada. Desci um pouco mais, mas meus olhos se arregalaram com a primeira pontada de dor que fez tudo parar. Choraminguei com o desconforto e desfiz o progresso que tínhamos feito.

— Respire, Erica. Dê ao seu corpo uma chance de me aceitar.

Ele me manteve imóvel, com as mãos firmes em meus quadris. Ainda estávamos conectados. A dor tinha diminuído e ele me forçou a descer de volta, recuperando o progresso perdido. Inspirei hesitantemente, surpresa pela dor não ser tão forte quanto antes. O alívio logo foi substituído pela intensidade de estar preenchida, arrebatadoramente distendida. A dor ia e vinha, e desacelerávamos até que ela passasse, até que eu pudesse recuperar o fôlego e a coragem.

Os olhos de Blake se fecharam por um instante e a sobriedade contraiu os músculos de seu corpo. Ele os abriu, e seus olhos semiabertos varreram meu corpo.

— Mal posso esperar para estar inteiro dentro de você, Erica. Mal posso esperar para fazer você gozar.

O ar preencheu meus pulmões e meu corpo ficou relaxado com as promessas devassas dele. Com calma e determinação delicadas, ele me fez contrair em torno dele, da maneira que tinha acontecido com o plugue quando ele me batia com a palmatória. Só que isso era mais intenso e muito mais íntimo.

Ele segurou meu queixo, focando meu olhar nele.

— Olhe para mim. Me sinta. — Luxúria e tensão se espalharam pelo semblante dele. Ele me encarou intensamente. — Aos pouquinhos você está dando um pedaço de si para mim. Estou dentro de você da mesma maneira que você está dentro de mim.

Ele me abaixou em cima dele até que eu não achasse que ele podia me preencher mais. Lambi os lábios secos, incapaz de conter o tremor deles. O calor irradiava do meu coração, cobrindo minha pele com um desejo escaldante insuportável. Minhas mãos tremiam no peito dele, subindo e descendo com seus respiros ofegantes.

Meu coração ficou inchado e qualquer resistência final sucumbiu enquanto eu relaxava em torno dele. Eu achava que já o tinha recebido até o talo quando ele jogou os quadris para mim, penetrando até o final. *Puta merda.*

— Assim. — Ele soltou um suspirou trêmulo. Inclinando-se para frente, ele me beijou. Um beijo lento, bruto e penetrante. — Você está sempre dentro de mim, Erica.

Uma nova onda de calor me inundou, me deixando molhada de suor onde nossos corpos se tocavam, ou seja, em praticamente todos os lugares. Eu queria me mexer. Queria que ele cumprisse a promessa de prazer que já estava florescendo dentro de mim.

As mãos de Blake se moviam incansavelmente, me puxando apertado contra ele. Seus dentes rasparam em meu pescoço com beijos quentes e brutos. Tremi em cima dele.

— Puta merda — grunhiu ele.

A respiração dele fiou mais rápida, mas ele não estava se mexendo.

— Está tudo bem? — Minha voz era um sussurro. — O que você quer que eu faça?

— Você não precisa fazer nada. Só estou tentando ao máximo não gozar agora. A sensação é boa pra caralho.

Ele me abraçou apertado por um momento. Tentei relaxar, mas estava agitada demais. Atiçada demais. Desesperada demais para que ele me possuísse. Fechei os olhos, plenamente ciente dessa nova possessão dele.

Ele ficou parado e inspirou.

— Vou me mexer agora, mas não vou durar muito desse jeito. Agora que estou dentro de você, vai ser rápido e um pouco bruto.

Concordei com a cabeça, embriagada agora só de tesão e do amor e da confiança intoxicantes que eu sentia por Blake. Ele podia me levar a qualquer lugar, fazer qualquer coisa. Eu não sabia o que era limite mais, porque tudo se tornava um passo para ficar mais perto dele.

Passando os dedos pelo meu sexo, Blake puxou a umidade que tinha se empoçado entre minhas pernas para o meu clitóris. Ele começou a fazer movimentos lentos sobre o cerne enrijecido. O toque dele era delicado, mas a sensação era aguda. Meu corpo se contraiu com força em torno dele, elevando a intensidade de tudo. Me agarrei ao sofá atrás dele, precisando enfiar minhas unhas em alguma coisa. Blake soltou um palavrão e, então, saiu o suficiente de dentro de mim para conseguir penetrar de volta. Ele afundou dentro de mim com movimentos cautelosos que aumentavam em força e velocidade à medida que os segundos passavam. Uma sensação inteiramente nova e avassaladora do jeito que a intimidade com Blake sempre era.

Mordi o lábio, tentando me focar no prazer além da dor.

— Você está bem, gata?

As bochechas dele estavam coradas e sua voz, ofegante.

— Sim — choraminguei.

Ele olhou nos meus olhos, parecendo ouvir a hesitação em minha voz. Ele desacelerou e me ergueu o suficiente para escorregar o dedo do meu clitóris pulsando até a entrada do meu sexo até estar pressionando fundo.

Puxei o ar bruscamente. Súbita e deliciosamente preenchida, soltei um gritinho. Meus quadris se projetaram para frente, buscando mais. Fogo líquido queimava dentro de mim, passeando pelas minhas veias, crescendo e demandando oxigênio.

Eu me sentia tão... possuída.

— Melhor?

O estrondo grave da voz dele vibrou pelo meu corpo.

Gemi, tremendo — impossivelmente molhada, impossivelmente apertada em torno dele. Ele tinha razão. Nenhum de nós duraria muito desse jeito.

Nosso ritmo antes meticuloso aumentou para um compasso acelerado enquanto ele me fodia mais rápido e com mais força. Joguei a cabeça para trás com um gemido. A fricção era intensa, a queimação da entrada dele ainda perdurava, trazendo uma pontada inesperada de prazer. Eu estava perdendo o controle desse jeito. Meu cérebro se dispersou, todos os pensamentos desapareceram em um mar de gritos e súplicas e palavrões enquanto ele enterrava seu pau em mim repetidamente. Ele me penetrou ainda mais fundo com os dedos e a palma de sua mão massageava meu clitóris até eu ver estrelas.

Não havia escalada indolor até o topo do morro. O orgasmo emergiu de uma fonte que eu não conseguia identificar e se espalhou por mim. Possuída e preenchida e estimulada de mais jeitos que minha mente cansada podia compreender, eu gritei. Gozei forte, um prazer elétrico que disparava por cada membro, até os dedos dos pés e das mãos, que rasgavam o tecido atrás da cabeça de Blake.

— Caramba, gata. Assim mesmo — grunhiu ele.

Fraquejei, minhas pernas bambearam e meus sentidos estavam sobrecarregados. Os dedos dele deixaram meu corpo e ele assumiu o controle dos meus quadris, me sentando em seu pau escorregadio do jeito que queria. Ele usava as duas mãos e a força de seus quadris para me empalar. A tensão enrugou seu rosto.

— Nada nunca foi tão apertado assim. Apertado pra caralho.

A voz dele era rouca, descontrolada. Os rijos músculos abdominais dele se juntaram, revelando sua definição impressionante. Ele era lindo. Ele era meu. Eu era dele, inconfundivelmente dele, em todos os sentidos.

Me apertando com força contra seu corpo, Blake fez uma série de movimentos vigorosos, explodindo dentro de mim com um grito rouco.

Ficamos daquele jeito, moldados um ao outro juntinhos, tremendo com nosso alívio poderoso.

Provavelmente horas se passaram até que meu cérebro começou a funcionar racionalmente de novo.

— Meu Deus — suspirei.

Abri os olhos para o mundo como se tivesse acabado de acordar de um coma. Um coma obliterador de pensamentos induzido por sexo.

Ele deu uma risada. Sua respiração era fria na minha pele úmida.

— Bom?

— Hmm. — Emiti um ruído apreciativo afirmativo, olhando para ele com olhos sonolentos. — Devíamos ter feito isso antes.

Ele me beijou, e um sorriso satisfeito se curvou contra meus lábios.

— Eu falei.

***

Me demorei na cama no dia seguinte enquanto Blake colocava o trabalho em dia na sala de estar para que eu pudesse descansar. Eu estava prestes a pegar no sono de novo quando meu celular tocou. Era Daniel.

Não nos falávamos há semanas, mas eu estava esperando que ele entrasse em contato comigo novamente.

— Alô — atendi.

— Erica.

— Como estão as coisas?

Tentei parecer animada, mas minha voz ainda estava rouca da longa noite de festas e orgasmos.

Ele ficou em silêncio e meu estômago se contorceu de ansiedade.

— Preciso saber quem está vazando a informação. A imprensa está na minha cola. Eles começaram a fazer perguntas sobre Patricia.

A frustração e a determinação pesavam em suas palavras, o que me preocupava ainda mais.

Engoli em meio à secura da minha garganta.

— Eles têm nos cercado também. Mas eu já te disse, eu não sei.

— O que Blake diz?

Fiquei tensa, não gostando de ouvir o nome do meu noivo em nenhuma conversa com Daniel.

— Ele também não sabe.

Ele ficou em silêncio novamente.

— Agora já está à solta, Daniel. Você já não tem coisas suficientes para encarar sem uma vingança? Qual o propósito de tentar ir à caça de alguém?

— Porque eu quero saber quem está me custando esta campanha. Gostaria de ter uma chance de olhá-lo nos olhos.

Ele queria é a chance de enfiar uma bala entre eles, mais provavelmente. Comecei a me sentir enjoada por saber que aquilo podia ser muito bem do que ele estava atrás.

— Me conte.

— Eu te disse, não sei.

Tive dificuldade em manter a voz estável. Eu queria desesperadamente que ele acreditasse em mim.

— Só posso assumir que foi Blake, então.

A determinação na voz dele me despertou em um nível completamente diferente. Me sentei de supetão na cama, meu coração acelerando de medo.

— Não! — quase gritei. — Blake não tem nada a ver com isso.

Céus, tudo menos Blake novamente na mira dele.

— Quem, então? — gritou ele de volta.

Dei um pulo, apertando o celular.

— Não sei — insisti.

Eu não podia contar a ele. Como poderia? Eu não acreditava que Daniel não faria nada drástico. Eu odiava o que Richard fez comigo e com Marie, mas e se isso custasse a vida dele?

— Estou perdendo a paciência, Erica. Tenho meu jeito de conseguir informações. A opção mais fácil é você me contar.

O silêncio se prolongou entre nós e eu não consegui ignorar a sensação de que ele não iria deixar isso pra lá, provavelmente nunca. Cocei a testa, querendo afastar a dor de cabeça súbita que tinha ressurgido.

— Tenho medo — admiti. — Tenho medo de que você faça outra coisa terrível e que eu fique encurralada no meio. Não quero mais mentir para proteger você.

A verdade, finalmente. Palavras que eu queria dizer há muito tempo.

— A polícia entrou em contato com você de novo?

A voz dele era mais baixa agora e permeada por um tipo diferente de preocupação.

— Não, mas é apenas uma questão de tempo.

Ele fez outra pausa.

— E se eu garantisse a você que a vida de ninguém estaria em risco?

Eu não acreditaria em você.

— Não sei.

Aquelas pareciam ser as únicas palavras que eu sabia. Se eu continuasse a dizê-las, não tinha que dar a ele uma resposta real.

— Você nunca vai se ver livre de mim até que me dê uma porra de um nome. É Blake ou é outra pessoa. Você decide.

Não, não, não. Lágrimas se formaram em meus olhos. Por que ele estava fazendo isso comigo? Por que era tão ávido por vingança?

— Erica!

Reprimi o choro.

— Richard Craven.

— Quem?

— O nome dele é Richard Craven. Ele é repórter do *The Globe*.

Ele expirou audivelmente.

— Você contou para um maldito *repórter*?

— Não — respondi, irritada por ele pensar isso de mim.

— Então como é que ele descobriu, porra?

— Pare de gritar comigo! — berrei, incapaz de continuar aceitando esse interrogatório agressivo dele.

Eu o ouvi respirar do outro lado da linha.

— Explique para mim, por favor, como o repórter Richard Craven sabe que sou seu pai biológico — disse ele com mais calma, mas evidentemente se contendo.

Sequei uma lágrima com raiva e inspirei para me acalmar. Eu não fazia ideia de como explicar isso sem colocar Marie na reta. Isso eu não iria fazer. Eu queria acreditar que ele não machucaria uma pessoa tão próxima a mim, mas eu nunca tinha como ter certeza com ele. A bússola moral de Daniel tinha um norte bem diferente do meu. Mesmo assim, eu sabia que ele não deixaria isso pra lá sem algumas respostas e não queria que ele pensasse que eu mesma tinha vazado a informação. Por mais que eu não confiasse nele, eu também sabia que ele não confiava plenamente em mim.

— Ele está namorando uma velha amiga da minha mãe. Ela... — Fechei os olhos, torcendo para estar fazendo a coisa certa. — Ela tem sido como uma mãe para mim desde que minha mãe morreu. Ela sabe quem você é. Ela não queria machucar nenhum de nós. Ele a tem manipulado para conseguir informações sobre mim para prejudicar você.

— Quem é ela?

— Eu lhe dei o que você pediu e espero que você cumpra sua promessa. Não concordo com o que Richard fez tanto quanto você, mas não quero mais sangue em minhas mãos. Daniel, me prometa. Prometa que ninguém vai se machucar.

Um segundo depois, a linha ficou muda. Fiquei olhando para o celular, estupefata com o que tinha acabado de acontecer. Reprisei a conversa na minha cabeça, ressentindo tudo que acabara de dizer. No fim das contas, ele tinha me deixado sem nenhuma garantia.

Em algum lugar em meio às emoções desfocadas, eu senti alívio por ter poupado Blake da ira de Daniel. O alívio desapareceu rapidamente quando percebi que eu podia ter colocado a vida de outro homem em risco.

CAPÍTULO 15

MESMO APÓS A LIGAÇÃO PERTURBADORA de Daniel, eu consegui dormir e descansar pelo resto do fim de semana. A manhã de segunda-feira chegou rápido, e eu tentei ignorar o mal-estar latejante por ter posto Richard em perigo. De alguma forma...

Me escondi no Mocha para me esquivar de um repórter e pegar meu combustível matinal. Simone me deixou escapulir pela porta dos fundos e ir até a lateral do meu prédio, despercebida. Ao abrir a porta do escritório, congelei.

Meu coração batia freneticamente, e minhas mãos estavam úmidas com a imagem à minha frente.

Em nossa mesa de reuniões estava Sophia e, ao lado dela, o homem que vinha tentando meter o nariz na minha empresa há meses, Isaac Perry. Alli estava sentada de frente para eles, tensamente calada.

— O que está acontecendo aqui?

O alívio se espalhou pelo semblante de Alli quando nossos olhos se encontraram, rapidamente seguido pela preocupação. Ela se levantou e veio até mim.

— Eles estão aqui desde que abri o escritório hoje cedo. Não quiseram me dizer por quê. Disseram que tinham negócios a discutir e que você precisava estar aqui.

Dei a volta nela, encarando-os.

— O que vocês estão fazendo aqui? Deem o fora.

Isaac se levantou, parecendo bem mais hesitante que Sophia.

— Erica, sente-se para que possamos conversar.

Fiquei parada ao lado da mesa, ignorando o pedido dele.

— Fora.

Apontei na direção da porta, olhando para Sophia.

Ela se recostou despreocupadamente na cadeira que ocupava ao lado de Isaac. Estava usando um vestido preto com laterais brancas, suas pernas longas estavam cruzadas uma em cima da outra e uma caneta estava pressionada contra seus lábios curvados.

— Sente-se — disse ela secamente.

OK. Me larguei na ponta da mesa.

— Fale. Rápido.

Isaac respirou fundo.

— Em primeiro lugar, parabéns pela venda da empresa.

Fiquei imóvel.

— Como você sabia disso? — perguntei baixinho.

— Alex Hutchinson e eu temos trabalhado em nosso próprio negócio há um bom tempo. Viemos para a cidade na semana passada para acertar tudo.

Ele desviou os olhos, mas eu continuei encarando-o, tentando penetrá-lo com um olhar feito para matar.

— Que negócio?

Sophia se inclinou para frente, esparramando as unhas feitas na manicure na mesa.

— O negócio no qual o Perry Media Group adquiria o Clozpin, bem como outras empresas do domínio de Alex.

Meu estômago pesou tanto que foi parar no chão. Um enjoo se espalhou por mim.

Alli soltou um ruído de puro choque.

— Por que você faria isso?

Isaac pigarreou.

— Sei que isso parece chocante, mas esse negócio está sendo discutido há meses com Alex. Adquirir o Clozpin era um novo projeto, mas que fazia sentido para nós.

— Nós, quem? — perguntei.

— Minha empresa e Sophia. Ela tem um interesse pelo Clozpin e vai assumir um papel ativo na empresa. Remotamente, é claro, mas estamos aqui com frequência, então podemos nos encontrar tanto quanto você precisar.

Soltei uma risada cáustica. Isaac estava falando como Alex. Como se fosse apenas negócios, como de costume. Só que eu não tinha um relacionamento profissional com Isaac. Blake queria assim e, no fim das contas, eu apoiei a posição dele. E, definitivamente, eu não ia fazer negócios com Sophia.

— Vamos fazer algumas mudanças nas próximas semanas. — O olhar presunçoso de Sophia foi de encontro à expressão ainda chocada de Alli. — Alli, infelizmente, não poderemos manter você com essa transição. Sob circunstâncias normais, nós lhe daríamos duas semanas, mas, devido à natureza da aquisição, achamos melhor que você deixe a empresa efetivamente hoje.

Os olhos de Alli se arregalaram, seu queixo caiu ainda mais.

— Como é?

— Isaac já tem uma equipe de marketing completa. Seus serviços não são mais necessários.

Me levantei, as mãos esparramadas na mesa.

— Você não pode fazer isso. Tínhamos um acordo. Os funcionários ficam.

O olhar de Sophia se desviou para mim.

— Desculpe — gracejou ela, sem nenhum pingo de arrependimento. — Aquela cláusula não se aplica no caso de uma aquisição de terceiros. O Perry Media Group, nesse caso, é o terceiro. Você leu o contrato com atenção, Erica?

As palavras dela foram como um soco que fez o ar sair de mim. Entrei em guerra com os tremores de raiva que se espalhavam pelo meu corpo.

Ela tinha me fodido. Ela, Alex e Isaac. Todos eles tinham me fodido bonito. Tentei me recompor, tentei recuperar a dignidade e o queixo que tinha caído no chão, apesar de ter certeza de que ela tinha notado minha reação.

Se Alli estava fora, eu provavelmente seria a próxima. Ninguém me odiava mais do que Sophia e era óbvio que era ela — e não Isaac — quem estava comandando esse espetáculo.

— Então acho que isso significa que eu sou a próxima — falei, torcendo para me adiantar a ela.

Um sorriso contorceu a lateral do rosto dela. Ela bateu com as unhas na mesa.

— Ah, não. Queremos que você fique. Temos planos e você é exatamente quem queremos que os execute.

Voltei a me sentar. Não por me sentir derrotada, mas porque, naquele momento, eu não conseguiria me manter em pé por nada nesse mundo.

— Você só pode estar brincando.

A tensão pairou no ar entre nós. Eu não queria demonstrar fraqueza, mas supliquei silenciosamente para Isaac. O olhar que ele me retornou era quase dolorido, como se Sophia estivesse literalmente torcendo o braço dele atrás de suas costas, forçando-o a uma situação que só era agradável para ela. Eu não estava totalmente convencida, naquele momento, de que Sophia não era uma sádica por si só. Por mais que ela quisesse ser dominada por Blake, machucar os outros lhe parecia prazeroso.

— Vamos trazer novos funcionários, é claro. Pessoas da minha agência e da equipe de Isaac. Você vai trabalhar diretamente para eles para tirar do papel a nova visão do site — disse Sophia, uma autoridade presunçosa respingando de suas palavras.

Para eles. Para *ela*.

Dei uma olhada para ela, mas eu estava ficando amortecida. O ar estava pesado e o silêncio na sala era ensurdecedor. O sangue zunia nos meus ouvidos. Reparei vagamente em James e Chris sondando pelos bastidores a nossa conversa, esperando. Todos estavam olhando para mim, esperando que eu desse o próximo passo.

— Não posso fazer isso.

Minha voz era fraca, não a minha própria.

Eles não podiam me forçar a fazer isso.

— Você não tem ações de proprietária, Erica. Agora é uma empregada da empresa e acata o que dissermos.

Algo tinha estalado. Não era um soco no estômago, nem mesmo um tapa na cara. Fiquei sentada ali, despida. Eviscerada. A dor e o choque do que ela estava dizendo deram lugar a outra coisa. Realidade. As escolhas que eu tinha feito e a escolha que eu agora encarava. Sophia queria pisar em mim. Ela não podia ter Blake, então, em vez disso, estava buscando o prazer único de arruinar aquilo pelo qual eu tinha trabalhado tanto e me forçando a ajudá-la nisso.

— Você não vai ser superior a mim, Sophia.

O reconhecimento lançou uma sombra nos olhos dela.

— Bom, alguém tem que ser. Infelizmente, Blake me deixou em uma situação um tanto complicada quando deixou a agência. Fui forçada a diversificar. Isaac e eu ficamos ambos surpresos quando Alex nos contou como você estava receptiva a vender a empresa. Mas não se preocupe, o negócio está em boas mãos agora. Você vai ver de camarote.

Nem fodendo.

Empurrei a cadeira e me levantei.

— Não vou fazer parte disso. Não vou assistir você arruinar o que eu levei anos construindo.

Pela primeira vez desde que tinha entrado no escritório, Sophia demonstrou um indício de desprazer e seus olhos se estreitaram de leve.

— Você vai perder tudo se for embora agora.

— Talvez. Talvez essa seja a melhor carta que você tenha na mão, Sophia, mas deveria saber que não estou jogando o mesmo jogo que você. Não desse jeito.

Ela soltou uma risada breve.

— Você abriria mão de tudo assim, simplesmente?

— Assim, simplesmente — falei baixinho antes de me virar na direção do meu escritório.

Batalhei para encher os pulmões de ar, mas tudo que consegui foram arquejos rasos e perturbadores. Eu não conseguia acreditar no que estava acontecendo. Em uma questão de minutos, dias, tudo mudou irrevogavelmente. De todos os piores cenários possíveis, este era o maioral.

Fui até meu pequeno espaço segregado e fiquei em pé por um momento, analisando o conteúdo do meu computador. Nada disso era meu. Não mais. Pela primeira vez desde que eu conseguia me lembrar, nada disso importava. A papelada, as listas, a minha agenda do dia. Caramba, os post-its colados na minha mesa sem os quais eu normalmente não vivia. Nada daquilo importava se o Clozpin não fosse meu. Eu não estava sendo demitida da minha indústria vital. Estava deixando para trás uma era da minha vida que eu nunca, *nunca* mais iria recuperar. Mas que outra escolha eu tinha?

Fechei o laptop e o enfiei na bolsa juntamente com o porta-retrato que eu tinha de mim e de Blake.

— Erica, não faça isso. Queremos que você fique.

Dei uma olhada zangada para Isaac, que tinha se juntado a mim.

— É claro que querem. Para que vocês possam me forçar a ver Sophia arruinar tudo.

Fechei os olhos com força, desejando que as emoções fossem embora.

— Como você pôde fazer isso comigo? O que foi que eu fiz para você para merecer isso? Foi aquela noite... com Blake?

Sacudi a cabeça, incapaz de acreditar que o fato de Blake ter me defendido do comportamento terrível de Isaac aquela noite pudesse plantar uma semente de vingança tão grande nele.

— Eu já estava negociando com Alex antes mesmo de conhecer você. Eu estava interessado nesse mercado e esse é um dos motivos pelos quais eu queria me encontrar com você. Quando percebi que ele estava trabalhando em sua parceria, discutimos sobre lhe adicionar à aquisição. Eu sabia que você nunca venderia para mim diretamente e, baseado no nosso último encontro, eu sequer tinha certeza se você iria continuar com a parceria se soubesse que eu estava envolvido.

— Você tem razão. Eu não iria.

Os ombros dele se arcaram.

— Agora está feito. Vamos tirar o máximo proveito e descobrir como trabalhar juntos.

Por um segundo, eu acreditei que aquilo podia ser possível, até que o rosto terrível de Sophia apareceu na minha mente. Enfiei meus últimos pertences pessoais — bugigangas sem importância — na bolsa. Eu estava sendo impetuosa, quem sabe até irracional. Não tinha cabeça para ser normal ou lógica ou sequer sã. Todo meu mundo tinha virado de cabeça para baixo. O negócio que me manteve com os pés no chão por tanto tempo tinha sido arrancado de mim. Por mais que eu o quisesse de volta, eu não conseguia imaginar que isso fosse acontecer, dados os planos de Sophia.

Eu também não conseguia imaginar que Blake fosse querer isso para mim. A voz dele na minha cabeça oferecia o mais ínfimo consolo de que eu estava prestes a fazer a coisa certa.

— Impossível, Isaac. Eu lhe disse que não queria trabalhar com você semanas atrás e estava falando sério. Eu não confiava em você na época e com toda certeza não confio agora.

— Posso conversar com Sophia sobre trazer Alli de volta. Só vá para casa e se acalme e vamos começar do zero amanhã. Foi muita coisa para assimilar.

Dei a volta na mesa, odiando as lágrimas que enchiam meus olhos. Gostasse ou não, eu estava exposta. Ela tinha me ferido onde mais me doía e tinha feito isso bem em público.

— Não sei qual segredo seu ela sabe, Isaac, mas basta que ela esteja aqui. Ela se infiltrou na sua empresa e, agora, na minha. Você me ferrou nesse negócio. Você e Alex, e ela é a próxima na fila. Só que eu não vou dar a ela a chance.

Ele ficou me encarando por um instante.

— Você vai mesmo embora? Eu sabia que você ia ficar chateada, mas você não pode simplesmente nos abandonar assim. Alex queria que você ficasse, e eu também. Precisamos de você.

Por um segundo, eu quis ceder à súplica. Ser necessária na empresa era o que tinha me guiado por muito tempo. Era como uma criança, um bebê do qual eu tinha cuidado desde o comecinho, quando nenhum de nós era nada. Eu não estava apenas me afastando de Isaac e Sophia e de toda essa situação fodida. Estava me afastando da minha cria.

Engoli as emoções que ameaçavam escorrer dos meus olhos.

— Boa sorte, Isaac. Você vai precisar.

Sequei uma lágrima errante antes de sair na área principal. Fui embora rapidamente, Alli logo atrás, sem dar outra olhada a Sophia.

Eu tinha que sair dali. Não conseguia andar rápido o suficiente. Eu tinha que ir antes que mudasse de ideia, antes que desse a Sophia a satisfação de saber que ela tinha vencido. Eu não ia jogar esse jogo com ela.

Fui para a rua. O ar parecia diferente. O barulho dos carros passando era estranho. Ressenti o aroma de café que maculou o ar quando um cliente saiu do Mocha. Nada disso era meu. Eu não pertencia mais a esse lugar e nunca pertenceria a essa parte da minha vida de novo.

— O que fazemos agora?

A voz triste de Alli penetrou na minha dormência.

O Escalade estava estacionado do outro lado da rua, com Clay esperando no banco do motorista, mexendo no celular. Olhando para um lado e para outro da rua, eu não fazia ideia de para onde ir, em qual direção me mover.

Eu precisava andar. Precisava de ar. De uma bebida forte. De um abraço. De tudo isso.

— Não sei — falei, finalmente.

— Você fazia ideia de que Sophia estava envolvida no negócio?

Como é que eu podia imaginar? Reprisei cada momento na minha cabeça, buscando por alguma pista que poderia ter sugerido isso.

— Alex não me deu nenhum indício. Tudo eram flores e arco-íris. Um negócio que daria certo para nós dois. Deu certo para todo mundo, menos para mim, eu acho.

— E para mim, não esqueça. Não que eu fosse querer ficar sem você, Erica, mas o que eu fiz para merecer isso? Eu sei que ela odeia você, mas nossos caminhos já se cruzaram antes e eu nunca tinha visto esse tipo de veneno. Estou completamente às escuras.

Dei uma olhada vazia para ela.

— Heath.

Ela meneou a cabeça.

— Mas ela e Heath são amigos.

— Ele deu a notícia sobre ele e Blake retirarem o investimento da agência dela.

— Ela me mandou embora porque Heath foi o portador das más notícias?

— Não.

Contraí o maxilar, sem querer contar mais a ela. Ela e Heath tinham problemas suficientes para superar sem que eu jogasse mais um fantasma do passado dele sob o holofote.

Ela se aproximou, encostando seu pequeno corpo no meu.

— Me conte.

— Pergunte a Heath sobre ela. Tenho certeza de que ele pode lhe contar mais do que eu.

— Erica, estou parada aqui na rua, despedida de uma empresa na qual pus eu coração e minha alma, assim como você. Não me diga para ir conversar com Heath sobre isso. Se você sabe de algo sobre ela que eu deveria saber, me conte.

Puta merda. Eu não queria falar sobre isso agora. Eu tinha mil coisas passando pela minha cabeça e revelar o possível interlúdio de Heath com Sophia anos atrás não era algo que eu queria compartilhar com minha melhor amiga.

— Erica, por favor.

Os olhos de Alli estavam arregalados e a maneira vacilante como ela disse meu nome me disse que ela estava a instantes de chorar. Nós duas estávamos.

— Eles têm uma história, Alli.

Ela soltou um pequeno ruído de choque.

— O... o quê?

— Blake cuidou de Heath por um tempo, durante uns tempos difíceis. Você sabe disso. Sophia também estava envolvida com drogas. Eles festavam juntos e Blake não tem certeza, porque nenhum dos dois admitiu, mas ele acha que talvez eles tenham ficado antes de Blake mandá-los para a clínica de reabilitação. E quando Sophia saiu, Blake a deixou. Talvez tenha sido por isso, mas ele tinha vários motivos. Ela permaneceu próxima de Heath e, obviamente, eles dois investiram na empresa dela para ajudá-la a decolar. Um prêmio de consolação por Blake ter partido o coração dela, suponho. Mas estou começando a me perguntar se ela ficou próxima de Heath só para ter uma via de acesso a Blake. Ele faria qualquer coisa por Heath e ela banca a vítima muito bem quando quer...

Os olhos de Alli se estreitaram e lágrimas ameaçaram surgir.

— Se eles se pegaram em algum momento, por que ele não me contaria? Ele me apresentou para ela em Nova York como se eles fossem velhos amigos.

— Eles eram. Eu sinceramente não sei o que aconteceu entre eles. Só eles sabem. E se havia algo mais que amizade, tenho certeza de que Heath não queria machucar você contando.

Fechei os olhos. Blake tinha feito o mesmo por mim. Me poupado dos detalhes do passado para poupar meus sentimentos. Como uma idiota, eu fui atrás deles mesmo assim. Eu aprendi muito desenterrando o passado dele? Talvez não. Talvez houvesse um bem maior em deixar os detalhes sórdidos pairando no ar.

— Parece que eu me machuquei de qualquer forma. Sophia não via a hora de me botar para fora de lá.

Alli envolveu o próprio corpo com os braços.

Eu queria fazer a mesma coisa. Queria me encolher e desaparecer no concreto. Queria não sentir nada — nem um pedacinho do que aquela mulher vingativa estava nos fazendo passar.

— Não consigo acreditar que você pediu a conta — disse Alli baixinho, me trazendo de volta ao presente quando eu já tinha desistido.

Dei de ombros, me rendendo ao que tinha se desenrolado na última hora.

— Eu não tinha outra escolha.

Fiquei olhando para meus pés. Alli veio até mim e me apertou com força.

— Vamos superar isso. Neste momento, não parece que vamos. Mas tenho que acreditar que amanhã vai parecer um pouco menos horrível.

Eu a abracei mais forte e lutei contra as lágrimas, sem querer desmoronar onde Sophia talvez ainda pudesse nos ver. Iríamos superar isso. Certo?

Alli se afastou e secou as lágrimas que escorriam em suas bochechas.

— Certo. Meu Deus, preciso me recompor. Vamos conversar amanhã, mas me ligue se precisar de qualquer coisa hoje à noite, tá? Preciso ir para casa e tentar resolver tudo isso.

— Ligo, sim. E me desculpe, só para constar. O que, infelizmente, não significa muito agora.

Fiquei olhando para o chão, querendo que ele me engolisse e levasse tudo isso embora.

— Não precisa se desculpar, Erica. Por favor, não se culpe por isso. Vá para casa e converse com Blake. Talvez a gente consiga encontrar uma saída.

Ela me deu um sorriso triste e se virou, indo na direção de sua casa.

Aparentemente paralisada pelos eventos da tarde, remexi na bolsa até encontrar o celular. Liguei para Alex e comecei a descer a rua. A recepcionista dele atendeu e eu pedi para falar com ele.

— O sr. Hutchinson não está disponível no momento.

— Diga a ele que é Erica Hathaway e que eu vou ficar ligando o dia todo se precisar. Coloque-o na linha.

— Um momento, por favor — resmungou ela em um tom agitado.

Um minuto depois, ele atendeu.

— Erica.

Alex teve a decência de soar um pouco hesitante em seu cumprimento.

— Você vendeu minha empresa para Isaac Perry. É isso mesmo?

Ele suspirou.

— Sim, eu me encontrei com ele depois de você na sexta.

— Bom, ele e sua parceira Sophia Devereaux despediram minha diretora de marketing na lata.

Ele ficou em silêncio por um instante.

— Eu não sabia que isso estava nos planos deles. Ficou claro que você queria que a equipe ficasse.

— Não se trata do que eu quero. Trata-se de vingança.

— Não para mim. Não se trata disso.

— Então do que se trata?

Angariei toda minha energia para não gritar com ele no telefone.

Ele fez uma pausa.

— São negócios, Erica. Trata-se de criar oportunidades e lucrar. Empresas trocam de mãos todos os dias. Entendo que o processo foi emocional para você...

— Vá se foder, Alex.

Eu não consegui mais me segurar. O tom condescendente dele. Como se a única razão pela qual eu estava me desmontando agora fosse porque eu era uma mulher super sensível, brincando em um universo masculino.

— São só *negócios* — disse ele indiferentemente.

— Negócios, é? E a moral? E a ética?

— Não fiz nada antiético. Fiz um negócio honesto.

— Você me enganou. Você não revelou informações críticas que fizeram com que minha melhor amiga e eu ficássemos desempregadas no momento.

— Você saiu?

— Sim, eu saí.

Que outra escolha eu tinha? Ficar ali e receber ordens da ex-namorada diabólica do meu noivo? Não nesta vida.

Ele suspirou alto.

— Não há nada que eu possa fazer agora, Erica. Lamento esse seu desfecho. As coisas são assim.

— Que ótimo, Alex. Um prazer fazer negócios com você.

Desliguei, sabendo que se eu ficasse no telefone com ele, perderia o controle. Eu já me arrependia de metade das coisas que tinha dito. Meu desespero por encontrar uma saída desse pesadelo me fez parecer emotiva e vulnerável. O problema era que ele simplesmente não se importava. Não do jeito que Blake ou as pessoas que me rodeavam se importariam.

Andei algumas quadras, sem saber para onde estava indo, sem um rumo definido. Com mãos trêmulas, liguei para Blake. Ele atendeu depois do primeiro toque.

— Alô?

Meu lábio tremeu enquanto eu procurava as palavras para explicar o que tinha acabado de acontecer.

Aí as lágrimas começaram a cair. Tudo que o orgulho tinha engaiolado dentro de mim estava escapando. Eu estava tombando e precisava de um lugar macio para cair.

— Erica, você está bem? Fale comigo.

Suprimi um soluço, querendo desmoronar com o som da voz dele.

— Preciso de você.

CAPÍTULO 16

Depois de duas horas chorando sem parar e um copo e meio do uísque mais caro de Blake, a raiva tinha se transformado em um tipo de desesperança dormente. Blake me abraçou e me prometeu que iríamos superar tudo. Ele ficou andando pela sala de estar, volta e meia olhando para o celular, como se estivesse se contendo para não tomar uma atitude a qualquer momento.

— Vou foder com ele — murmurou ele.

Sob outras circunstâncias, talvez eu tivesse pena da pessoa que Blake queria arruinar, mas não hoje. *Vá em frente*. Mas lá no fundo eu sabia que não havia nada a ser feito. Mesmo em meio à névoa de cansaço da minha mente, eu sabia que Isaac não tinha investido todo aquele dinheiro em um negócio só para que seus advogados deixassem uma brecha conveniente para que eu tomasse alguma coisa de volta. Não, ele tapou todos os buracos. Do jeito que homens como Blake sempre faziam.

— Para que se dar ao trabalho? Ele já gastou muito do nosso tempo.

Dei de ombros quase imperceptivelmente enquanto estava jogada no sofá.

— Porque ele merece.

— São só negócios — cantarolei baixinho, imitando as palavras de Alex. Só que não havia nada de divertido ou bonitinho na situação em que ele me deixou. E eu o odiava por isso.

Levei o copo aos lábios, plenamente ciente de que quanto mais eu bebia, menos eu o odiava.

Blake se aproximou e pegou meu copo.

— Você já bebeu demais.

Dei um tapa no sofá.

— Tenho uma longa lista de merdas neste momento. Não me faça acrescentar você a ela.

— Você mesma vai estar na sua lista de merdas amanhã se não pegar leve. Vou buscar água para você.

Me afundei no sofá, derrotada. Completamente derrotada. Eu queria encher a cara até não conseguir pensar mais no dia de hoje. Se eu não podia deletar permanentemente o rosto de Sophia da minha mente, queria embaçá-lo totalmente pelas próximas horas.

Blake voltou com um copo de água. Torci o nariz para ele, mas o segurei obedientemente no colo. Ele se sentou na mesinha de centro de frente para mim, emoldurando minhas pernas com as dele.

— Posso comprar de volta — disse ele casualmente.

Fiquei olhando para ele, confusa.

— Por quê?

— Porque a empresa deveria ser sua.

— Mas eu vendi.

— Então vamos comprar de volta. Posso fazer a Isaac uma oferta que ele não pode recusar.

Meus olhos se arregalaram.

— Não gosto de como isso soa.

Isso suavizou a carranca que enrugou o rosto dele boa parte da noite. Ele acariciou meu joelho com o polegar.

— Não se preocupe, não uso os métodos de Daniel.

Meneei a cabeça, sem querer pensar nisso além de tudo que tinha dado horrivelmente errado nos últimos tempos.

— Não vale a pena, Blake. Eu vendi. Ele disse que genuinamente queria a empresa. Então... agora ele a tem. — Suspirei, assimilando a realidade de que ser dona da empresa estava oficialmente no passado. — Ao menos recebi o pagamento em dinheiro. Posso pagar você de volta agora. Eu queria dar a mim mesma mais liberdade para fazer coisas novas, então agora só preciso descobrir o que fazer com essa liberdade. Irônico, hein?

Blake soltou um grunhido frustrado.

— Pela centésima vez, você não precisa me pagar. É uma questão discutível. Em breve estaremos compartilhando nossos bens. Não se trata de dinheiro e você sabe disso.

— A empresa sempre foi mais do que dinheiro. Mas... — Mordi o lábio, fechando os olhos. Tudo se foi, não havia mais nada agora. — Preciso aprender a me desapegar. Tenho que descobrir como recomeçar.

Abri meus olhos ardentes e vi o ressentimento que ambos compartilhávamos nos dele. Aquilo me rasgou, as emoções dele validando as minhas próprias. Nada machucava tanto quanto uma traição, ou se encontrar derrubada no chão porque você foi cega demais para ver o que iria acontecer.

Eu não conseguia evitar o sentimento de que Sophia tinha vencido e que eu estava impotente para mudar isso.

***

Os dias seguintes se passaram sem incidentes. Blake tirou alguns dias de folga para ficar comigo, para garantir que eu não ficasse catatônica, mesmo que tudo dentro de mim quisesse isso. Mas, eventualmente, o trabalho o chamou de volta ao escritório. Ele tinha responsabilidades. Propósito. Duas coisas que me faltavam agora.

Alli ligou. Muitas pessoas ligaram. Até mesmo Marie, mas as ligações de Alli eram as únicas que eu atendia. Eu não conseguiria suportar repetir a história às pessoas. Ouvir suas reações de pena. Perguntas de como eu estava agora. Alli era a única que entendia pelo que eu estava passando.

— Teve alguma notícia? — perguntei.

— Conversei com James ontem à noite. Parece que Sid saiu.

— Ótimo — murmurei, cutucando o rasgo no meu jeans.

— James ficou porque precisa do emprego agora, então está dando um tempo.

Concordei com a cabeça.

— Não posso culpá-lo. É uma situação caótica.

— Nem fale. Eu realmente acho que eles não esperavam que você fosse sair, Erica.

Ninguém estava mais surpreso do que eu mesma.

— Você conversou com Heath? — perguntei, hesitante.

— Sim.

Esperei que ela contasse mais. Não queria pressioná-la se ela não quisesse conversar sobre isso. Era um problema deles.

— Vocês estão bem?

— Estamos. Conversamos. Muito. Depois eu conto. Não importa muito agora.

— Está bem — falei, contente por parar ali.

— Marie me ligou. Ela ficou preocupada porque você não estava atendendo as ligações dela e disseram que você não estava mais no escritório.

Fechei os olhos, incapaz de imaginar encarar Marie e adicionar mais uma coisa dolorosa ao monte de cinzas que minha vida tinha se tornado. Eu não queria pensar na barreira invisível que tinha se erguido entre nós. O fato de ela saber que eu estava brava com ela e minha falta de disposição em deixar pra lá. Eu não sabia ao certo como iríamos superar isso. Por mais que eu quisesse me apegar ao meu ressentimento, eu queria que ela admitisse que Richard a estava usando e machucando a nós duas. Talvez ela admitisse. Talvez tivesse passado tempo suficiente.

— Vou mandar uma mensagem para ela — falei finalmente.

— Você deveria ligar para ela, Erica. Ela está muito preocupada.

— Você contou a ela sobre a empresa?

— Sim, concluí que você não iria se importar.

— Eu preferia que outra pessoa contasse mesmo. Talvez eu até conte a um dos repórteres para que eles espalhem para todo o mundo. Nunca quero ter que contar essa história.

— Erica...

Engoli as lágrimas. Eu não odiava muitas pessoas. Não tinha espaço no meu coração para isso, mas tinha criado um especial para Sophia, Isaac e Alex. Um lugar impossível de tocar pelo perdão ou pela pena. Um lugar que não podia ser apagado com o tempo. Eu nunca os perdoaria. Nunca.

— Preciso ir.

Ela ficou quieta.

— Tudo bem. Me ligue se precisar.

— Vou ligar. Obrigada.

Desliguei e imediatamente comecei a chorar até pegar no sono.

***

No quinto dia, concluí que precisava sair do apartamento. Eu estava um caco e precisava retornar ao mundo, mesmo que fosse de leve.

Caminhei pela rua, me acomodei em um banco e fiquei observando as pessoas por mais ou menos uma hora. Do outro lado da rua, as pessoas entravam e saíam do mercado. Entrando com as mãos vazias e saindo com sacolas cheias de comida e vinho.

Estávamos vivendo de *deliveries* e dos projetos gastronômicos às vezes bem-sucedidos de Blake. Eu estava ávida por uma refeição caseira. Me sentia vazia em tantos sentidos e, de alguma forma, fiquei me perguntando se um monte de massa poderia preencher essas lacunas. Ao menos por uma ou duas horas.

Uma pontada de tristeza me atingiu quando pensei em minha mãe. Talvez fosse dela que eu precisava, mas tinha que me contentar em recriar um de seus pratos deliciosos. Atravessei a rua e me dediquei a comprar todos os ingredientes das minhas receitas preferidas que ela tinha me ensinado. Eu tinha mais sacolas do que conseguia carregar confortavelmente. Quando meu celular tocou, soltei um palavrão.

Parei na beirada da calçada e coloquei as sacolas no chão para remexer na bolsa. O número era local, mas eu não o reconhecia.

— Alô?

— Erica?

Uma voz familiar me cumprimentou, mas eu não consegui identificá-la.

— Quem é?

— Richard.

Meu maxilar se apertou, meu estômago se contraiu.

— Richard Craven?

— Eu sei quem você é. Você é o motivo pelo qual eu tenho tido que me desvencilhar de jornalistas nas últimas duas semanas.

— Certo. Sinto muito por isso.

— Sente?

Ele suspirou.

— Ouça, eu estava pensando se podíamos conversar.

— Não.

Meu tom era ácido puro.

— Me escute.

— Não vou dar a você uma entrevista exclusiva, se é disso que você está atrás. Nem a você, nem a ninguém. Encontre outra pessoa para lhe dar a história que você procura.

— Já tenho.

O nó no meu estômago cresceu em tamanho, formando uma pequena pedra.

— É mesmo?

Mantive a voz estável, sem querer revelar minha preocupação.

— Quero conversar sobre o seu pai.

— Não tenho nada a dizer sobre Daniel — falei baixinho, mas com firmeza.

— Tenho informações que você pode achar interessantes. Talvez você mude de ideia.

Meneei a cabeça. Como se qualquer história sobre Daniel fosse me chocar.

— Vamos nos encontrar?

Se ele tivesse uma história, eu a leria nos jornais, mas não ia participar dela.

Talvez eu já estivesse destinada, contudo.

— Só dez minutinhos — pressionou ele.

Xinguei em silêncio.

— Está bem, dez minutos. É tudo que você vai ter.

— É só disso que preciso. Pode ser hoje?

— Minha agenda está totalmente aberta.

Senti um pequeno prazer por minha piada interna.

— Ótimo. Há um pequeno bistrô ótimo na frente do jornal. *Famiglia*.

— Está bem. Estarei lá em uma hora.

Mais ou menos uma hora depois, desci na estação de metrô mais próxima do meu destino. Blake tinha dado a Clay uma folga muito merecida. Eu não estava saindo muito de qualquer forma, então não me importei. Agora que eu tinha saído, estava curtindo o momento de liberdade. Eu não podia ser mais livre que isso, aparentemente. Ninguém me vigiava. Ninguém precisava de mim.

Ninguém tinha me dito que a sensação de liberdade podia ser tão vazia.

Ignorando o sentimento, caminhei a passos rápidos até o restaurante e meu celular tocou, acendendo com o rosto de Blake. Atendi.

— Oi, você quer que eu pegue alguma coisa para comer no caminho para casa?

— Não, eu comprei comida.

Um carro buzinou atrás de mim.

— Onde você está?

— Vou me encontrar com Richard. Ele me ligou. Disse que quer conversar.

— Tem certeza de que é uma boa ideia?

— Não totalmente. Tenho certeza de que ele só quer sondar informações, mas tenho algumas palavras escolhidas a dedo para ele.

— Tome cuidado. Ele é um repórter. Vai usar qualquer coisa que você diga e deturpá-la. Você já está visada o bastante.

— Eu sei. Não planejo dizer mais que algumas dissílabas.

— Muito bem. Onde você vai encontrá-lo?

O restaurante estava bem em frente.

— Em um restaurante italiano na frente do escritório dele.

— É seguro?

Dei uma olhada em volta. Pessoas caminhavam na rua do mesmo jeito despreocupado que faziam do nosso lado da cidade.

— Está tudo bem, Blake. É uma região movimentada e estou em plena luz do dia.

— Tudo bem, tenho que terminar algumas coisas aqui. Passo aí quando tiver terminado para pegar você.

Meu celular bipou.

— Estou recebendo outra ligação. Te vejo depois.

— Ligo quando chegar aí.

Afastei o celular e vi o nome de Daniel na tela.

Merda. Que timing impecável. Considerei ignorar a ligação, mas fiquei com receio de que ele simplesmente continuasse ligando.

— Daniel.

Engoli em seco e tentei parecer firme.

— Onde você está? — latiu ele.

Fiquei tensa, lembrando-me da ira dele na última vez que conversamos.

— Acho que eu disse a você para parar de gritar comigo.

— Não tenho tempo para discutir boas maneiras, Erica. Onde é que você está, porra?

Comecei a perder a calma. Eu estava furiosa, mas também estava assustada. Olhei para os dois lados da rua, repentinamente petrificada que ele pudesse descobrir onde eu estava.

— Agora não é uma boa hora — falei rapidamente.

— Erica, você está...

Desliguei o celular e coloquei no silencioso, largando-o novamente na bolsa. Eu não ia contar a ele onde estava de jeito nenhum. Não precisava mesmo que ele e seu braço-direito Connor aparecessem no restaurante para confrontar Richard. Fechei os olhos e perguntei a mim mesma por que eu me importava, por que eu ainda deixava que ele fizesse parte da minha vida. Eu ficaria melhor sem ele. Assim como minha mãe queria. Por que ninguém fez um resumo sobre ele antes de eu estupidamente começar a procurá-lo?

Minha bolsa vibrou de novo. Eu sabia que era Daniel. Ele só se importava com sua campanha. Tudo que tinha feito era me machucar. Física e emocionalmente, ele tinha feito da minha vida um inferno. Mesmo assim, cá estava eu, sondando Richard para encontrar alguma coisa que pudesse prejudicar Daniel ou comprometer sua liberdade.

Peguei na maçaneta da porta do restaurante, decidida a afastar os pensamentos em Daniel da minha mente. Avistei o perfil de Richard à minha frente. Ele estava segurando o celular na orelha. Me aproximei, sem me importar se estava interrompendo. Me largando na cadeira de frente para ele, lancei um olhar desafiador. Sem esboçar nenhuma emoção, ele olhou para a janela da frente, repetindo o nome do restaurante para quem quer que fosse que estava do outro lado da linha.

— Até mais.

Ele desligou e colocou o celular na mesa entre nós.

— Nos encontramos de novo.

— O que você quer? — ralhei, deixando claro que eu não estava nem um pouco impressionada com ele e por como ele tinha magoado uma das minhas melhores amigas para subir na carreira.

— Não estou aqui para brigar. Só quero lhe fazer algumas perguntas.

Soltei uma risada breve.

— Certo. Para o seu governo, não tenho nada a dizer a você.

— Eu tinha a impressão de que você ia dizer isso. Então por que você está aqui?

Me inclinei para frente.

— Quero saber como você consegue dormir à noite.

Os olhos dele se estreitaram.

— Ouça, só quero a verdade.

— Então você manipula uma pessoa que eu amo para obter informações? Que tipo de pessoa faz isso?

Ele suspirou e beliscou a ponta do nariz.

— Eu gosto de Marie.

— Para alguém que quer a verdade, você é cheio de conversa fiada. Ela ao menos sabe o que você fez?

Ele contraiu o maxilar, evitando meus olhos.

— Nós conversamos.

— E?

Esperei. Eu queria que ele me dissesse que tinha revelado quem realmente era para ela. Mas se ele tivesse, ele a teria destruído também. Eu não conseguia esquecer a expressão magoada no rosto dela quando denunciei Richard. Ela o amava.

— Não surpreendentemente, ela não entendeu meus motivos ou minhas obrigações como membro da mídia.

— E as suas obrigações como pessoa decente? Marie é uma pessoa boa e gentil e você provavelmente partiu o coração dela. Pelo quê? Por uma história?

Ele meneou a cabeça e olhou para além de mim.

— Olha, eu sei que há mais sobre Daniel Fitzgerald do que os olhos veem. Ele se desvencilhou de todas as grandes controvérsias que recaíram sobre ele nos últimos dez anos e ninguém vasculha muito quando se trata desse cara. Quero saber por que e vou descobrir.

Fiquei olhando para ele, com os lábios cerrados em uma linha apertada. Ele não ia arrancar nada de mim.

Richard se inclinou para frente, como se estivesse se preparando para me convencer de alguma coisa.

— Você surgiu na vida de Daniel do nada, certo? Semanas depois, o enteado dele morre. Suicídio aparente. E ele está prosseguindo com a campanha como se nada tivesse acontecido.

— Ele é um político. Você faz ideia de quantas pessoas eles prestam contas, quanto dinheiro eles investem nessas coisas? São anos de gastos.

Ele meneou a cabeça.

— Não, há mais coisas nessa história. A polícia sabe de alguma coisa e tenho a impressão de que você também.

Meu coração acelerou com a menção da polícia. Richard enchendo o saco era uma coisa, mas por mais que eu respeitasse a lei, eu morria de medo por ter mentido para acobertar os crimes de Daniel.

— Erica, esta é a sua última chance.

Meu olhar questionador encarou o dele.

— Última chance de quê, exatamente?

— De contar a verdade. Ele vai desabar. Você precisa perguntar a si mesma se quer deixar que ele a carregue consigo. Entendo que ele é seu pai, mas até onde você está disposta a ir para protegê-lo?

Fiz uma careta.

— Você não tem nada que o incrimine. Ou a mim. Ele é meu pai. E daí?

Ele sorriu e meu estômago revirou.

— Tenho muito mais que isso, meu bem.

— Então por que ele não está na prisão?

Torci para que ele não conseguisse ouvir a histeria crescente na minha voz. O que mais ele poderia saber?

— Tenho pesquisado as conexões dele. Feito contatos.

— E?

Prendi a respiração, me perguntando quanto Richard acabaria revelando para mim para me forçar a falar.

— Encontrei uma pessoa.

Prendi a respiração.

— Quem?

— Uma pessoa do círculo profissional dele em Southie que quer falar. Na verdade, vou encontrá-lo assim que terminarmos aqui. Ele tem informações sobre o que aconteceu na noite em que Mark McLeod morreu.

Meu coração batia alto nos meus ouvidos, abafando o murmúrio silencioso do restaurante.

— Então, é como eu disse. Esta pode ser sua última chance.

— Isso não tem nada a ver comigo.

Eu gostaria que isso fosse verdade. Não queria ter nada a ver com o que Daniel tinha feito. Eu não lamentava o fato de Mark ter morrido, mas não queria saber de mais nada sobre isso. Eu não queria andar por aí sabendo que talvez ele tivesse morrido por minha causa e que eu tinha mentido para manter Daniel a salvo da justiça.

— Isso tem tudo a ver com você. Fui repórter minha vida inteira e esse caso tem seu nome brilhando em neon. Fale comigo, cacete.

O som do meu celular vibrando na bolsa me distraiu do meu pânico crescente.

— Tenho que ir. Boa sorte, Richard.

Me levantei às pressas. Ele gritou o meu nome, mas eu não queria ter mais nada a ver com isso. Eu não ia ajudá-lo. E uma parte insana de mim queria ajudar Daniel.

Saí do bistrô e parei no meio da calçada. Dei uma olhada na rua à procura de um táxi para me levar para longe dali, mas meus olhos se fixaram em um homem do outro lado da rua. Ele era alto e musculoso, uma boina cinza desbotada sombreava seu rosto.

Nossos olhares se fixaram um no outro. Eu o conhecia. Ergui as sobrancelhas e tentei identificá-lo.

— Erica, espere.

Richard estava ao meu lado, mas eu não conseguia tirar os olhos daquele homem. Ele não estava em seu habitat natural, mas os olhos dele estavam colados em mim. Ele também devia me conhecer, mas como...

Antes que eu pudesse encaixar todas as peças, ele ergueu as mãos à minha frente, e o metal de uma arma segurada com firmeza reluziu em suas mãos.

Não.

Minha boca se abriu em um grito silencioso, mas não consegui me mover rápido o suficiente. O ruído alto dos tiros ecoou pelo ar.

Uma dor explosiva me rasgou. O mundo congelou.

Eu não fazia ideia de quanto tinha me machucado, pois tudo que eu via era sangue. Eu estava ensopada. Caí de joelhos.

Ó Deus. Isso não está acontecendo. Isso *não é real.*

A rua virou um caos. O borrão de rostos apavorados correndo do perigo. O barulho. Gritos e mais tiros e o ruído de um carro. Mais comoção na rua e vozes raivosas de homens.

Coloquei as mãos trêmulas nas partes da minha barriga que radiavam dor.

Richard estava deitado imóvel ao meu lado. Mais sangue.

Minha cabeça nadava e eu caí de lado na calçada. Com minha força diminuindo, apertei os dentes, tentando me segurar para esperar ajuda.

— Erica!

Como os braços de um anjo, os braços de Blake me envolveram. Com uma velocidade cautelosa, ele me ergueu e me levou para dentro do restaurante. Ele me deitou no chão acarpetado nos fundos do bistrô. A tensão que eu estava prendendo diluiu e eu segurei a mão dele quando ele me tocou. Eu a apertei com força, sem querer largá-lo.

— Estou com você, gata. Tudo vai ficar bem. A ajuda está chegando.

A voz dele parecia estranha, como se ele não acreditasse nas próprias palavras. Olhei nos olhos dele, me fixando naquele único ponto, mas a dor ali era quase tão insuportável quanto a dor que pulsava pelo meu corpo. Ele se livrou da minha mão e ergueu minha blusa até acima do sutiã.

Ele soltou o ar em uma lufada apressada.

— Puta merda.

Ele tirou a camiseta e pressionou o tecido com força na minha barriga. Gritei. Ele me silenciou, sem nunca tirar as mãos de mim ou diminuir a pressão.

— Você está bem — repetiu ele.

Eu queria acreditar nele. Fechei os olhos, me sentindo mais fraca a cada segundo que passava.

A mão quente de Blake segurou meu rosto. Quente, ele era tão quente.

— Olhe para mim, gata. Mantenha os olhos abertos.

Abri os olhos até a metade. De alguma forma, era o máximo que eles conseguiam. Tudo parecia mais lento, o ar que preenchia meus pulmões, a batida do meu coração. O caos em torno de nós se movia em câmera lenta, um borrão de ruídos e atividades. Mas ele era tudo que eu conseguia ver, a única voz que eu podia ouvir.

O peso da dor tinha diminuído e meu corpo parecia mais leve em sua fraqueza.

Usando toda minha força, levei a mão ao rosto dele.

— Blake... Eu te amo.

Eu não reconhecia minha própria voz, mas sentia as palavras em meu coração. Eu amava esse homem. Com cada grama do meu ser, por mais que o mundo estivesse se apagando. Fechei os olhos novamente, a leveza me envolvendo na escuridão.

— Não — gritou ele. — Não diga isso. Fique comigo.

Repousei a mão na dele. O sangue molhado que encharcava a camiseta dele era meramente morno na minha pele agora. Eu não conseguia. Não conseguia manter os olhos abertos. Eu queria. Queria estar em casa, com Blake, envolvida pelos braços dele.

Soltei um suspiro, alívio e uma onda repentina de tontura me inundaram quando imaginei que era onde estávamos.

— Fique acordada, gata. Por favor, tente ficar acordada por mim.

Ele estava sofrendo. A agonia em sua voz me penetrou, um último golpe em meio à dor entorpecente.

Blake... O nome dele era um sussurro, ou talvez apenas um sussurro em minha própria cabeça. Repeti a palavra como um mantra até que ele se foi. Eu não conseguia mais ouvi-lo ou senti-lo. Sua voz, seu rosto, até mesmo o sonho de nós dois tinha desaparecido e se transformado em nada.

CAPÍTULO 17

O BIPE PERSISTENTE ERA COMO uma mosca que não ia embora. Franzi a testa, buscando forças para fazê-lo parar. Estava frio. Eu não conhecia esse lugar. Tudo estava embaçado, mas o quarto estava extremamente iluminado, luzes zuniam baixinho acima de mim.

Lentamente e fazendo muito esforço, coloquei mais coisas em foco. A textura áspera do cobertor branco que me cobria. Os tubos duros que invadiam minhas narinas. Um sussurro baixinho ao meu lado.

Então, o rosto de Blake preencheu a moldura cada vez maior da minha visão. Eu queria tocá-lo, mas a dor de uma agulha se espalhou pela minha mão quando fui movê-la. Me encolhi. Ele a segurou entre as mãos dele, acariciando delicadamente e esquentando-a ao mesmo tempo.

— Blake. — Minha voz sumiu quando falei. Minha garganta estava seca, mas ficou repentinamente úmida de lágrimas e emoções. Ver Blake foi demais para mim. Ficamos separados por tempo demais, mas eu não sabia explicar por quê. — O que aconteceu?

— Você foi baleada.

Fechei os olhos e vasculhei minha memória. Tudo estava embaçado demais, mas, lentamente, assim como o quarto, as últimas lembranças da minha mente consciente entraram em foco. O restaurante. Os tiros e os gritos. Sangue. Céus, havia tanto sangue. De Richard também.

Richard tinha sido ferido... ou pior.

— Richard está bem?

Hesitação nadou nos olhos de Blake. Ele meneou a cabeça.

— Ele não sobreviveu.

Oh, não. Eu não conseguia acreditar. Tínhamos conversado. Por mais controverso que tenha sido, eu não conseguia acreditar que ele estava morto. Blake colocou uma mecha de cabelo atrás da minha orelha, mexendo um tubo que soprava oxigênio frio e indesejado nas minhas narinas. Torci o nariz e fui puxá-lo. Blake me parou, recolocando-o no lugar.

— Não. Fique com isso.

— Não quero.

— Jesus, Erica. Você levou três tiros. Pode, por favor, deixar isso? Ao menos até que o médico chegue.

Relaxei de volta no travesseiro, desistindo da briga e sentindo a pequena onda de energia que tinha me acordado se esvair. Eu estava exausta, mas não queria deixar Blake ainda.

— Desculpe — murmurei.

Ele suspirou de leve.

— Você está com dor? Posso chamar a enfermeira.

Fiz uma análise mental do meu corpo. A dor no meu abdômen era mais localizada do que eu me lembrava, mas eu ainda não fazia ideia de onde tinha sido atingida. Que Deus me acuda, aquele homem... Ele que tinha disparado os tiros. Fechei os olhos e tentei me lembrar do rosto dele. Cabelos e olhos escuros. Como o rosto dele estava escondido na sombra, eu não consegui ver muito. Mas a presença dele, sua figura e a maneira como ele estava vestido o tinham destacado em minha mente. Ele não era mais um cara de terno, um jovem profissional nas ruas.

— O homem que atirou em mim. Ele...

— Ele está morto, gata — disse Blake.

Meus olhos se abriram de imediato.

— A polícia atirou nele?

— Não. — Ele coçou a barba por fazer em seu maxilar. — Foi Daniel.

Meu coração parou.

— Daniel?

— Depois que nós desligamos, ele me ligou em pânico. Disse que você estava em perigo e precisava saber onde você estava. Eu não queria contar a ele, obviamente. Queria entrar em contato com você pessoalmente, mas ele insistiu. Ele estava... desesperado. De alguma forma, ele sabia o que estava prestes a acontecer. Ele apareceu alguns minutos antes de mim. Ele pegou a arma de seu guarda-costas e matou o homem a tiros segundos depois de ele começar a atirar em você.

Então, de repente, eu me lembrei. A boina de tweed. O homem musculoso que me lembrou Connor assim que eu o vi. Coloquei as pontas dos dedos trêmulos na boca.

— Me lembro dele.

Olhei para a expressão preocupada de Blake.

— Eu o vi quando saí um dia com Daniel, muito tempo atrás. Naquele pé sujo em Southie chamado O'Neill's. Ele estava guardando a porta. Parecia conhecer Daniel. Era ele. Eu me lembro.

Blake sacudiu a cabeça.

— Por que ele iria querer machucar você?

— Não faço ideia. Mas Richard... — Franzi a testa, tentando me lembrar de nossa conversa. Ele sabia de algo que incriminava Daniel. Algo que me assustou o suficiente para me fazer querer ir embora urgentemente. — Richard queria conversar comigo sobre Daniel. Ele suspeitava que ele estivesse envolvido na morte de Mark. Disse que era minha última chance de contar a verdade. Ele ia se encontrar com alguém daquele bairro que ia contar a ele tudo que ele não sabia sobre a morte de Mark.

— Você acha que ele sabia que você estaria lá?

— Talvez. Talvez Richard tivesse dito a ele.

Blake se levantou e começou a andar de um lado para outro no pequeno espaço ao lado da cama. Ele beliscou o lábio inferior com os dedos.

— A imprensa não tem dito muita coisa, apenas que Daniel atirou nele. Fico me perguntando quanto eles realmente sabem.

Uma enfermeira entrou no quarto e um homem alto com cabelos castanhos curtos vestindo um jaleco branco de médico entrou logo atrás.

— Vejam quem está acordada.

A enfermeira fez um carinho nos meus pés por cima do cobertor e deu uma olhada no meu prontuário.

O médico a seguiu, com um sorriso otimista no rosto, apesar do fato de eu claramente já ter tido dias melhores.

— Sou o dr. Angus.

Ele se sentou em um banco com rodinhas e veio até meu lado. Blake se afastou enquanto a enfermeira se apressava para ir até meu outro lado, analisando meus sinais vitais. Ela os anotou no prontuário enquanto o médico inspecionava os curativos sob a minha camisola. Me foquei no teto branco. Eu não estava totalmente pronta para ver o que tinha acontecido com meu corpo. Eu ainda estava grata por estar viva, por ter Blake ao meu lado. Não tinha certeza de quanto mais eu conseguia aguentar.

— Tudo parece bem. A cirurgia correu bem e acho que isso vai cicatrizar tranquilamente.

Meus olhos encontraram os dele depois que eu estava coberta novamente.

— Cirurgia?

— Uma das balas atravessou seu corpo, mas tivemos que remover duas delas e tentar reparar um pouco do estrago.

Estrago. A palavra reverberou no meu cérebro já enevoado.

— Estrago?

O otimismo nos olhos dele diminuiu um pouco e ele desviou o olhar para Blake.

— Melhor você descansar um pouco mais. Você passou por um aperto. Vamos voltar amanhã de manhã e aí podemos conversar mais.

— Não, eu quero saber agora. — Tentei me mover para cima na cama, mas uma rajada aguda de dor me impediu de continuar. — Ai.

A enfermeira encontrou um cordão bege e o apertou duas vezes.

— Aperte isto aqui quando sentir dor, querida.

— Obrigada — murmurei, odiando como eu estava restringida nessa cama.

Pouco depois, a enfermeira tinha ido embora, deixando um ar de tensão com sua ausência.

— Talvez possamos conversar sozinhos por um momento.

Ele lançou um olhar intrigado para Blake e voltou a olhar para mim.

— Não, você pode dizer qualquer coisa. Blake é meu noivo — insisti.

O médico tossiu silenciosamente e ficou olhando para as próprias mãos entrelaçadas. Ele inspirou e me olhou nos olhos novamente.

— Está certo, então. Uma das balas atingiu a sua cintura aqui, mas atravessou, como eu disse. — Ele colocou a mão no lado esquerdo da minha barriga e o calor radiou até o local onde eu sentia uma leve dor. — E os outros dois tiros entraram no seu abdômen. Houve alguns estragos nos seus órgãos reprodutivos.

Todo o ar saiu de meus pulmões. O silêncio pairou no ar, como se todos estivéssemos parados ali congelados no tempo.

— O que isso significa?

Uma onda de pânico correu pelas minhas veias. Minha respiração ficou acelerada e lágrimas se formaram em meus olhos.

Ele deu uma olhada para Blake, cujo rosto não demonstrava nenhuma emoção.

— Reparamos os tecidos danificados do seu útero. Ele deve se recuperar com o tempo, mas não conseguimos reparar o resto. Você perdeu um ovário. — Os lábios dele se enrugaram em uma linha empática. — Sinto muito, Erica.

— Mas e... — Engoli em seco, tentando formar as palavras. Palavras que nunca sequer tínhamos trocado como casal e, no entanto, cá estavam, na frente de um estranho que estava ameaçando tudo. — Isso significa que não posso mais ter filhos?

— É melhor você se consultar com um especialista, mas se você tinha planos de ser mãe... Bom, não é impossível, mas pode não ser fácil. Você tem só um ovário agora e os danos no útero podem afetar a inseminação e uma gravidez até o fim. Só o tempo vai dizer.

Com exceção da minha respiração pesada, o silêncio se arrastou pelo que pareceram vários segundos. Eu não conseguia falar e os olhos de Blake nunca deixaram o médico. Eu queria que ele olhasse para mim. Mas estava morrendo de medo de que ele olhasse e do que eu encontraria ali.

O médico finalmente falou.

— Você tem alguma pergunta?

Não. Meneei a cabeça. O médico apertou minha mão com delicadeza antes de sair, dizendo algo para Blake em que não consegui prestar atenção. Meus pensamentos estavam divagando. Minha garganta se fechou. Apertei o cordão bege mais duas vezes. Eu queria me sentir amortecida. Havia tanta dor. De repente, tudo se tornou insuportável. Blake segurou minha mão, passando o polegar carinhosamente no lugar onde o tubo intravenoso se conectava à minha veia. Ele levou os lábios até minha pele, pressionando-os suavemente. Ele não falou. Simplesmente acariciou minha mão de leve. Seu maxilar estava contraído, seus lábios cheios ainda mais apertados.

— Blake. Eu sinto muito.

Ele não tinha como saber o quanto eu sentia.

Quando ele finalmente ergueu os olhos, eles estavam marejados. Blake piscou e os desviou rapidamente. Um soluço dolorido queria explodir no meu peito, mas eu o reprimi, como medo de libertá-lo. Por quê? Tudo que eu conseguia me perguntar era por que e só havia silêncio para me responder.

Blake se mexeu ao meu lado. Colocando a mão no bolso, ele tirou minha aliança. O brilho dançou no aro de diamantes lindamente lapidados. Olhei para baixo, para minha mão pálida com hematomas. Eles deviam ter tirado para as cirurgias. Mesmo com minha nudez ferida sob a camisola, eu me senti repentinamente nua sem ela.

Ele segurou meus dedos e colocou o anel cuidadosamente. Fechei os olhos e deixei as lágrimas rolarem pelas minhas bochechas. Lábios quentes pressionaram a pele acima da aliança, o mesmo lugar que ele tinha beijado no dia em que me pediu para ser sua esposa, me lembrando de nossa promessa.

***

Blake me paparicou por semanas. Não conversamos sobre o que o médico tinha dito e uma parte de mim se perguntava se Blake estava tentando fingir que ele não tinha dito nada. Talvez ele só estivesse tentando me ajudar a me recuperar. Eu entrei no jogo, fingindo que minhas feridas — todas elas — cicatrizariam e iríamos retomar nossas vidas. Catar os cacos de nossas vidas.

Tomei um gole de chá, com os pensamentos apagados pela televisão berrando na minha frente. Me assustei com uma batida na porta. Blake ergueu os olhos do laptop e foi até a porta.

— Que diabos você está fazendo aqui?

Me sentei com cuidado, espiando por cima do sofá. Daniel estava parado na porta, parecendo inabalado pela postura ameaçadora de Blake.

— Vim ver Erica — disse ele calmamente.

Um instante tenso se passou entre eles antes de eu falar:

— Está tudo bem, Blake. Entre.

A parte da minha mente que estava acostumava a fazer o que bem entendesse queria se levantar e cumprimentá-lo, mas eu ainda não podia. Ao menos Blake insistia que não. Eu queria andar por aí, mas ele me restringia apenas aos movimentos necessários.

Daniel entrou na sala de estar e se sentou no sofá de frente para mim. Tirei o som da TV. Eu tinha mil perguntas. As notícias tinham sido extremamente vagas e eu não queria entrar em contato com Daniel e levantar suspeitas. Eu me preocupava que essa visita dele agora não fosse uma boa ideia, mas queria desesperadamente saber o que tudo isso significava. Eu precisava saber por que alguém queria me matar e por que Richard tinha perdido a vida por causa disso.

O que tinha realmente acontecido aquele dia? Implorei silenciosamente para Daniel enquanto o olhar dele passeava pela sala.

— Quer algo para beber? — perguntei fracamente, sem saber ao certo como quebrar o gelo.

Ele deu uma olhada para o bar do outro lado da sala, mas meneou a cabeça.

— Não. Obrigado.

Eu tinha inúmeras perguntas, mas uma ardia em minha mente.

— Quem era ele?

Ele olhou para baixo, para suas mãos entrelaçadas, mas não respondeu.

— Eu o reconheci. Ele trabalhava no O'Neill's. Aquele dia em que fomos lá.

— Ele trabalhava para mim.

Assenti lentamente com a cabeça, cutucando o nó no cobertor em cima domeu colo com o dedo.

— Ele estava tentando me chantagear. Queria dinheiro para ficar de bico fechado sobre a morte de Mark.

— Ele sabia da verdade?

Daniel confirmou com a cabeça.

— Como?

O olhar dele encontrou o meu.

— O que você acha?

Engoli em seco. *Céus.*

Blake retornou e se sentou ao meu lado. Ele deu uma olhada matadora para Daniel.

Daniel pigarreou e começou.

— Ele tinha ouvido falar sobre você na imprensa. Quando descobriu que você era minha filha e estava ligada à campanha, ele deve ter concluído que você era bastante importante para mim. Ameaçou ir atrás de você se eu não desse dinheiro a ele.

— E você não deu.

— Eu teria dado, se pensasse que esse seria o fim de tudo. Eu estava torcendo por uma solução mais permanente, mas quando descobri o que ele estava planejando, tudo que pude fazer foi tentar encontrar você antes dele.

Fechei os olhos para reprimir a queimação atrás deles.

— E Richard. Aquilo foi... um acidente?

— Talvez ele tenha pensado que ele era Blake, ou talvez ele estivesse simplesmente perto demais de você. Alguém importante para você presumivelmente seria importante para mim.

— Tudo é tão terrível. Ainda não consigo acreditar. É como um sonho. Um sonho do qual eu vou acordar e vai ser aquele dia, antes de tudo acontecer. Eu simplesmente fiquei parada ali, esperando que ele atirasse. Eu não conseguia identificar quem ele era, mas reconheci o rosto dele.

Daniel ficou sentado em silêncio, os lábios apertados com força.

— Bom, chegamos a uma solução permanente, no fim das contas. A polícia encontrou uma digital de Mark no apartamento dele. Ele usou a mesma arma que matou Mark para atirar em você. Ele não era tão esperto quanto ambicioso. Infelizmente para ele, felizmente para mim. O caso finalmente está encerrado. Eles vão anunciar a qualquer dia agora.

Emoções me inundaram. O alívio era inegável. Será que tudo tinha realmente acabado? Parecia impossível, mas eu não conseguia imaginar passar por mais isso.

— Não consigo acreditar.

— Acabou. Garanto a você. Meus advogados estão tirando umas férias muito merecidas. A polícia não deve perturbá-la mais. Nem os repórteres.

Graças a Deus.

— Fora isso, como você está se sentindo?

Abri os olhos e um novo tipo de dor se espalhou por mim, uma dor muito mais forte do que a física que tinha me desacelerado nas últimas duas semanas. A mão de Blake me abraçou com mais força. Minha mão livre repousava em cima da minha barriga, aquele deserto onde eu podia ter gerado uma vida. Essa possibilidade agora era apenas um número, uma chance ínfima de que qualquer coisa poderia ser normal. Engoli as lágrimas que surgiam toda vez que eu pensava nisso.

— Melhor você ir embora — disse Blake baixinho, mas com firmeza. — Ela não precisa de mais chateação neste momento.

— Está tudo bem — falei, mas minha voz vacilou.

— Não, não está. Isso tudo é culpa dele, porra. Olhe o que isso fez com você.

Uma lágrima escorreu lentamente pela minha bochecha.

— Pare, por favor.

Daniel franziu a testa, com preocupação renovada estampada em seu rosto. Eu não tinha força física ou emocional para impedir os dois de se destruírem se eles permanecessem no mesmo recinto. Dei uma olhada suplicante para Blake.

— Blake, você pode nos dar um minuto?

Os olhos dele se estreitaram quando ele olhou novamente para Daniel. Ele voltou a olhar para mim, sua expressão suavizando apenas um pouquinho. Ele se levantou e foi até a cozinha.

— O que aconteceu, Erica?

— Estou bem. É só que... Hum, talvez seja difícil... Ter filhos, parece, vai ser um desafio agora. Houve alguns estragos na região.

— Jesus. — Pela primeira vez, vi um medo genuíno nos olhos de Daniel. Ele parecia pálido enquanto olhava para mim. — Erica, meu Deus, me desculpe. Criei uma confusão enorme com isso tudo. Eu queria...

Ele largou a cabeça nas mãos. Se levantou rapidamente, foi até o bar e pegou uma bebida. Ele a virou rapidamente e se serviu de novo. Ficou olhando para o copo. As respostas não estavam ali. Eu queria dizer a ele que já tinha checado. Eu tinha pensado e repensado nas más notícias que o médico me dera. Eu podia acumular arrependimentos e reescrever a história, mas nada iria mudar o estrago causado.

Minha vida era uma bagunça. Ao menos isso tínhamos em comum.

— O que você vai fazer com relação à candidatura ao governo?

Ele virou outro gole do uísque caro de Blake e suspirou.

— Caralho, não sei. Só temos mais duas semanas. O que mais posso fazer? Há mais notícias sobre o tiroteio do que sobre a campanha a essa altura.

— Posso tentar ajudar.

Os olhos dele se arregalaram, aquele brilho de medo presente de novo.

— Não.

— Sei que não tenho apoiado muito — falei.

— Você teve bons motivos para isso. E agora tem um motivo ainda melhor. Você não deveria ficar perto de mim ou da campanha.

Desanimei.

— Eu literalmente não tenho mais nada a fazer. A empresa se foi. Estou presa aqui.

Eu não queria repassar a lista de tudo que tinha levado à destruição atual da minha vida.

Ele se aproximou, sentando ao meu lado no sofá.

— O que aconteceu com a empresa?

— Meio que foi vendida pelas minhas costas. É uma longa história, mas basta dizer que agora tenho bastante tempo livre. Posso ajudar, se você quiser.

— Você deveria estar descansando, e eu quero você longe de tudo isso. — Ele segurou minha mão. — Quero você longe de mim, também.

Ele me soltou, afastando a mão de mim, como se o toque o queimasse.

— Daniel.

— Já causei estragos demais. Toda vez que penso que estou cuidando de um problema, outros três surgem. Eu só trouxe terror para a sua vida desde que você me encontrou, Erica.

Ele se levantou, evitando meus olhos.

— Tudo acabou, agora. A investigação está encerrada. Podemos romper laços. Não precisa se preocupar comigo perturbando você mais. Vou deixar você em paz. Espero que você só me veja no noticiário e mesmo assim... Puta merda, sei lá. — Ele passou a mão pelos cabelos grisalhos. — Nada faz sentido agora.

Lágrimas novas se formaram em meus olhos.

— Por que você está dizendo isso?

— Porque precisa ser dito. Porque foi por isso... Foi por *isso* que eu deixei a sua mãe. — Os olhos azuis dele queimaram nos meus, uma emoção que eu nunca tinha visto antes se acendendo ali. — Você teve um gostinho, mas não faz ideia de como é ter essa vida. Não tinha como saber que me encontrar faria você se afundar tanto nesse mundo, mas eu a alertei também. Eu disse a ela que não seríamos felizes desse jeito. Erica... — Ele coçou a testa, não ajudando em nada a minimizar a expressão de pesar. — Eu queria ficar com Patty. Juro pela minha vida, eu amava sua mãe. Eu queria me casar com ela e formar uma família, mas eu não tinha escolha. Você não pode compreender, mas eu não tenho escolha. Está tudo definido e com todos os anos que levamos para chegar até aqui... Jesus, cá estamos. Cá estou. Nada mudou. E você não está segura perto de mim.

Ele ficou olhando dentro do copo agora vazio. Eu não sabia o que dizer a ele. Não podia dizer que minha vida não tinha se tornado uma tempestade de merda ameaçadora desde que eu o tinha encontrado, mas pensar em ele ir embora e nunca mais voltar estava me devastando lentamente.

Antes que eu pudesse argumentar, Daniel deu um passo na minha direção. Ele se abaixou e deu um beijo na minha cabeça, onde meu cabelo encontrava minha testa. Ele se demorou ali um instante e começou a falar em um sussurro.

— Você é minha filha. Minha única filha. Eu te amo, mas é hora de eu ir embora.

Ele se afastou com os olhos abaixados. Ele saiu do apartamento com a mesma rapidez com que tinha entrado, me deixando em um silêncio estupefato.

CAPÍTULO 18

DANIEL FOI EMBORA COM PRESSSA, e eu não sabia que conclusão tirar daquilo tudo. Voltei a ligar a televisão, querendo afogar meus pensamentos rodopiantes. Eu não podia conversar com Blake sobre a faca que Daniel enfiara em mim com suas palavras. Blake não queria que eu me importasse. Ninguém queria. O que mais o homem precisava fazer comigo para ganhar o meu ódio? Mesmo assim, ele me escapou pelos dedos, e só restou uma tristeza vazia. Uma concha vazia do que poderia ter sido. Um arrependimento contínuo pelo que houve.

— Você parece cansada. Quer se deitar?

Blake estava sentado em seu lugar de costume no outro sofá, seu olhar pesado com a preocupação de sempre.

— Não, quero me levantar.

Ele me deu uma olhada hesitante.

— Que tal um banho de banheira? Vai ser relaxante.

Suspirei. Uma caminhada até o banheiro provavelmente era tudo que ele iria permitir. Um banho de banheira me parecia bom, contudo.

— Está bem. Mas vou andando até lá sozinha. Você tem que parar de bancar a minha babá, Blake.

Ele se levantou rapidamente e me ajudou a levantar.

— Você pode caminhar até lá, mas eu nunca vou deixar de cuidar de você até o dia que eu morrer. Então você pode desistir disso agora mesmo. — Ele acariciou minha bochecha. — Eu quase te perdi.

Fechei os olhos, me aconchegando no toque dele.

Eu quase te perdi também. O pensamento era terrível demais para compreender.

Eu tinha passado os últimos dias sentindo pena de mim mesma em todos os sentidos. Ter perdido a empresa parecia bem menos trágico perto de quase morrer. E a possibilidade bem real de que talvez Blake e eu nunca tivéssemos filhos, por mais desoladora que fosse de contemplar — e eu tinha tentado ao máximo não fazer isso —, minguava perto da realidade de que eu podia ter morrido nos braços de Blake aquela tarde. O homem que tinha matado Mark sob as ordens diretas de Daniel não tinha hesitado em tentar tirar a minha vida.

Por mais que eu não conseguisse ficar triste pela morte de Mark, eu não conseguia acreditar que alguém desse tão pouco valor à vida humana. Era esse tipo de pessoas que Daniel tinha em sua vida. Ou talvez elas sempre tivessem estado lá. Apesar de todos os segredos de Blake, a existência de Daniel parecia muito mais sombria, com sombras que eu nunca queria iluminar.

Blake estava enchendo a banheira quando me juntei a ele.

— Me deixe te ajudar — disse ele, tirando minha camiseta com muito cuidado.

— Você vai entrar também?

Ele mordeu o lábio por um instante, dando uma olhada para a banheira coberta por uma camada atraente de bolhas.

— Não tenho certeza se é uma boa ideia.

— Por favor... Eu sinto a sua falta.

Eu sentia falta da felicidade nos olhos dele. Eu até sentia falta de seu temperamento. Tudo que ele tinha para mim ultimamente era pena.

Ele suspirou.

— Está bem. Mas você sabe que não podemos...

— Eu sei.

Eu o interrompi, sem querer ouvir o lembrete. Nada de sexo por semanas. Eu não entendia que diferença faria, mas o médico tinha recomendado e Blake insistia em seguir tudo à risca. Nos privar não iria trazer de volta o que tinha sido perdido. Apenas garantia que outro longo período à nossa frente seria repleto de mais espera e preocupação. Novamente frustrada, puxei a camiseta dele, forçando-o a tirá-la.

— Você anda sério demais ultimamente. Tem bancado o meu enfermeiro o dia todo e isso está exaurindo você. Só quero relaxar e ficar perto de você, está bem?

Passei os dedos levemente pelos cabelos escuros dele, tirando as mechas bagunçadas de sua testa. Ele parecia cansado e, de alguma forma, tão exausto por fora quanto eu me sentia por dentro. Tínhamos passado por tanta coisa...

— OK — murmurou ele baixinho.

Me virei para o espelho enquanto ele se despia. Soltei o coque bagunçado que estava prendendo meus cabelos. Me encolhi com a dorzinha no meu abdômen por ter erguido os braços. Eu estava terrível. Apesar de estar presa ao sofá há semanas, eu estava mais magra. E pálida. Eu tinha perdido as últimas semanas de calor do verão. Eu queria olhar e me sentir como eu mesma de novo e menos como a criatura frágil e destruída que eu tinha me tornado por conta desses acontecimentos horríveis.

Larguei o elástico de cabelo na minha gaveta de maquiagens. Em meio aos cosméticos, minha cartela de anticoncepcionais olhava para mim. Eu a peguei. Eu estava no meio do ciclo do mês quando tudo aconteceu.

Blake pausou.

— O que é isso?

— Só as minhas pílulas.

Dei de ombros, tentando soar indiferente, mas nada era indiferente com relação à minha fertilidade agora. O assunto tinha se transformado em um enorme elefante na nossa sala. Larguei as pílulas no balcão. Meus pensamentos rodopiaram e eu ri para mim mesma.

— O que é tão engraçado?

O olhar de Blake encontrou o meu no espelho.

Olhei rapidamente para baixo, sem querer rever a dor no rosto dele quando o médico tinha dado a notícia. Eu estava viva, mas com sequelas. Mas enfim, qual era a novidade?

— Sei lá. Eu passei anos tentando não engravidar, me preocupando com isso, e agora eu sequer poderia, nem que quisesse. Mas como há uma chance, eu provavelmente ainda preciso continuar tomando essas porcarias.

Ele pegou as pílulas e as jogou de volta na gaveta.

— Esqueça isso. Vamos, antes que a água esfrie.

Ávida por esquecer, afastei o pensamento da minha mente. Blake me ajudou a entrar na banheira e eu afundei na água quente. Relaxei, grata pelo alívio. Quando Blake se juntou a mim, as pernas dele envolveram as minhas. Os pelos dele eram ásperos na minha pele. Expirei pesadamente com o mero contato, o lembrete de que não nos tocávamos muito desde que tudo isso tinha acontecido. De alguma forma, com todas aquelas semanas sendo cutucada e alfinetada por agulhas e mimada como uma vítima indefesa, eu tinha esquecido o simples prazer de ter a pele de Blake na minha. O mero toque dele conseguia me acalmar, me curar.

Inclinei a cabeça para trás, apoiando-a na beirada da banheira.

— Me sinto meio madame.

— Ah, é? Como assim?

— É terça à tarde e estamos relaxando na banheira.

Ele deu uma leve risada.

— Talvez a gente mereça um pouco de burguesia.

Debaixo d'água, ele pegou meu pé e começou a massagear meus músculos. A sensação era quase arrebatadora. Céus, senti falta do toque dele. Mesmo os mais simples — minha mão na dele, um beijo carinhoso — me faziam querer mais.

— Merecemos um monte de coisas.

Ele ficou imóvel por um segundo. Me arrependi daquelas palavras quando as disse. Me apressei em mudar de assunto.

— Você tem conversado com Fiona ultimamente? Ela deve estar frustrada. Todo aquele planejamento só para ter que adiar tudo. Estou me sentindo melhor agora, então talvez a gente possa retomar os planos.

— Você levou três tiros, Erica. Não acho que remarcar o casamento para quando você estiver bem seja uma inconveniência. Estamos todos felizes por você estar viva. O casamento pode esperar.

Passei os dedos pelas bolhas. Uma pergunta, que eu estava morrendo de medo de fazer, perdurava nos meus lábios. Não tínhamos conversado sobre o que o médico disse depois que saímos do hospital. Não tínhamos nem tocado no assunto.

— Você não mudou de ideia?

Segundos se passaram enquanto eu esperava pela resposta dele. Evitando olhá-lo nos olhos, imaginei todas as coisas que ele podia dizer. Não importava quantas vezes ele me garantisse que eu era a única que ele queria, a dúvida conseguia se infiltrar volta e meia.

— Por que é que eu teria mudado de ideia?

A voz dele era séria, rouca de emoção.

Batalhei com as palavras seguintes, me forçando a encará-lo.

— As coisas mudaram agora.

O maxilar dele se contraiu.

— As coisas mudam todos os dias, mas o que não mudou e que nunca vai mudar é quanto eu amo você. Eu pedi sua mão em casamento. Quero isso agora mais do que nunca.

Respirei, meus nervos repentinamente à flor da pele.

— Mas você não quer uma família, Blake? Nunca conversamos pra valer sobre isso, mas agora... E se eu não puder dar isso a você?

Meu coração batia freneticamente com uma dor extenuante. Talvez ele nunca admitisse, mas se isso mudasse as coisas para ele — para nós — eu queria saber agora.

A olhada que ele me deu era convicta, despida de dúvidas.

— Eu quero *você*.

Expirei pesadamente.

— Isso é importante. Devíamos conversar sobre o que significa para o nosso futuro. Não era algo que nenhum de nós podia ter previsto. Não quero que você fique chateado comigo se eu não puder...

Um lampejo de irritação perturbou a expressão determinada dele.

— Erica, venha cá.

Ele pegou minha mão e, inclinando-se para frente, me levantou com cuidado do outro lado da banheira, de modo que eu fiquei montada nele. Estávamos peito a peito. Ele segurou meu rosto com as mãos. Elas estavam quentes e deslizaram lentamente pela minha pele.

— Vamos resolver isso, está bem?

Meu coração não tinha desacelerado. Eu ainda não acreditava nele.

— Mas e se não conseguirmos?

Ele se encolheu.

— Pare de falar como se nunca fosse acontecer.

— Ainda há uma chance, eu sei.

Improvável, mas havia uma chance.

— Exatamente.

Concordei lentamente com a cabeça. Talvez ele tivesse razão.

— Você alguma vez me viu não conseguir o que eu quero?

— Não — admiti.

— Ótimo. Se quisermos um filho, vamos ter um filho. De um jeito ou de outro. Mas vamos por partes. Vamos recuperar você. Depois, você vai jogar fora aquelas pílulas.

Fiquei olhando chocada para ele.

— Não vamos conseguir planejar nada, de qualquer forma. Se tentarmos fazer isso, você só vai se preocupar e eu vou me preocupar. Vamos simplesmente viver nossas vidas. Me deixe fazer amor com você todas as noites e se for para acontecer, vai acontecer.

Abri a boca para falar, mas ele me impediu, pressionando os dedos nos meus lábios.

— Nada de "e se". Posso ser bastante determinado quando quero. Tenho bastante certeza de que você quer um filho, então vou lhe dar um.

As palavras dele quase nocautearam o ar dos meus pulmões. Elas me penetraram em meio às adagas da minha dor. Calmantes e puras. Eu acreditava nele.

Apoiei o corpo no dele, encontrando os largos músculos tonificados de seu peito. O coração dele batia em um ritmo estável sob meus dedos. Às vezes, eu tinha que me lembrar de que ele era humano como eu porque, para mim, ele sempre fora mais. No meu coração, eu acreditava que podíamos fazer qualquer coisa juntos.

Me perdi nos olhos dele, um tornado de mel e paixão que refletia entre nós.

— Eu te amo — sussurrei, beijando-o docemente.

Começando devagar, me deliciei no simples prazer de ter os lábios cheios dele nos meus. Depois, um movimento da minha língua, um convite à dele. Então, o gosto dele. Beijei-o com mais intensidade.

Ele tocou na minha bochecha e se afastou um pouquinho.

Me mexi em cima dele, plenamente ciente de seu desejo crescente.

— Todo esse papo sobre bebês, Blake, pela primeira vez na minha vida, está, afinal, me deixando com vontade de fazer isso. Eu não esperava.

Um esboço de um sorriso passou pelos lábios dele.

— Não podemos. Não hoje...

Procurei o pau dele sob a água e deslizei a mão por ele. Ele inspirou pela boca, fechando os olhos lentamente.

— Erica, não podemos.

— Eu sei — falei, silenciando-o com um beijo. — Mas o médico não disse que eu não podia satisfazer você, disse?

— Você não precisa...

Eu o silenciei novamente, intensificando o beijo. Segurei-o com mais firmeza e acelerei os movimentos para cima e para baixo em sua ereção. As mãos dele se moviam irrequietas sobre meus ombros, puxando meus cabelos enquanto devorávamos a boca um do outro. Os músculos dele se tensionaram sob mim onde nossos corpos se encontravam e meu cerne se contraiu em resposta. Algo despertou. Aquela paixão que nunca poderia ser domesticada entre nós se acendeu dentro de mim. Eu queria apagar esse fogo. Mas, neste momento, queria mais ainda apagar o dele. Queria mostrar o quanto eu o amava, agradecê-lo por estar atravessando o inferno comigo e ter fé no nosso futuro. Eu não conseguia imaginar minha vida sem esse homem e rezava para que ele não ficasse ressentido se eu não pudesse dar a ele a família que ele queria.

Ele agarrou meus quadris e, então, os soltou de repente.

— Erica, eu quero fazer isso, quero muito, mas não posso. Você está me deixando louco. Quero tocá-la, mas morro de medo de machucar você agora.

Desacelerei meu movimento para cima e me afastei levemente do corpo dele. Seu rosto estava tenso, todos os músculos contraídos e prontos para o alívio. Eu queria dar isso a ele, mas precisava sumir com o medo em seus olhos de alguma forma também.

— Coloque as mãos na beirada da banheira.

Ele se encolheu ligeiramente, talvez por causa do meu tom de voz. Eu sabia que ele não iria me machucar, mas se fizesse parecer que aquilo era uma ordem, talvez ele se sentisse mais seguro de que não iria mesmo. Ele tirou as mãos da água e as colocou na beirada da banheira, como eu havia pedido.

— Agora mantenha-as aí. Não mexa até eu mandar, OK?

O lábio inferior dele desapareceu de vista quando ele o chupou para dentro da boca, seus dentes brancos mordendo a carne polpuda.

Arqueei uma sobrancelha.

— OK?

Ele concordou com a cabeça e eu envolvi o pau dele com as duas mãos. Empilhei-as, deslizando pela ereção dele de modo a cobrir cada centímetro. Ele deu um pulo com o meu toque quando passei o polegar pela cabeça sensível.

— Céus, sinto sua falta, Erica.

Ele expirou, sua cabeça caindo para trás, se apoiando na beirada da banheira.

Me aproximei dele, e meus mamilos roçaram no peito dele acima da água.

— Eu te amo, Blake. — Chupei a pele dele, lambendo o sabor salgado. — E amo ver você gozar.

Com as articulações dos dedos esbranquiçadas, Blake segurou a beirada da banheira com força. Ele ergueu a cabeça e me fitou com olhos intensos. Ele estava perto. Eu o beijei intensamente, até ele ofegar por ar.

— Goze — falei, imitando a ordem que ele tinha me dado tantas vezes.

Erguendo os quadris para cima, na direção dos meus movimentos velozes, ele chegou ao clímax com um tremor violento e um gemido estrangulado.

***

Após inúmeras tentativas, Blake finalmente me arrancou do apartamento para ir até o trabalho com ele. Eu estava tentando pensar pelo lado positivo, mas lembranças de tudo que eu tinha passado inevitavelmente me arrastavam de volta para baixo. Eu não queria sair de casa. Não queria ficar cara a cara com o mundo que tinha me mutilado. Além disso, eu não conseguia engolir nada remotamente parecido com um escritório sabendo que, a algumas quadras de distância, a nova empresa de Sophia e Isaac estava seguindo em frente sem mim, dia após dia.

Às vezes, eu me perguntava se eles sabiam sobre o tiroteio. É claro que sim. A questão era — eles se importavam? Importava para eles o fato de eu quase ter morrido?

São só negócios, murmurei para mim mesma, fazendo minha melhor imitação da voz de Alex. Eu precisava seguir em frente e encontrar esperança em coisas novas. Tudo tinha mudado, gostasse ou não. Eu tinha que aceitar isso.

Meus pensamentos ficavam retornando ao projeto de Geoff. Mesmo estando de luto pelo Clozpin, eu me peguei pensando na logística do empreendimento dele. Com tanto tempo livre, impossível não pensar. No entanto, eu ignorei os últimos e-mails de antes do tiroteio e ele não tinha entrado em contato comigo até então. Eu nem tinha certeza se ele ainda queria minha ajuda. Se ele quisesse, o que eu poderia oferecer? Dinheiro, mas não direcionamento. Apenas o investimento seria um tipo de apoio vazio. Eu não queria só financiar coisas. Queria fazer parte delas, mas não sabia se era realmente capaz depois de tudo isso. Eu mal conseguia ir até o mercado hoje em dia.

Ao invés de me arriscar e tentar recomeçar do zero, voltei minhas atenções para o apartamento. Cozinhei todas as noites. Comprei objetos de decoração pela internet, decidida a trazer um pedaço de mim para o local que antes era dominado pelo mundo simples e minimalista de Blake. Blake não discutiu. Ele parecia contente por eu estar me mexendo para lá e para cá, apesar de me recusar a sair de casa para qualquer coisa que não fosse rápida. Mesmo com Clay ao meu lado, eu me sentia apreensiva.

Tentei começar a pintar os cômodos, mas Blake não me deixou, com medo de que o esforço físico fosse prejudicar a cicatrização que já tinha começado. Mas apesar dos cuidados excessivos dele, eu estava melhor. Ainda sentia dor, mas estava melhor. As cicatrizes em vermelho vivo tinham diminuído um pouco. Não o suficiente para sumirem, mas o médico me prometera que iriam desaparecer com o tempo. O tom da minha pele não seria um problema. Eu tinha que encontrar conforto nas coisas pequenas.

Fiquei tensa enquanto caminhávamos na direção do escritório de Blake. A mão dele estava na minha lombar, um lembrete de seu apoio constante. Diminuí o passo na frente da porta, mas Blake parou do nada.

— Quero lhe mostrar uma coisa primeiro. Vamos subir.

Ele apontou para o elevador.

— O que tem lá em cima?

Ele sorriu.

— Você vai ver.

Eu o segui e esperei o elevador começar a subir. Quando as portas se abriram, ele cobriu meus olhos com as mãos.

— O que você vai fazer comigo?

Dei uma risada, tentando esconder meu nervosismo.

— É uma surpresa. Vamos chegar lá em alguns segundos. Venha comigo.

Cuidadosamente, eu segui os movimentos dele que me guiavam até pararmos. Ouvi vozes e elas pareciam familiares. Blake tirou as mãos dos meus olhos e eu pisquei com a claridade repentina. Olhei para uma porta bem parecida com a do escritório dele lá embaixo. No vidro jateado, lia-se *E. Landon Inc.*

Meu coração bateu forte no peito.

— Blake...

Pelo vidro da inscrição, eu vi rostos que conhecia. Abrindo a porta, Alli me cumprimentou lá de dentro. Ela deu um sorriso largo.

— Surpresa!

Sorri, sem saber bem ao certo em que consistia a surpresa.

— O que é tudo isso?

Estações de trabalho enchiam a sala comprida. Sid e Cady estavam em pé ao lado de uma delas, conversando, e agora focados em mim. Geoff se levantou de uma das mesas, e seus olhos azuis brilhavam com uma animação que todo mundo parecia compartilhar.

Me senti como Dorothy de *O mágico de Oz* reencontrando os melhores amigos após uma aventura inusitada. Mas que diabos? Olhei para Blake.

— Quer me contar o que é isso tudo?

Alli se adiantou a ele.

— Enquanto você se recuperava, eu e Sid começamos a conversar. Com o dinheiro da venda do Clozpin, não precisávamos nos envolver com nada tão cedo. Aí Blake nos apresentou a Geoff. Ele nos disse o quanto você estava interessada no projeto dele. E decidimos nos unir e ver se podíamos ajudar a fazer acontecer.

Minhas mãos tremiam quando as levei até a boca. Aquelas notícias eram demais.

— Isso é excelente. Não consigo dizer a vocês o quanto estou feliz em ver todos vocês aqui.

Sid me deu um sorriso tímido.

— Sentimos a mesma coisa. Ficamos com saudades de você.

Engoli as emoções que fechavam minha garganta.

— Achei que tínhamos perdido tudo. Sinceramente, depois dos últimos tempos, eu comecei a perceber que era disso que eu mais sentia falta. Trabalhar com todo mundo de novo. Eu nunca pensei que teríamos outra chance.

O lábio de Alli tremeu, ameaçando fazer jorrarem as minhas próprias lágrimas. Ela me puxou em um abraço cheio de significado e compreensão. Eu não teria conseguido sobreviver a tudo isso sem ela. Ela se afastou e secou uma lágrima com a mão.

— Bom, vá ver o seu escritório. É totalmente incrível.

Blake pegou minha mão, e a animação reluziu em seus olhos.

Meu rosto se iluminou com um sorriso.

— Claro.

Ele me guiou até o final do recinto, entrando em um escritório particular amplo. A porta se fechou com um ruído atrás de nós.

Ele não tinha economizado na mobília. Uma mesa executiva larga preenchia a sala, juntamente com um pequeno sofá e um quadro branco enorme. Pequenos itens que eu tinha guardado em uma caixa em casa decoravam minha mesa do mesmo jeito que no escritório anterior.

— Obrigada por tudo isso. Obrigada por tudo. Isso é realmente incrível.

— E privativo — murmurou ele, envolvendo minha cintura com o braço.

Fechei os olhos, devastada pelo menor toque. Semanas tinham se passado e eu estava pronta para perder a cabeça. Me virei para enrolar os braços no pescoço de Blake. Desabei nele, beijando-o com uma paixão ardente. Ele retribuiu minha avidez, me empurrando delicadamente até a mesa. Por mais grata que eu estivesse pelo escritório, o mundo tinha deixado de existir além de nós dois naquele momento.

— Eu quero você, Blake. Céus, estou morrendo de desejo.

— Eu sei. — Ele me beijou, toques suaves e carinhosos de seus lábios nos meus. — Mas vamos esperar.

Arfei.

— Esperar?

— Vamos nos casar em alguns dias. Nem um exército pode me impedir de fazer amor com você na nossa noite de núpcias. Nós já esperamos até agora. O que são mais alguns dias?

Suspirei quase dolorosamente, querendo que a onda de desejo amainasse. Mais alguns dias. Uma eternidade, quando tanto tempo tinha se passado sem intimidade. Fechei os olhos, cedendo.

— Está bem.

Ele sorriu e ergueu meu queixo.

— Contudo, vou fazer um bom uso dessa mesa no futuro. Pode ter certeza.

CAPÍTULO 19

O MAR REVOLVIA COM A maré. O calor e a promessa de mudança se misturavam à maresia. Nuvens turquesa e cinza deslizavam pelo céu outonal, revelando o azul claro acima. Um dia perfeito.

Alguém chamou meu nome. Alli apareceu no deque dos Landon, acenando para eu entrar. O sorriso despreocupado que marcava seu rosto hoje não tinha mudado. O nó de ansiedade na minha barriga aumentou, ameaçando explodir a cada poucos minutos.

Hoje era o dia. Hoje eu me tornaria esposa de Blake. Hoje iríamos nos comprometer um com o outro, para sempre.

Me juntei a Alli e às outras meninas. Garçons e amigos da família faziam barulho pela casa dos pais de Blake. Alli me puxou para um dos grandes quartos onde todo mundo estava se arrumando.

Fiona já estava vestida, a própria imagem da perfeição em um vestido de madrinha tomara que caia, fluido e de cor lavanda. Alli e Simone alternavam em me distrair do meu nervosismo e me dizer o que fazer em seguida. Maquiagem, cabelo e sorrir para o fotógrafo de presença constante que capturava nossos momentos casuais.

Estávamos leves; o champanhe borbulhava em nós. Tudo com relação ao dia de hoje era surreal. Cada momento se passava em câmera lenta, mas escapulia rápido demais. A mãe de Blake se alvoroçava ao nosso redor. Fiona corria para analisar cada detalhe, certificando-se de que estava tudo perfeito em um dia que ela passou tanto tempo ajudando a planejar. Alli me paparicava e me direcionava, garantindo que eu estava em todos os lugares em que devia estar. Rimos e lutamos contra as lágrimas. Eu queria guardar cada momento para poder me lembrar para sempre.

Blake e os meninos não estavam em nenhum lugar à vista. Ninguém quis revelar onde eles estavam se escondendo. Eu sentia falta dele, mas honrei a tradição e resolvi esperar. Tínhamos esperado tanto tempo. Eu podia esperar um pouquinho mais.

Marie chegou pouco antes de tudo começar. Ela estava maravilhosa em um vestido café brilhante que abraçava seu corpo miúdo. Ela se aproximou e me abraçou apertado.

— Você está linda. Obrigada por estar aqui — sussurrei.

Ela deu um sorriso caloroso, e lágrimas brilhavam em seus olhos.

— Você também. E não há nenhum outro lugar onde eu preferiria estar do que aqui com você, minha menina.

— Nada de choro! — latiu Alli. — A maquiagem dela está perfeita. Segurem-se, pessoas.

Nós duas rimos, a ordem de Alli tinha conferido alguma leveza ao momento. Marie e eu tínhamos acertos a fazer. Nós duas sentíamos muito, por nosso orgulho e por tudo que tinha nos afastado. Ela ainda estava de luto por Richard, ainda em choque por ele não apenas tê-la traído, mas também por ter sido arrancado de sua vida tão repentinamente. Ela o amava, eu não tinha dúvidas. As lágrimas contra as quais ela lutava todas as vezes que nos encontramos depois do tiroteio me diziam isso.

Richard estava no lugar errado e na hora errada, mas eu também. Eu queria culpar Daniel, mas podia muito bem culpar a mim mesma por ingenuamente tê-lo trazido à minha vida meses atrás, me arremessando nesse mundo perigoso sem saber as consequências da minha escolha. A vida tinha seguido seu curso, mas coisas demais tinham acontecido para ter ressentimentos. Richard tinha perdido a vida e eu quase tinha perdido a minha. Marie era importante demais para mim e a vida se mostrou curta demais para aumentar ainda mais a distância entre nós.

— Você está pronta para tudo isso? — perguntou ela.

Dei uma risada.

— Sim, acho que sim.

— Eu também acho. — Ela sorriu. — Você vai ficar linda, Erica. Mas eu realmente não vou conseguir me controlar quando vir você no seu vestido.

— Por falar nisso... — disse Alli.

Ela saiu do banheiro acoplado com um saco enorme com meu vestido de noiva dentro. A represa de lágrimas felizes surgiu atrás dos meus olhos de novo. Inspirei e expirei várias vezes para me acalmar, decidida a não arruinar a maquiagem que ela tinha passado horas aperfeiçoando. Alguns minutos depois, coloquei o vestido e Marie cuidadosamente fechou o zíper nas costas, esticando o tecido em torno do meu busto. Não havia nenhum centímetro sobrando em lugar nenhum. O vestido não podia estar mais perfeito. Era creme, com decote coração, milhares de pequenas contas bordadas na renda que recobria a camada de cetim macia por baixo. Elegante e minimalista. Delicado e feminino.

Eu me tornaria esposa de Blake nesse vestido. Diria nossos votos. Nossos votos... Fechei os olhos, imaginando todas as coisas que eu queria dizer a ele. Quanto ele significava para mim e quanto eu queria que isso nunca mudasse.

Alli deu um aperto leve nos meus ombros.

— Estou morrendo neste momento. Espero que você tenha noção disso.

Sorri.

— Por quê?

Um sorriso caloroso iluminou seus olhos.

— Estou morrendo de inveja, mas isso não é nada em comparação ao quanto eu estou totalmente feliz por vocês dois. Eu simplesmente não consigo acreditar que isso está acontecendo. Sinto como se este fosse o dia mais feliz da minha vida, mas é da sua.

Concordei rapidamente com a cabeça, e minha visão ficou embaçada com as lágrimas.

— O vestido é lindo — admiti.

A garota que o estava usando estava um caos, contudo. Só mais uma hora e eu estaria livre.

— Eu sei. Tenho ótimo gosto.

Deslizei as mãos pela renda delicada que abraçava minha cintura e afunilava nas minhas coxas.

— Tem mesmo. Graças a Deus que você voltou para Boston. Eu estaria perdida sem você.

Alguém bateu na porta, me assustando. Fiona a abriu e franziu a testa para Heath, muito bem-vestido em um elegante smoking.

— O que você está fazendo aqui?

— Entrega especial.

Os olhos de Alli se iluminaram, como se ele fosse o noivo e ela o estivesse vendo pela primeira vez. Eu queria ver isso acontecer e torcia para que Alli chegasse lá. Heath deu a volta na porta.

— Um presentinho do noivo.

Ele piscou e colocou uma caixa grande e achatada no meu colo antes de desaparecer do covil das meninas.

Simone deu um gritinho e se aproximou quando eu a abri. Dentro, desembrulhei uma gargantilha maravilhosa de diamantes. Ofegos e suspiros se diluíram ao fundo.

— Cacete — murmurou Simone baixinho. — São diamantes?

Engoli em seco.

— Tenho bastante certeza de que sim.

Eu não conseguia nem começar a calcular o preço daquela joia, mas nunca tinha visto nada tão lindo,

Entreguei-a a Simone, que colocou a gargantilha em torno do meu pescoço. Era linda de tirar o fôlego e combinava com os outros presentes — o anel e os braceletes — de um jeito extremamente significativo.

Mais alguns minutos de alvoroço e preparativos e começamos a atravessar a casa. Além das janelas, com vista para o oceano e o extenso jardim, eu podia ver os convidados e uma festa de casamento esperando sob o sol quente de outubro. Tremi com a visão, animada, porém incrédula.

— Erica.

Me virei e Elliot se aproximou. Beth estava ao seu lado. Clara e Marissa também, usando lindos vestidinhos brancos iguais.

— Meu Deus, vocês estão lindas — falei.

As meninas sorriram, e a animação iluminou seus olhos. Alli se agachou, entregando pétalas de flores e nossas alianças a elas, relembrando-as das tarefas que tínhamos ensaiado na noite anterior.

Elliot segurou minha mão, apertando-a delicadamente.

— Está pronta?

Soltei um suspiro nervoso. *Sim*. Apesar do nervosismo, eu nunca tinha estado tão pronta para ser esposa de Blake. Eu queria sair por aquelas portas e correr para ele. Queria casar com ele no segundo em que pusesse os olhos nele. No meu coração, eu já tinha casado.

Assenti com a cabeça e enganchei o braço no de Elliot, deixando-o me conduzir o resto do caminho.

Caminhei na direção de Blake, vendo apenas ele. Eu estava flutuando, cada momento me aproximava cada vez mais do amor da minha vida. E agora, não havia medo no meu coração. Nenhuma dúvida, nem a sombra.

A cerimônia passou como um sonho. Blake, maravilhoso em seu smoking com o oceano como pano de fundo. A família dele e a minha, nossos amigos testemunhando o que sabíamos há tanto tempo, que queríamos um ao outro para sempre.

Houve beijos. Houve lágrimas. Tudo que eu sabia era que ele era meu. Meu amor por ele agora era uma tatuagem escrita em meu coração, para todo o sempre.

***

Apoiei a cabeça no ombro de Blake enquanto a festa corria. O dia tinha sido longo, mas a adrenalina me mantinha acordada. A tenda aquecida montada no quintal dos Landon estava lotada pela nossa pequena festa. Risos e música e conversas. A felicidade nos rodeava. As filhas de Elliot estavam dançando com uma energia sem limites na pista, juntamente com os pais de Blake, que olhavam um nos olhos do outro com um amor que esquentava o meu coração. O mentor de Blake, Michael Pope, tinha vindo também. Não falamos sobre Max, mas eu pude ver o orgulho nos olhos dele quando ele nos parabenizou. Ele era como um segundo pai para Blake e eu podia sentir o arrependimento dele por Max ter prejudicado a todos nós com suas atitudes deploráveis.

Mesmo assim, nada podia arruinar a celebração. Tinham vindo mais pessoas do que eu esperava. Nossa "pequena" comemoração tinha crescido em tamanho durante minha ausência, mas com o abraço contente dos parentes e amigos de Blake, eu não poderia me sentir mais amada e acolhida. Eu estava sorrindo da cabeça aos meus muito cansados pés. O dia tinha sido simplesmente perfeito.

Me estiquei para dar um beijo suave no rosto de Blake.

Ele olhou para baixo, traçando um caminho de carícias preguiçosas no meu braço, para baixo e para cima.

— Vamos dar uma volta e tomar um ar fresco.

— E os nossos convidados?

Ele ficou olhando para a festa, que tinha ficado cada vez mais barulhenta na última hora à medida que os copos eram novamente enchidos e a noite seguia seu curso. Simone estava falando alto e Alli estava rindo.

— Eles estão se divertindo à beça sem a gente. Tive que dividir você com outras pessoas o dia todo. Agora quero você só para mim. — Ele passou o polegar pela minha bochecha. — Não sei você, mas eu estou ansioso para que a lua de mel comece.

Mordi o lábio e ele me deu um sorriso fofo.

A emoção de estar nos braços dele de novo me aquecia, me enchendo de contentamento. Todo meu corpo parecia zunir de felicidade, a euforia de que eu agora estava com Blake e logo, logo — assim eu esperava — eu seria dele ainda mais.

— Aonde vamos?

— Conheço um lugar perfeito.

Ele piscou e pegou minha mão, me guiando para fora da tenda, descendo as escadas até a praia lá embaixo. Dei mais uma olhada para a festa. Simone estava sentada no colo de James, e sua voz se sobressaía. Ele estava sorrindo, olhando para ela com olhos devotos. Ninguém estava sentindo nossa falta.

O sol tinha se posto e a brisa do oceano soprava fria na minha pele. Segurei o vestido e os sapatos com uma mão enquanto Blake segurava a outra. Caminhamos, a expectativa parecia roubar nossas palavras. Olhei adiante, para o morro rochoso onde sempre encerrávamos nossas caminhadas quando andávamos na praia na casa dos pais de Blake.

— Aonde estamos indo? Meus pés estão me matando.

— Vai valer a pena, prometo.

Os olhos dele brilharam como se ele estivesse guardando um segredo por trás deles.

Diminuímos o passo quando a areia da praia se transformou em pedras e rochas. Blake me envolveu em seu braço. Tremi e me aninhei no calor do abraço dele. Ficamos olhando para o horizonte escuro. Acima de nós, um brilho suave iluminava as casas espalhadas ao longo da orla.

— Eu adoro esse lugar.

Ao lado do vinhedo, a casa ampla dos pais de Blake na beira da praia era o perfeito paraíso.

Ele apontou para uma casa empoleirada no penhasco que acabava nos nossos pés.

— O que você acha daquela lá?

— É estupenda.

Tudo com relação àquela casa era impressionante. Apesar de a casa de Catherine e Greg ser mais moderna, aquela tinha todo o charme de uma casa histórica. Ela se esparramava por jardins meticulosos e um quintal com vista para o oceano infinito.

Ele me puxou mais para perto.

— Quero dá-la a você.

Ergui a sobrancelha.

— A casa?

Ele sorriu.

— Sim, a casa. Entre outras coisas.

— Por favor, me diga que você não está planejando entrar lá e fazer uma oferta.

Ele deu uma risada.

— Não, acho que não. Venha. Vamos olhar mais de perto.

Ele foi na minha frente e se virou para pegar minha mão. Hesitei, tentando imaginar como eu escalaria aquele pequeno precipício com meu traje atual.

— Vou arruinar o vestido.

— Quem liga? Você só vai usá-lo uma vez mesmo.

— O que é que vou fazer com os sapatos?

Eu os ergui. Blake os pegou e arremessou no quintal gramado do nosso destino.

— Blake — falei, rindo. — Tenho certeza de que essas pessoas não nos querem fuçando pelas janelas deles.

— Nada a ver. Não tem ninguém em casa.

Meneei a cabeça e peguei a mão dele, subindo pelo aclive rochoso. Blake me ajudou a subir no quintal que formava uma planície no topo. A grama fresca era fria sob meus pés enquanto dávamos a volta na casa. Ele me levou até a porta da frente, uma entrada grandiosa emoldurada por colunas brancas e luminárias ornamentais.

— Blake!

Soltei um sussurro brusco quando ele girou a maçaneta, abrindo a porta. Antes que eu pudesse pará-lo, ele me pegou nos braços, entrando na casa comigo no colo.

Blake me colocou no chão quando passamos pela porta. Havia uma cozinha branca grande e bem iluminada à nossa direita e uma sala de estar ampla e aberta à esquerda. Assimilei os detalhes que consegui na escuridão quase total. Blake me abraçou ainda mais forte pela cintura, me puxando contra seu peito.

— O que acha? — sussurrou ele, e a satisfação brilhava em seus lindos olhos.

— É linda. — Passei o dedo pelos lábios dele. — Como você.

Ele gemeu e me ergueu do chão.

— Como você.

Senti o gosto do champanhe na língua dele e a vertigem do nosso dia maravilhoso irradiando dele. Eu nunca o tinha visto tão visivelmente feliz.

— Acho que você está meio bêbado — provoquei quando ele me colocou novamente no chão, um sorriso largo em seu rosto.

— Estou feliz. Sou o homem mais feliz do mundo neste momento. Posso garantir isso.

Sorri de volta para ele, incapaz de argumentar. Eu estava mais que feliz também. Ele me girou e me levou para o segundo piso.

— Onde você está indo?

— Estou fazendo o tour completo com você. Está gostando, até agora, certo?

Dei uma risada.

— Eu sequer poderia sonhar com uma casa mais bonita, sinceramente. Só tem um problema.

Ele olhou para mim e arqueou as sobrancelhas.

— Qual?

— Não é nossa, e você já pode acrescentar "invasão de propriedade" à sua lista de atividades ilegais realizadas nesta vida. Se você quiser ir procurar uma casa depois que voltarmos da lua de mel, tem minha permissão oficial. Melhor irmos embora. Tenho planos mais grandiosos para esta noite do que a cadeia.

— Acredite em mim, eu também. — Ele fez uma pausa no patamar da escada, puxando-me para ele. — Quero lhe mostrar só mais uma coisa. Mas quero que você feche os olhos primeiro.

Ele me pegou novamente no colo e eu senti que estávamos atravessando um longo corredor. A noite preenchia a casa, mas, por trás das minhas pálpebras, eu vi luz. Em pânico por não estarmos tão sozinhos quanto pensávamos, abri os olhos. Tínhamos entrado em um quarto grande, mais ou menos três vezes maior do que o nosso.

Bem no centro havia uma cama com dossel enorme, coberta com um edredom azul sedoso. Na parede oposta, havia uma lareira ornamentada embutida na parede, que lançava um brilho difuso do fogo quente que crepitava dentro dela. No console e em todas as outras superfícies disponíveis, velas queimavam, iluminando o quarto amplo. O que era tudo isso?

— Blake.

Minha voz mal era um sussurro.

Ele me colocou no chão, mantendo meu corpo pressionado contra o dele. Ergui os olhos para os dele, que agora brilhavam mais do que nunca. A malícia nos olhos dele tinha sido substituída por outra coisa.

— É sua. Sua e minha.

O ar se esvaiu de dentro de mim.

— Esta...?

— A casa. Todinha. É meu presente de casamento para você.

— Uma casa?

Sorri, incrédula, mas, de alguma forma, nem um pouco surpresa por Blake ter feito tamanha compra extravagante para nosso dia especial.

— Gostou? — perguntou ele, com uma expressão hesitante.

Lágrimas se formaram nos cantos dos meus olhos.

— Blake, é... Meu Deus, é linda. Não sei o que dizer. — Me ocorreu o pensamento de que estávamos literalmente a poucos passos da casa dos pais dele. — Seus pais, eles sabem?

A hesitação dele desapareceu com um sorriso.

— Está brincando? Foi Catherine quem me avisou assim que os vizinhos puseram a casa à venda. Fechamos o negócio antes mesmo de eles conversarem com uma imobiliária.

Caramba.

— Não consigo acreditar que você fez isso. — Eu ainda não acreditava que essa casa enorme e magnífica era nossa. *Nossa.* — Você não se importa em estar tão perto?

Ele assentiu com a cabeça.

— Vai ser uma adaptação. Mas eu devo a eles, de certa forma. Passei um bom tempo nos limites da cidade, até recentemente. E achei que seria bom, para nós, finalmente ficar perto da família.

Abaixei os olhos, brincando com a rosa espetada no bolso do paletó dele.

— Eu os amo como se fossem minha própria família.

Ele ergueu meu queixo, acariciando minha bochecha delicadamente.

— Eles são. Somos uma única família agora, eu e você. E eles te amam como a uma filha. Isso nunca vai mudar.

— Sou a mulher mais sortuda do mundo.

Ele passou o polegar pelos meus lábios trêmulos, abaixando-se lentamente para capturá-los com um beijo.

— Vou passar o resto da minha vida garantindo que isso nunca mude. Quero dar tudo a você...

Fiquei na ponta dos pés, me rendendo ao amor no beijo dele. As mãos dele se agitaram. Ele expirou tremulamente.

— Está pronta para dar adeus a este vestido? Porque não posso esperar nem mais um minuto para fazer amor com você.

Concordei com a cabeça. Ele fez um carinho nos meus ombros.

— Tão linda.

Me virei nos braços dele. Ele não teve dificuldade alguma em abrir o fecho e o zíper das costas do vestido. O tecido pesado caiu no chão, formando uma poça nos meus pés. Atrás de mim, ouvi Blake jogando suas próprias roupas no chão. Me virei e o peguei me secando, de queixo caído, com olhos cheios de desejo. Fiquei parada na frente dele com a lingerie de renda branca que eu sabia que ele iria amar. Ele contornou a costura da minha calcinha e passou o polegar pela cicatriz que espiava por debaixo dela. Em meio à felicidade inebriante do dia, uma pequena tristeza pairou sobre mim. Ele segurou meu queixo, erguendo meus olhos para os dele.

— Nada de olhos tristes esta noite. Esta é a hora do homem da casa fazer amor apaixonadamente com sua linda esposa. Pode ser que eu não pare por horas, pois estou faminto por você.

Então, as mãos dele estavam em todos os lugares, abrindo o corselete e tirando a calcinha delicada de renda exatamente como eu imaginava que ele faria. Ficando de joelhos, ele se demorou em mim, dando beijos delicados na minha barriga e um pouquinho acima do montinho de pelos entre minhas pernas.

Descendo para o local no meu abdômen onde a ferida marcava a pele, ele raspou os lábios na cicatriz rosa escuro que tinha começado a se formar. Tentei ignorar a imperfeição, desviando os olhos sempre que eles eram atraídos para a região toda vez que eu me vestia ou me despia.

— Blake, não...

Me cobri, sentindo-me constrangida. Puxei os ombros dele, forçando-o a se levantar.

Ele se ergueu, apenas para me deitar na cama macia e voltar sua atenção novamente para a parte de baixo do meu corpo, beijando, lambendo. Ofeguei quando ele deslizou a língua pela parte interna da minha coxa e voltou pelo mesmo caminho. Ele foi subindo pelo meu corpo, reivindicando cada pedacinho de pele com aquela boca maravilhosa até me deixar tremendo e à beira da loucura.

Ele segurou meu rosto com a mão, e todos os traços de humor sumiram da sua expressão, nossos corpos estavam quentes de paixão e champanhe e do calor que emanava das velas e com um brilho quente em nossas peles.

— Erica... Eu te amo...Você toda. Até mesmo suas cicatrizes.

O beijo intenso e determinado que se seguiu às palavras dele me deixou sem ar. Com o jeito como ele estava me abraçando e me tocando, eu não tinha certeza se conseguiria formular uma palavra ou respirar direito. Eu tinha sentido tanta falta dele.

— Eu lhe disse que beijaria cada centímetro do seu corpo um dia. Estou quase lá.

Ele ergueu meus joelhos, enganchando-os nos ombros. Então, a boca dele estava em mim, dando lambidas firmes e deliberadas na ânsia quente entre minhas coxas. A língua dele provocou minha entrada, me atiçando com mergulhos rasos no lugar onde eu já estava encharcada para ele.

Puxei seus cabelos com força. Me ergui embaixo dele, desesperada por mais contato naquele pontinho sensível. Minhas coxas tremeram, raspando no rosto barbeado dele. Com mãos fortes, Blake me abriu novamente, me expondo completamente para ele.

Agarrei o edredom, me preparando para o orgasmo que emergia e ameaçava tomar conta de mim. Eu não conseguia acreditar que tínhamos aguentado tanto tempo, mas agora que tínhamos, eu estava impotente perante as sensações que se espalhavam por mim. Mais alguns segundos da dedicação atenciosa da boca dele e eu estava no limite. Meu coração batia freneticamente. Eu estava faminta por ele, um nervo exposto, esperando que ele acendesse meu fogo com uma faísca. E foi isso que ele fez, me lambendo até eu mal conseguir respirar.

— Blake!

Gritei o nome dele, imobilizada pelo prazer que ele me dava. Tinha passado tempo demais. Eu tremia, completamente exaurida, mas ciente de que tínhamos a noite toda.

Ele se ergueu sobre mim, seu corpo tonificado quente e protetor em cima do meu. Recuperei o fôlego, fazendo com que ele entrasse em foco novamente. Ele sorriu e me deu um beijo doce.

— Senti falta disso — cantarolei.

— Eu também. Você vai perder a conta de quantas vezes eu vou fazer você gozar esta noite. Tenho que compensar o tempo perdido.

Um sorriso delirante curvou meus lábios, o contentamento me inundando.

— Mal posso esperar.

Os braços dele repousaram dos dois lados da minha cabeça e ele ficou me olhando com uma expressão que parecia de encantamento.

— Erica, você tem ideia do quanto eu te amo?

Engoli em seco. Se ele me amasse só uma fração do quanto eu o amava, eu sabia. Cada lasquinha de fascinação no olhar dele ricocheteava dentro de mim, pousando em meu coração. Deslizei os dedos levemente sobre as linhas marcantes do rosto dele, deslumbramento e desejo se misturando dentro de mim.

— Acho que sim. Mas prefiro que você me mostre.

Ele fechou os olhos por um longo momento. Delicadamente, ele afastou minhas pernas com o joelho. Enrolei-as nos quadris dele, puxando-o para mim.

Lentamente, ele deslizou para dentro de mim, nos unindo. Gemi, me contraindo em torno do corpo dele. Soltei um gritinho, tremendo com o prazer de tê-lo dentro de mim novamente, me preenchendo com tamanha perfeição após tanto tempo de ausência.

A primeira onda de prazer tomou conta de mim. A mera bênção de nossos corpos juntos novamente era quase impossível de suportar. Voltei a me deitar e tudo que senti foi o desejo crescendo mais uma vez.

— Blake — choraminguei, me agarrando a ele enquanto ele me possuía ali, por vezes seguidas, com investidas fundas e consistentes.

Eu tinha ficado toda molhada em torno dele, meus pensamentos redemoinhando com a paixão do nosso toque, a energia que explodia entre nós toda vez que fazíamos amor. Tínhamos toda a noite assim.

Tínhamos todas as noites. Tínhamos para sempre.

Blake se aninhou em meus cabelos, me inspirando, me beijando, me amando.

— Minha esposa — sussurrou ele.

Uma lágrima caiu, escorrendo até minha orelha. Nossas respirações se misturaram, ofegantes e ritmadas ao mesmo tempo. Não podíamos estar mais próximos. Éramos um. Nada poderia nos separar.

CAPÍTULO 20

PELOS ALTO FALANTES, OS FUNCIONÁRIOS do aeroporto tagarelavam instruções de embarque para os voos ao nosso redor enquanto esperávamos pela nossa vez. De manhã, estaríamos em Dublin, a primeira parada da lua de mel de um mês que Blake tinha prometido e planejado para a gente. Eu estava sentada ao lado dele, me focando em algum ponto invisível na escuridão que tinha se instaurado lá fora.

Eu passei semanas deprimida. Tinha batalhado física e emocionalmente para me reerguer. Mas ter casado com Blake acendeu uma chama em mim novamente. Eu estava pronta para recomeçar do zero. Bater perna pelo mundo ou mesmo apenas uma pequena parte dele era um bom começo em uma nova direção.

Meu celular vibrou no bolso, me distraindo das divagações. O nome de James apareceu e eu atendi rapidamente.

— James, oi.

— Oi, peço mil desculpas se estou atrapalhando a sua lua de mel. Eu não sabia se vocês já tinham partido.

— Estou no aeroporto, para falar a verdade. O que foi?

Ele pigarreou.

— Eu estava aqui pensando se por acaso vocês teriam vaga para um desenvolvedor *front end* no seu novo escritório.

Hesitei, um pouco chocada pelo pedido.

— Por quê? Está tudo bem?

— Não, não muito. Está tudo na merda por aqui. O site... Sumiu.

— Como é que é?

Olhei para Blake e aumentei o volume do celular para que ele pudesse ouvir James.

— As coisas estavam andando bem com a equipe deles. Digo, não superbem, os técnicos de Isaac estavam aprendendo as coisas devagar, mas direitinho. Estávamos migrando para os servidores do Perry Media Group quando tudo saiu do ar. — Ele suspirou. — Eles me acusaram de sabotar o switch. Obviamente, eu não fiz isso, então pedi a conta.

— Você acha que fomos hackeados?

Sacudi a cabeça. Eu ainda me referia ao Clozpin como se tivesse algum direito sobre ele. Eu não tinha. Perdi isso.

— Com certeza.

— Mesmo? Alguém assumiu a culpa desde que você saiu?

Ele fez uma pausa e meus pensamentos preencheram o silêncio. Ameaças do passado espreitaram nos confins da minha mente. Mas como...

— Acho que foi o Trevor.

Meu coração parou. O nome de Trevor ecoou no silêncio. O fantasma que eu torcia que tivesse desaparecido juntamente com Max quando Blake tirou o site plagiado deles do ar. Ele ainda era a única pessoa com quem eu sempre podia contar para trollar e atacar traiçoeiramente os nossos empreendimentos virtuais.

Ele tinha — graças a Deus — andado sumido. Será que podia realmente estar de volta para nos caçar? Olhei para Blake; vi olhos férreos e frios.

— Mas por quê? Sophia e Isaac não são aliados. Por que ele atacaria os empreendimentos deles?

— Se isso for coisa de Trevor, eu posso apostar que ele não faz ideia de que Isaac joga para a oposição. Até onde ele sabe, foi uma venda totalmente amigável e você ainda está envolvida.

Soltei um suspiro exasperado.

— Fico surpresa por eles não terem entrado em contato comigo...

— Acho que eles estão ocupados tentando juntar os cacos agora. Mas com toda mídia negativa e o tempo de inatividade, vai ser difícil para eles. Éramos pequenos, e quando Trevor nos atingiu, nos recuperamos com bastante facilidade. Isso é diferente. Tudo que eles fizeram desde a venda tem ganhado destaque, porque Isaac transformou seu novo empreendimento no centro das atenções desde o dia que você saiu.

Fechei os olhos. Eu não tinha como saber. Tinha vivido na isolação quase completa por semanas. Além disso, se alguém tinha tido notícias disso, provavelmente não teria me contado.

— Isso é loucura.

— Tem mais.

Ergui as sobrancelhas.

— Ah?

— Quem quer que tenha hackeado o site deles também hackeou as contas de e-mail do servidor de Perry. Eles têm divulgado coisas.

— Tipo o quê?

— Mensagens de e-mails e fotos ilícitas.

Achei que fosse vomitar. Fotos ilícitas?

— Fotos de quem? — perguntei, hesitante.

— Isaac com modelos, bem como um bocado de reclamações. Você sabia que tem um monte de meninas ameaçando processá-lo por assédio sexual? Sophia basicamente o chantageou para adquirir o seu site, junto com o negócio de Alex, porque ela tinha toda essa sujeirada contra ele. Ela prometeu que as meninas da agência dela ficariam caladas em troca de ações na propriedade do Clozpin.

Cerrei os dentes. Eu sabia. Sabia que ela tinha algo que incriminava Isaac. Mas eu não tinha como saber disso. Diversificar o cacete. Ela queria vingança e tinha conseguido.

— Isso se transformou numa verdadeira tempestade de merda para o Perry Media Group — continuou James. — Não quero estar nem perto disso tudo. Chris deu uma sondada e foi chamado por outro laboratório de tecnologia na cidade. Eu ia fazer o mesmo, mas pensei em dar uma palavrinha com você primeiro. Eu queria ter saído junto com vocês todos, mas, sabe como é, nem todos nós somos casados com bilionários.

Dei uma leve risada, dando uma olhada para Blake.

— Não, eu entendo. E não culpo você. Eu só não podia... Eu não podia ficar lá e trabalhar com ela. Teria sido um inferno.

— Sim, bom, isso eu posso confirmar. Quando não era estressante, era um verdadeiro inferno.

— Sinceramente, eu adoraria ter você de volta. Vamos trabalhar em alguns novos projetos assim que Blake e eu voltarmos. Talvez possamos nos encontrar então.

— Me parece ótimo. E desculpe por soltar tudo isso em cima de você agora. Não era minha intenção pressionar.

— Não foi nada, James. Fico feliz que você tenha ligado. Falo com você logo mais.

Desligamos, e fiquei olhando para o celular por um momento, assimilando o choque. Eu não tinha certeza se estava feliz ou não por Isaac e Sophia terem conseguido destruir o meu site. Em sua maior parte, eu tinha me conformado com o fato de tê-lo perdido, mas ter os podres e as falsidades deles expostas no processo era inegavelmente satisfatório.

O que mais me preocupava era a perspectiva de que talvez Trevor estivesse retomando seus velhos truques. Ele tinha ido atrás do Clozpin antes. Ele era incansável, tentando se meter nos negócios de Blake, até que eu o confrontei. O que é que ele podia querer de nós depois de todo esse tempo e de tanta destruição?

— Não consigo acreditar — falei finalmente, me virando para Blake.

— Eu disse a você que Isaac não era confiável.

— Verdade. E eu disse a você que Sophia era uma vaca conivente. Então, acho que nós dois estamos aprendendo a confiar nos instintos um do outro, finalmente. Você acha que foi Trevor que fez isso?

Blake olhou para além de mim. Ele parecia frio e indiferente, do jeito que ficava sempre que alguém como Trevor ameaçava algum de nós.

— Provavelmente — disse ele, por fim.

— O que vamos fazer?

Ele pegou minha mão, apertando-a com força.

— Neste exato momento, porra nenhuma. Parece que ele está focado em Perry, então deixe que ele cause uns estragos neles por um tempo.

— Ele não vai embora, Blake. Você deve saber disso.

Os alto-falantes berraram de novo com um novo anúncio. O embarque da primeira classe do nosso voo estava aberto.

Blake se levantou para pegar nossas malas.

— Venha. Vamos lá.

Eu o segui, meus pensamentos pesados com as novidades que James tinha me contado. Decolamos no Aeroporto Logan. O avião balançou graciosamente de um lado para o outro, e as luzes da cidade surgiram abaixo de nós. Por ora, convenci a mim mesma de que estávamos deixando todos os nossos problemas para trás.

AGRADECIMENTOS

Durante anos, minha mãe perguntou quando eu iria escrever um romance. Eu revirava os olhos e dizia alguma coisa sobre nunca imaginar ter tempo para isso. Três filhos, um negócio que demandava tanto do meu tempo e da minha energia, isso sem contar todo o resto que a vida podia jogar em cima de mim, tornavam esse sonho aparentemente impossível. Nunca, nas minhas mais loucas fantasias, eu imaginei que a escrita se tornaria uma parte tão importante da minha vida um dia. Agora que isso é realidade, eu me tornei uma pessoa dedicada a continuar com isso pelo tempo que conseguir.

Durante o período de elaboração de *Potência extrema*, tive que tomar algumas decisões muito difíceis, de partir o coração. A mais difícil de todas foi vender minha empresa. Dias após terminar o manuscrito e com o coração apertado, eu fui de carro até Boston para dar adeus a uma equipe que eu aprendi a amar, um negócio que me ensinou tanto e um lugar na ponta da mesa que me deu tanto propósito nos últimos dez anos.

Este livro é dedicado às talentosas pessoas que fizeram da empresa o que ela é hoje e que, ao longo dos anos, se tornaram alguns dos meus amigos mais leais. Susan, Luc, Kurt, Derek, Yvonne e Chris, do fundo do meu coração, obrigada por sua genialidade, por todas as risadas e por me deixar orgulhosa todos os dias.

Este livro também é dedicado, em segundo plano, às pessoas das minhas viagens empreendedoras cujos olhos eu preferiria furar, ao invés de olhar, mas que renderam perfis formidáveis para os meus vilões. E a todos aqueles que cruzaram o meu caminho, por mais breve que tenha sido, nessa jornada intensa, obrigada por quaisquer lições e pequenas recordações que vocês trouxeram à minha vida. Todas as experiências ajudaram a formar quem eu sou e, por isso, não tenho nenhum arrependimento.

Apesar desse marco ter inspirado muitas das emoções do livro, saibam que eu não vendi minha empresa a um vilão e que não há hackers espreitando e aguardando uma chance de nocautear a mim e meu namorado bilionário. Tenho muita fé no próximo capítulo da minha vida e da vida da empresa. Como sempre diz o Sid da vida real quando algo inacreditável acontece... Eu amo o futuro.

Gratidão eterna ao meu marido, Jonathan, por caminhar em ritmo acelerado por essa vida incrível comigo. Adoro nossas aventuras e adoro o fato de sempre termos um ao outro para curtir os triunfos e superar as coisas difíceis juntos. Como sempre, este livro não teria ganhado vida sem o seu apoio, a sua motivação e seu papel de pai e mãe com nosso filhos.

Eu gostaria de agradecer à minha mãe, Colleen, por ajudar a manter meus pés no chão, ouvir todos os meus desabafos e me pôr para cima quando eu mais precisei. Nada muito surpreendente, mas eu tenho muita, muita sorte por você ser louquinha do jeito que eu gosto. Sempre temos uma à outra!

Mia Michelle... Minha melhor amiga de Facebook... Meu doce! Obrigada por sempre estar lá por mim, por ser real e torcer por mim e por jurar nunca publicar um romance "sem cortes" baseado em nossas conversas no Facebook. Mas falando sério, você é realmente uma das pessoas mais genuínas que conheço. Você tem um coração de ouro, e eu sou muito abençoada por ter te encontrado!

Muito obrigada à minha editora, Helen Hardt. Percorremos um longo caminho juntas em um ano e não consigo imaginar ter feito essa jornada sem a sua ajuda e a sua orientação.

Obrigada mais uma vez a Remi, por consultar as estrelas e me dar tantas coisas para aguardar ansiosamente enquanto a vida se desenrola.

Muitíssimo obrigada ao meu novo anjo, Shayla Fereshetian. Você desempenhou um papel importantíssimo em preservar minha sanidade nessas últimas semanas. Pergunte a todo mundo que eu conheço — eles acham que seu nome do meio é *incrível*. Prepare-se para ter seu nome listado aqui regularmente!

Obrigada aos meus leitores beta, por seu *feedback* sempre atencioso e incrivelmente rápido. Vocês não fazem a mínima ideia de como suas opiniões são importantes para mim no processo de colocar um livro no mundo. Vocês são rockstars. Um agradecimento especial à querida Megan Cooke. Seus documentos de 12 páginas no Word me completam!

Um agradecimento enorme às minhas revisoras, Amy, Haidee, Jill e Claire, por encontrarem o que eu deixei passar.

Por último, mas certamente não menos importante, um grande viva ao Team Wild e ao M89 Underground, minha equipe de rua sempre dedicada, e a todos os lindos fãs e leitores por aí que me deram tanto apoio e tantas palavras gentis. Escrevo meus livros para vocês e mal posso esperar para compartilhar *Código malicioso* e muito mais histórias com todos vocês logo, logo!

A HISTÓRIA DE BLAKE E ERICA CONTINUA
NA SEQUÊNCIA DA SÉRIE HACKER

CÓDIGO MALICIOSO

CAPÍTULO 1

DUBLIN, IRLANDA
ERICA

PASSAMOS PELAS PORTAS NEGRAS DO The Widow e entramos na energia do pub. As risadas se sobressaíam ao burburinho dos clientes, amontoados em pequenas mesas ao longo das paredes. Com a mão de Blake na minha, eu nos guiei para dentro do salão que envolvia o velho bar quadrado, a peça central desse lugar, feito para bebedeira e curtição.

Dobrando o canto do bar, um rosto se iluminou de reconhecimento, um sorriso que espelhava o meu.

— Professor!

Larguei a mão de Blake e segui na direção do homem que conheci durante todos os meus anos em Harvard como Professor Brendan Quinlan. Ele se levantou e me cumprimentou com um abraço apertado. A textura do suéter verde dele era áspera sob minhas mãos, e seu cabelo grisalho fazia cócegas na minha bochecha.

— Erica! É maravilhoso ver você! Como está?

O sotaque irlandês dele tinha ficado mais forte nos meses em que eu não o tinha visto.

Como é que eu poderia resumir tudo que a vida tinha despejado em mim desde minha formatura meses atrás? Mesmo assim, neste exato momento, eu estava...

— Estou ótima.

Dei um sorriso largo e senti o calor de Blake atrás de mim, seguido do toque delicado da sua mão na minha lombar. Ergui os olhos para o homem que tinha roubado completamente meu coração desde a última vez que eu tinha visto Brendan. O cabelo castanho escuro de Blake estava bem cortado por causa do nosso casamento recente. Seu peito esguio e musculoso estava escondido sob um suéter leve, mas sua calça jeans se esticava do melhor jeito possível sobre o contorno de suas coxas. Talvez eu fosse uma recém-casada apaixonada, mas não estava sozinha em minha admiração. Blake atraía olhares, mesmo nos poucos minutos desde que tínhamos entrado no pub. E já que ele era meu em todos os sentidos, eu não ligava mais para quem olhasse.

O professor estendeu a mão para Blake.

— Você deve ser o felizardo.

Blake apertou a mão dele, seus olhos cor de mel intensos se enrugando nos cantos com um sorriso.

— Certamente sou. É um prazer conhecê-lo. Erica fala muito bem de você.

— E de você também. Vocês dois formam um casal e tanto. — Ele dividiu os olhares entre nós dois. — A mestre e o magnata.

Eu ri e me apoiei em Blake.

— Mestre? Não tenho certeza se já cheguei nesse estágio.

O professor apontou para a mesa de madeira desgastada para nos sentarmos.

— Não duvide! Pode ser um bom título de livro. Acho que vou ter que roubá-lo.

Ele piscou, e o gesto acalentou meu coração. Eu sentia falta da amizade e da liderança dele, que costumavam ser tão estáveis e sumiram de repente depois que ele foi embora para seu ano sabático e eu me aventurei no mercado de trabalho pela primeira vez. Sorri por dentro, me lembrando de como tínhamos passado horas analisando meu plano de negócios e trocando ideias ao mesmo tempo em que descobríamos como eu iria completar a graduação em meio aos esforços para montar um negócio. Nunca vou me esquecer da importância de seu apoio na época e de como aquilo pareceu me enviar em uma jornada que me desafiaria além dos meus delírios mais selvagens.

Ele foi para a Irlanda logo que Blake surgira em minha vida. Tinha seus motivos, é claro. Apesar de seu foco em estudos corporativos na universidade, Brendan partiu para correr atrás de um tipo diferente de sonho, sobre o qual eu estava ansiosa para ouvir mais.

— Como está indo o romance?

— Excelente! Muitas figuras aqui para me inspirar. Não é mesmo, Mary?

A garçonete, uma mulher de cabelos enrolados pretos e grossos, presos com uma fivela, chegou à mesa. Ela trouxera um *pint* de cerveja escura espumosa cheio até a borda. Ela largou o copo e se endireitou, colocando as mãos nos quadris sobre as faixas do pequeno avental preto.

— Ele está perturbando vocês? Posso botá-lo para fora. Não seria a primeira vez, né, Bren?

Ela piscou.

Ele meneou a cabeça, sorrindo.

— Não é necessário, meu bem. Vou me comportar direitinho.

Pedimos mais dois *pints* e, horas depois, eu estava quente e rindo por causa da cerveja, ouvindo as histórias de Brendan sobre seus amigos locais e suas aventuras. Conversamos sobre Harvard também, revivendo minhas melhores lembranças universitárias. Tomei o cuidado de passar longe das outras. Brendan nunca saberia sobre aquelas sombras, e eu realmente esperava que ele nunca soubesse o quanto Max chegou perto de repetir os fatos. Talvez, quando Brendan voltar a Boston, ele fique sabendo das acusações de agressão contra seu ex-aluno, mas, ao menos por hora, ele estava longe o suficiente para não descobrir nada, provavelmente.

Blake e Brendan estavam conversando sobre um dos empreendimentos de Blake quando Mary voltou para levar nossos copos vazios.

— Aqui está ela. Minha futura noiva — murmurou Brendan, e seu sotaque, de alguma forma, estava ainda mais forte do que quando chegamos.

— Seu lindo.

Ela deu um tapa no braço dele, mal contendo um sorriso.

Ele também sorriu e voltou seu foco novamente para nós.

— Vocês tomam mais uma?

Dei uma olhada para a bandeja de copos vazios de Mary. Podíamos ir bem mais longe e nos arrepender. Meneei a cabeça.

— Estou bem. Vocês dois podem continuar, se quiserem.

Blake recostou na cadeira e colocou os braços nos meus ombros.

— Não, é melhor a gente voltar. Está ficando tarde.

Brendan concordou com a cabeça.

— É claro. Eu acompanho vocês até lá fora, então.

— Vou cuidar da conta e encontro vocês lá — disse Blake.

Brendan protestou, mas Mary ignorou suas queixas. Quando ele finalmente desistiu, nós dois trocamos o barulho do pub pelo burburinho bem mais silencioso da rua. As pessoas caminhavam em pequenos grupos, entrando e saindo dos estabelecimentos próximos. Uma lua crescente lançava um brilho na rua. As pedras estavam úmidas por causa de uma chuva breve que tínhamos perdido enquanto estávamos lá dentro.

Enfiei as mãos nos bolsos e assimilei todos os detalhes desse novo lugar.

— Noite linda, não é?

Brendan inspirou fundo o ar da noite.

— Sim. Estou muito feliz por termos colocado o papo em dia, professor.

Ele deu uma risada.

— Brendan! Eu imploro, me chame de Brendan. Ao menos até você fazer uma pós-graduação.

Dei uma risada.

— Pouco provável, mas tudo bem.

— Suponho que as coisas pelas quais você passou tenham sido sua escola. — O sorriso dele esmaeceu um pouco e seus olhos vaguearam para além de mim. — Me desculpe quanto ao Max. Eu não fazia ideia de que ele seria uma decepção tão grande, Erica. Eu tinha visto uma faísca de esperança no rapaz... Tinha certeza de que ele estava diferente de quando era mais novo.

Olhei para baixo, sem querer deixar transparecer o grande desapontamento que Max causou.

— Tudo bem. É passado — respondi baixinho, relembrando o e-mail que eu tinha enviado ao professor dias depois de saber que Max e minha ex-funcionária, Risa, tinham roubado informações da empresa e as usado para abrir um negócio concorrente. Eu não queria que o professor se sentisse culpado, só queria evitar que ele indicasse o Max a outros alunos que precisassem de ajuda ou apoio.

Max tinha se mostrado bem mais perigoso do que eu imaginava. Talvez seu interesse em me destruir de todos os jeitos possíveis não existisse se eu não tivesse me envolvido com Blake. Mas eu não inventaria desculpas por ele e não queria que ninguém tivesse que passar pelo que passei.

— Talvez tenha dado certo em um sentido, já que você conheceu Blake. Dizem que há males que vêm para o bem.

— Isso é verdade. Os últimos meses foram difíceis, mas eu não conseguiria ter superado tudo sem ele.

Sempre me orgulhei da minha independência. Eu tinha sido deixada para trás, magoada e abandonada. Fui subestimada e ignorada. Nunca pensei que me comprometeria tanto com outro ser humano. Mas eu não conseguiria aguentar aqueles últimos meses da mesma forma sem Blake ao meu lado. E não conseguia imaginar o dia de hoje nem nenhum outro dia futuro sem o amor e o apoio dele. Dizer "sim", trocar votos e dar a ele minha confiança tinha sido mais fácil depois de tudo que passamos.

— Pronta?

Blake saiu pela porta do pub e parou ao meu lado, interrompendo meus pensamentos e nossa conversa.

Eu não podia dizer que me importava, nem um pouquinho. Eu tinha adorado me encontrar com meu velho amigo, mas estava pronta para voltar para os braços de Blake, em um lugar silencioso, só nós dois. Estávamos em lua de mel, afinal.

Mordi o lábio, sorrindo. Minha lua de mel, com meu *marido*. Me virei para o professor para um último abraço e nos despedimos antes de cada um seguir seu caminho.

Blake e eu começamos a caminhar pelo trajeto de volta para o nosso hotel pelas ruas irregulares do centro de Dublin. Uma pitada de chuva e o aroma persistente das flores frescas que estavam sendo vendidas nas ruas horas antes preenchiam o ar.

Segurei a mão de Blake, admirando os detalhes da arquitetura dos prédios que emolduravam as ruas antigas, cumprimentando os rostos de olhos alegres que encontrávamos na calçada. Era quase meia-noite, mas nossos horários estavam uma bagunça e eu não estava com pressa nenhuma de estar em lugar algum, desde que estivéssemos juntos.

Ver meu velho professor de novo tinha sido um flashback de uma época mais simples da minha vida. Muitas coisas aconteceram desde aquele primeiro encontro na sala de reuniões da Angelcom que o professor Quinlan marcou, com o apoio inicial de Max. Eu nunca imaginaria que me apaixonaria perdidamente pelo investidor arrogante sentado à minha frente... que me tornaria sua esposa. Mas cá estávamos, unidos do jeito mais próximo que duas pessoas podem se unir.

Blake me puxou para mais perto dele e deu um beijinho suave no meu rosto.

— Gostei do Brendan. Dá pra ver porque ele se tornou seu amigo.

Sorri.

— Parece estranho chamá-lo de amigo sendo que ele foi muito mais, mas é verdade. Ele me encorajou a montar a empresa quando eu tinha um monte de dúvidas. Ele é o motivo pelo qual eu segui o caminho que segui.

— Um caminho que guiou você diretamente para mim. — Ele apertou minha mão. — Que sorte a minha.

Ergui os olhos e dei um beijo no rosto dele enquanto caminhávamos. Eu também tive sorte, não podia negar.

Mas nunca, em meus primeiros sonhos de para onde o empreendedorismo me levaria, eu teria imaginado percorrer a estrada que percorri. Com a ajuda de Sid e de Alli, eu tinha construído uma empresa que cresceu e atraiu parceiros externos que prometeram elevá-la ao próximo nível. Dias após vender a empresa, eu descobri que Isaac Perry e a ex de Blake assumiriam as rédeas. Toda essa situação devastadora me fez despencar de cabeça — uma queda da qual eu ainda não tinha me recuperado plenamente.

Relembrei o último dia em que pisei no escritório do Clozpin, totalmente alheia ao que eu tinha feito, a do que tinha aberto mão. Lembrei a mim mesma que, não importava o que acontecesse, se a empresa prosperasse ou desandasse, eu nunca poderia voltar.

— Você está quieta. No que está pensando? — perguntou Blake.

Soltei um suspiro e sacudi a cabeça.

— Na empresa, eu acho. Às vezes, eu ainda não consigo acreditar que não sou mais parte dela.

— Você não pode deixar que isso a consuma — disse ele, baixinho. — É passado, e você tem um futuro brilhante pela frente.

— Na maior parte do tempo, eu tento não pensar nisso.

Ele ficou em silêncio por um instante antes de falar.

— Eu sei que ainda dói. E odeio o fato de você ter precisado deixar para trás algo a que se dedicou tanto. Mas você está livre agora. Tem o mundo ao alcance dos dedos. Apesar de tudo que aconteceu, isso não é uma coisa ruim.

Talvez ele tivesse razão, mas tantas coisas ainda eram incertas quando se tratava do meu futuro profissional...

— O Clozpin me dava propósito. Só posso torcer para que os novos projetos de Geoff façam eu me sentir da mesma forma. Ao menos boa parte da equipe ainda está lá, então não vai ser totalmente estranho.

Graças ao fato de Blake ter me colocado na diretoria da Angelcom, eu tive a oportunidade de investir em novos projetos que poderiam preencher o vazio. Geoff Wells era programador e tinha o mesmo brilho empreendedor que eu reconhecia em mim mesma. O suficiente para que, quando as coisas foram por água abaixo no Clozpin, Sid, Alli e eu vimos algo promissor no conceito dele para arriscar nosso próximo empreendimento.

— Eu invisto há tempo suficiente para reconhecer paixão quando a vejo. Eu a vejo em Geoff e sempre vi em você. Você vai dar o melhor de si para tornar esse empreendimento um sucesso. É da sua natureza. Acredite em mim. Uma oportunidade que não seguiu o rumo esperado não vai mudar isso.

A lembrança da decepção, do fracasso dilacerante, ecoou dentro de mim. Quanto mais tempo passava, mais eu conseguia me distanciar emocionalmente do que Isaac e Sophia tinham feito. Mais eu enxergava a experiência pelo que ela tinha sido — um capítulo... uma lição que eu não esqueceria tão cedo. Apesar de eu ter sido privada do negócio que significava tanto para mim não ser tão excruciante quanto costumava ser no começo, a ferida ainda estava aberta.

— Talvez. Não consigo evitar sentir que, de alguma forma... eu fracassei.

A culpa me aborrecia como um pesadelo do qual eu não conseguia me livrar.

Ele olhou para mim.

— Você não fracassou. Você aprendeu.

Arrastei a sola da bota nas pedras enquanto caminhávamos, evitando olhar para ele.

— Eu já tenho uma certa bagagem, sabia? Você deveria confiar em mim.

Dei um sorriso torto.

— Foi por isso que me casei com você, claro. Pela sua perspicácia corporativa e a sua riqueza de conhecimento.

Ele ergueu uma sobrancelha.

— E pelas suas montanhas de dinheiro — acrescentei rapidamente.

— Você está tentando me dizer que não casou comigo pela minha aparência arrasadora? Pode ser que eu me sinta insultado.

Apertei os lábios, tentando parecer séria.

— Se eu tivesse que escolher uma razão só, eu diria que foi pelos seus talentos excepcionais na cama. Acho que é nessa área que você realmente se destaca.

— Ah, então eu me fiz entender *muito* bem.

Ele riu, e seus olhos brilharam.

Blake deu um apertão forte na minha bunda. Rindo, eu o empurrei enquanto nos aproximávamos de um artista de rua que estava cantando para a menor plateia do mundo. Um pequeno grupo de turistas falando francês estava parado por perto, e um homem mais velho, sujo das ruas, estava sentado do outro lado da rua com um sorriso frouxo.

Diminuímos o passo para ouvir enquanto os turistas dispersavam. A música era triste, mas cheia de amor — bruta e emotiva pela maneira como ele cantava cada verso. Blake me virou para ele, nos deixando de frente um para o outro. Com nossos dedos entrelaçados e a respiração quente dele no meu cabelo, ele nos guiou em uma dança singela e sem nome. Balancei na direção dele e fechei os olhos, me agarrando ao corpo dele do jeito que eu me agarrava a todos os momentos mágicos entre nós.

Com dificuldades para entender a letra por causa do sotaque forte do cantor, eu compreendi os versos.

Quando a tristeza chega, nenhum homem pode deter.
Eu estava vendado, nunca vou negar.
Agora, à noite, quando me deito para dormir,
Meu amor verdadeiro faz minha mente girar.

Mais um instante se passou enquanto a voz do jovem se dissipava pela noite. A canção era sóbria, ganhando leveza apenas pela maneira apaixonada como ele cantava. Como tantas coisas na vida, dor era apenas o que você criava. Ele tinha transformado algo triste em belo.

Suspirei e me aconcheguei no peito de Blake. O corpo dele emanava calor. As batidas de seu coração eram um lembrete contínuo do apoio e do amor dele — uma força que tinha me salvado, me mudado e me curado de jeitos que eu nunca achei possíveis. Ele ergueu meu queixo, e o brilho em seus olhos era proporcional à paixão em meu coração. Ele abriu os lábios cheios, mas hesitou, e um momento silencioso se passou entre nós.

— Vou lhe mostrar o mundo inteiro, Erica.

— Não consigo imaginar curtir nem um minuto dele sem você — sussurrei.

Ele interrompeu nossa dança lenta, contornando meus lábios com o dedo; sua expressão era séria, de um jeito que ameaçou me deixar sem fôlego.

— E vou fazer você se apaixonar por mim continuamente. Todas as manhãs e todas as noites. Em cada cidade e na beira de cada oceano. Vou lhe lembrar sempre que você é minha e eu sou seu.

Inspirei com tremor, sentindo a promessa dele até a alma. Engolindo em seco, encontrei minha voz.

— Acho que você está no caminho certo.

Me curvei na direção dele até nossos lábios se encontrarem. Macio e lento no início, o beijo se intensificou, roubando cada pensamento que não revolvia em torno do gosto e do toque dele.

Nos afastamos ligeiramente quando uma voz grave nos interrompeu.

— Faça amor com ela, moço, antes que ela mude totalmente de ideia.

Atrás de nós, o homem que tinha montado sua cama para aquela noite na entrada de uma loja de luxo nos deu um sorriso imperfeito, combinando suas palavras de sabedoria com um aceno amigável de sua garrafa de bebida.

Sorri e Blake, por seu olhar sombrio, pareceu aceitar imediatamente o desafio do estranho.

— A ideia é essa — murmurou ele, seu tom todo aveludado, uma ameaça deliciosa.

Minha pele formigou e ele possuiu minha boca de novo com um beijo que prometia muito mais.

PUBLISHER
Kaíke Nanne

EDITORA EXECUTIVA
Carolina Chagas

EDITORA DE AQUISIÇÃO
Renata Sturm

COORDENAÇÃO DE PRODUÇÃO
Thalita Aragão Ramalho

PRODUÇÃO EDITORIAL
Jaciara Lima

REVISÃO DE TRADUÇÃO
Rafael Surgek

REVISÃO
Daniel Siqueira
Thamiris Leiroza

DIAGRAMAÇÃO
Lúcio Nöthlich Pimentel

Este livro foi impresso no Rio de Janeiro, em 2016,
pela Edigráfica, para a Editora Agir.
A fonte usada no miolo é Impressum, corpo 10,5/15.
O papel do miolo é chambril avena 80g/m² e o da capa, cartão 250g/m².